KB162438

을 유 세 계 문 학 전 집 · 118

메데이아

일러두기

* ( ): 연극의 지문이나, 역자가 내용을 삽입한 부분이다.
* [ ]: 원전의 편집자가 삭제해야 한다고 판정한 부분이다.
* ⟨ ⟩: 탈문이 있어서 고전학자가 추정 내용을 삽입한 부분이다.
* † †: 필사본 전승 과정에서 훼손되어 판독이 어려운 부분이다. 고전학자의 추정이 삽입되어 있다.
* 감탄사는 이탤릭체로 원어의 우리말 발음을 적고 괄호 안에는 원어의 로마자를 표기한다. (고유 명사 표기는 대체로 고대 그리스의 앗티케 방언을 따랐다.)
* 행수는 원칙적으로 원전의 행수를 따른다. 하지만 우리말로 옮기면서 또는 고전학자의 의견을 반영하여 행수가 달라질 수 있다.
* (좌)와 (우)는 코러스의 노래 부분으로서 서로 운율이 동일한 시연에 해당하고 코러스의 회전하는 춤 동작을 말한다. 종가는 (좌)와 (우)를 뒤따르며 코러스의 노래를 마무리한다.

메데이아

MHΔEIA

에우리피데스 지음 · 김기영 옮김

❀ 을유문화사

옮긴이 김기영

서양고전학자. 연세대학교 철학과를 졸업하고 서울대학교 대학원 협동 과정 서양고전학 전공에서 석사 학위를, 독일 베를린 자유대학교에서 소포클레스 양분 구성 드라마 연구로 박사 학위를 받았다. 정암학당 연구원으로 활동하며 서울대학교와 연세대학교에서 강의하고 있다. 옮긴 책으로 『오이디푸스 왕 외』, 『오레스테이아 3부작』, 지은 책으로 『신화에서 비극으로: 아이스퀼로스의 오레스테이아 삼부작』, 『그리스 비극의 영웅 세계』 등이 있다.

을유세계문학전집 118
메데이아

발행일 · 2022년 2월 25일 초판 1쇄
지은이 · 에우리피데스 | 옮긴이 · 김기영
펴낸이 · 정무영 | 펴낸곳 · (주)을유문화사
창립일 · 1945년 12월 1일 | 주소 · 서울시 마포구 서교동 469-48
전화 · 02-733-8153 | FAX · 02-732-9154 | 홈페이지 · www.eulyoo.co.kr
ISBN 978-89-324-0511-7 04890   978-89-324-0330-4(세트)

차례

「알케스티스」·「메데이아」·「힙폴뤼토스」주무대

황금 양털의 모험 지도

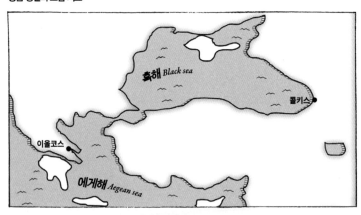

알케스티스

ΑΛΚΗΣΤΙΣ

계보도

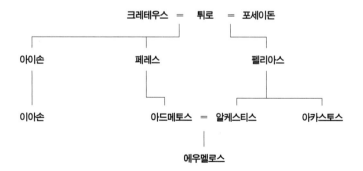

등장인물

아드메토스 페라이의 왕

알케스티스 아드메토스의 아내

아폴론 예언과 궁술과 의술의 신

타나토스 죽음의 신

헤라클레스 제우스와 알크메네의 아들

페레스 아드메토스의 아버지

아이 아드메토스와 알케스티스의 자식

하인

하녀

코러스 페라이의 장로들

(아폴론이 아드메토스의 궁전에서 활을 들고 등장한다.)

아폴론　아드메토스의 집이여! 이곳에서 나는 신이었지만
　　　노예들의 식판이나 받으며 만족해야만 했었지.
　　　제우스가 내 아들 아스클레피오스를 죽인
　　　장본인이시다, 그 아이의 가슴에 섬광을 던지셨으니.
　　　때문에 나는 정말 분노하여 제우스의 아이들,　　　　　　　　5
　　　퀴클롭스들을 화염으로 죽여 버렸다. 아버님은 내게도
　　　벌을 주어 필멸의 인간 곁에서 종살이하게 하셨지.
　　　여기 이 땅에 도착해 주인의 목동으로 봉사했는데
　　　이 집은 내가 오늘날까지도 지켜 주고 있다네.
　　　나 자신 경건한 자로서 경건한 사내를 만났으니　　　　　　　10
　　　그가 바로 페레스의 아들인데, 내가 운명의 여신들을 속여
　　　그를 죽음에서 구해 낸 것이다. 이들 여신은 내게 허락했지,
　　　다른 시체와 바꿔치기해 하계의 권력에 그것을

주면 그가 임박한 죽음을 피할 수 있을 거라고.

15   그래서 그는 모든 친구를 찾아가 물어보았지만
[그의 부친과, 그를 낳은 연로한 어머니도 그리했건만]
그를 대신해 죽어서 더는 빛을 바라보고
싶지 않은 자를 찾지 못했다, 그의 아내 빼고는.
지금은 그가 집에서 숨 헐떡이는 아내를

20   양손으로 들어 올리고 있지. 오늘 안에 그녀는
삶을 떠나 죽게 될 운명이었다.
나는 집 안에서 퍼질 죽음의 오염을 피하려고
이 궁전의 가장 사랑스러운 지붕을 떠날 것이다.
이미 여기 죽음의 신이 다가오는 게 보이는구나,

25   망자들의 사제 말인데, 그자는 하데스의 궁전 아래로
그녀를 데려가려 한다. 때마침 죽음의 신이 도착했구나,
그녀가 반드시 죽어야 하는 이날을 고대하면서 말이다.

타나토스   *아— 아 -(a, a)*
왜 당신이 궁전 근처에서? 왜 여기서 얼쩡거리나?
포이보스°여, 하계의 명예를 제한하고 정지하며

30   또다시 불법을 저지르려고?
당신은 아드메토스의 죽음을 막는 것으로는
만족하지 않는가? 운명의 여신들을 속임수로
넘어뜨려 놓고. 지금은 알케스티스를 위해
곁에서 또다시 손에 활을 들고 무장하며 지키고 있나?

그녀, 펠리아스의 딸은 스스로 남편을   35

풀어 주고 대신 죽겠다고 약속했었지.

아폴론   걱정 말게. 알다시피 나는 정의롭고 유용한 말도 할 줄 알지.

타나토스   정의롭다면서 대체 활은 무슨 일로?

아폴론   활을 들고 다니는 것이 내 습관이라서.

타나토스   그래서 이 집에 부당하게 도움 주는 것이 습관이라서.   40

아폴론   내 소중한 친구의 불행에 마음이 무거우니까.

타나토스   그래서 내 두 번째 시체를 앗아 가려는 것인가?

아폴론   근데 첫 번째 시체도 강제로 앗아 간 건 아니지.

타나토스   그럼, 어떻게 그자가 하계가 아닌 지상에 있는 거지?

아폴론   아내와 바꿔치기해선데, 지금 당신이 그녀를 쫓고 있지.   45

타나토스   그렇네. 그녀를 하계의 땅으로 데려가려고 하니.

아폴론   그녀를 데려가게나. 내가 당신을 설득할 자신 없으니.

타나토스   죽어야 하는 자를 죽이는 것을? 그것은 내가 명 받은 일이네.

아폴론   그게 아니라, 죽어야 할 자의 죽음을 연기하는 것이지.

타나토스   정말로 당신의 목적과 욕망을 알 것 같군.   50

아폴론   근데 알케스티스가 늘그막에 이를 방법이 있을까?

타나토스   불가능하네. 나도 내 직무에서 보람을 느껴야 한다고.

아폴론   어떤 경우든 당신은 목숨 하나 이상은 취할 수 없겠지.

타나토스   젊은 것이 죽으면 나는 더 큰 영광을 얻게 되지.

아폴론   그녀가 늙어 죽으면 더 성대하게 매장될 텐데.   55

타나토스   포이보스여, 당신은 부자를 위한 법을 만들려는 거요.

아폴론   무슨 말인가? 당신이 영특하다는 소문이 사실이란 말인가?

타나토스　가진 자는 늙어서 죽는 것을 사들일 수 있을 거네.

60　**아폴론**　나에게 그런 호의를 베풀 생각은 없는 게지.

　　타나토스　전혀 아니지. 당신은 내 성향을 잘 알고 있잖은가.

　　아폴론　필멸의 인간에겐 적대적이고, 신들에겐 미움받는 성향이지.

　　타나토스　당신이 가져선 안 되는 것은 뭐든 가질 수 없는 법이네.

　　아폴론　분명 당신은 그 성향을 포기하겠지, 비록 너무 사나워도.

65　어떤 사내가 페레스의 집으로 오고 있네,

　　그는 에우뤼스테우스˙의 명을 받아 트라키아의

　　겨울 땅에서 말들˙과 마차를 취하러 갔었지.

　　바로 그 사내가 여기 아드메토스의 집에서 환대받고

　　여기 여인을 당신에게서 강제로 빼앗게 될 것이다.

70　내가 당신에게 감사하는 일은 없을 것이고

　　당신은 그러고도 내게 미움받게 될 것이다.

　　(아폴론이 퇴장한다.)

　　타나토스　실컷 지껄여도 당신, 더는 얻지 못할 것이다.

　　그래서 그 여자는 하데스의 집 안으로 내려가고 있지.

　　나는 그녀에게 가서 칼을 들고 의식을 치를 것이다.

75　누군가 하계의 신들에게 제물로 바쳐지면,˙

　　이 칼이 그의 머리카락을 잘라 성스럽게 하지.

　　(타나토스가 집 안으로 퇴장한다.)

　　(코러스가 오케스트라로 행진하며 등장한다.)

　　코러스　집 앞에선 대체 왜 정적이 흐르고 있는가?

아드메토스의 집이 왜 침묵 속에 잠겨 있는가?

─ 한데 근처에는 어느 가족도 보이지 않는구나.

그가 누구든 말해 줄 텐데, 왕비가 죽어서　　　　　　　80

애도해야 한다고, 아니면 펠리아스의 따님

알케스티스가 살아서 아직 여기 이 빛을

보고 있다고, 나와 모두가 보기에도

그녀는 자신의 남편에게

가장 훌륭한 아내가 되었구나.　　　　　　　　　　85

─ 누가 듣고 있는가? 신음 소리나　　　　　　　(좌 1)

집에서 온통 가슴을 치는 소리나

울음소리를. 모든 일이 끝났으니.

─ 아니, 정말로 어느 하녀조차도

대문 주위에도 아무도 없구나.　　　　　　　　　　90

치유의 신 파이안*이시여,

재앙을 달래서 잠재우며 나타나소서.

─ 여주인이 죽었다면 사람들이 침묵하지 않을 텐데.

─ †정말, 이미 집에서 시신을 치우지는 않았을 테니까.†

─ 어떻게? 나는 모르겠다. 무엇으로 그대는 확신하고 있는가?　95

─ 어떻게 아드메토스가 혼자서 아무도 없이

헌신적인 아내의 장례식을 거행했겠는가?

── 대문 앞에서 아무것도 보지 못했다네,　　　　　(우 1)

　　관습대로 하듯이 샘물에서 길어 온 물을,

100　망자들의 대문 위에 뿌려져 있는 물을.˙

　　── 현관에는 잘려 나간 머리카락 한 올도

　　보이지 않네, †망자를 애도하기 위해

　　잘려 나간 머리카락 말이네. 그리고 젊은†

　　여인들이 가슴 치는 소리도 울리지 않는구나.

105　── 바로 오늘은 운명이 정한 날…….

　　── †무슨 말인가?†

　　── 그녀가 땅 아래로 내려가야만 하는 날!

　　── 그대가 내 영혼을 건드렸다네, 내 마음을 건드렸다네.

　　── 고귀한 자의 생명이 시들어 갈 때

110　고귀하게 태어난 자는

　　누구든 애도를 받아야만 하네.

　　누군가 뤼키아˙나　　　　　　　　　　　(좌 2)

　　암몬˙의 건조한 자리를 향해

　　배를 타고 떠나서 불운한 여주인의

115　목숨을 구할 수 있을지도 모르지만

　　이 땅 위에 그런 곳은

　　없다네. 모두 잘라 버리는 죽음이

　　다가오고 있구나. 양을 바치는

신들의 어느 화롯가에 가야 할지,

나는 더는 알 수가 없네.   120

만약 누구보다도 아스클레피오스˚가   (우 2)

두 눈으로 이 빛을 보고 있다면

여주인은 칠흑 같은 장소와

하데스의 대문을 떠나서   125

〈이곳에〉 오셨을 텐데.

아스클레피오스가 죽음에 굴복한 자를

일으켜 세우곤 했거늘, 제우스가 던진

번갯불의 섬광에 맞아서 죽기 전까지는.

이제 삶의 희망을 기대할 수 있을까?   130

[이미 모든 일은 †왕이 수행하였으니†

모든 신들의 제단 위에선

피를 뿌리는 제물들이 넘쳐 나고 있지만

재앙을 치유할 길은 없구나.]˚   135

(궁전에서 하녀가 등장한다.)

── 집에서 하인이 나오고 있는데

 눈물을 흘리고 있구나. 무슨 사건을 듣게 될까?

(하녀에게) 너의 주인에게 무슨 일이 일어났다면

애도하겠지만. 한데 왕비는 숨이 붙어 계신지,

아니면 이미 숨을 거두셨는지 알고 싶은데.   140

하녀   여주인은 살아 있으며 죽어 있다고 말할 수 있습니다.

코러스   어떻게 같은 사람이 죽어 있으며 살아 있단 말인가?

143 **하녀**   이미 고개를 숙이고는 혼이 빠져 계시답니다.

146 **코러스**   목숨을 구할 희망은 더는 없겠지?

    하녀   운명이 정한 날이 압박하고 있으니까요.

    코러스   마님을 위한 물품들이 준비되어 있지 않나?

149 **하녀**   의복이 준비되었으니 부군이 함께 마님을 묻으실 겁니다.

144 **코러스**   불행한 남자, 어떤 남편으로 어떤 아내를 잃고 있는가.

145 **하녀**   주인님은 아직 모르실 겁니다, 그 일을 겪기 전에는.

150 **코러스**   이제는 아시게 하라. 그녀가 영광스럽게 죽어 가고 있다고

          저 멀리 태양 아래 여인들 중 가장 뛰어난 아내로 말이네.

    하녀   어찌 가장 탁월하지 않으실까요? 그 누가 반박하겠어요?

          이토록 탁월한 여인을 어떤 이름으로 불러야만 할까요?

          어느 여자가 남편을 공경한다는 것을 이보다 더 어떻게

155   더 잘 보여 줄 수 있을까요? 남편 대신 자진해 죽는 것보다!

          이는 물론 도시 전체가 알고 있는 사실이지요.

          집 안에서 여주인이 하신 일을 듣게 되면 놀랄 겁니다.

          정해진 날이 왔음을 인지하시자 여주인께서는

          강에서 길어 온 깨끗한 물로 눈부신 피부를

160   씻으셨고, 시더 재목으로 만든 장에서

          의복을 꺼내 알맞게 잘 차려입으셨고

          화로의 여신 헤스티아 앞에 서서 기도하셨습니다.

          "여주인이시여, 저는 땅 아래로 내려가니

마지막으로 당신 앞에 엎드려 간청하나이다.

고아 된 내 아이들을 보살펴 주십시오. 아들에겐   165

귀한 아내를, 딸아이에겐 고귀한 남편을 맺어 주십시오.

아이들 엄마인 제가 죽어 가듯이 그렇게

아이들이 제 수명 못 채운 채 죽지 않고 축복받으며

아버지 땅에서 행복한 삶을 꽉 채우게 해 주십시오."

    그녀는 아드메토스의 집 안의 모든 제단을 향해   170

달려가서는 화환을 두르고 기도하셨는데,

어린 도금양 가지들을 잘라 내시며 눈물을 흘리지도

한숨을 쉬지도 않으셨지요. 눈앞의 재앙도

마님 얼굴의 아름다운 본성을 바꾸지는 못했습니다.

그러고는 침실과 침대 안으로 달려 들어가선   175

정말로 그곳에서 눈물 터뜨리며 이렇게 말하셨지요.

"오 침대여, 이곳에서 나는 내 처녀성을 풀어 버렸지,

내 신랑 때문에, 그이보다 내가 먼저 죽는구나.

안녕, 침대야! 나는 너를 미워하지 않아. 너만이

날 죽게 했구나. 너와 남편을 배신하기 힘들어   180

죽는 거야. 그대는 어느 다른 여자가 차지하겠지,

나보다는 정숙하지 않겠지만, 아마도 운은 더 좋겠지."

    그리고 침대에 쓰러져서는 입을 맞추셨고

모든 침대를, 두 눈에서 흐르는 눈물 홍수로 적시셨답니다.

많은 눈물을 흘려 포만하게 되시자   185

침대에서 벗어나 고개를 떨구고 가시더니

여러 번이나, 침실에서 나오셨지만, 다시 뒤돌아보고
다시 침대에 몸을 던지셨습니다.
아이들은 엄마의 옷자락을 쥐고 매달려
190   울고 있었지요. 여주인은 아이들을 두 팔로 안고
차례로 입을 맞추곤 하셨지요, 죽음을 눈앞에 두고서.
그리고 지붕 아래 모든 하인이 동정하며
울고 있을 때, 여주인은 각자에게 손을 뻗었고
누구도 그렇게 야속하지 않으니 여주인은
195   말을 거셨고 다시 위로의 말을 들으셨답니다.
이것이 아드메토스의 집 안에 일어난 재앙입니다.
그분이 죽었다면 떠나고 안 계시겠지요. 하지만 죽음을
피하고는 결코 잊지 못할 엄청난 고통을 받고 계십니다.

코러스   필시 아드메토스는 그러한 불행에 탄식하고 계실 테지,
200   이토록 훌륭한 아내를 잃으셔야 한다면.

하녀   양손으로 소중한 아내를 붙잡은 채 통곡하시고
자신을 버리지 말라고 애원하시지만, 안 될 일을
바라시는 거죠. 아내가 병마에 야위어 스러지고 있으니.
그녀의 몸은 축 늘어져서, 부군 손에 가여운 짐이지만,
205   아직은 희미하나마 숨이 붙어 있으시니
그녀는 태양 빛을 바라보길 원하고 계시지요.
[그래서 결코 다시는 아니고, 지금 마지막으로
햇살과 태양의 눈을 바라보시게 될 겁니다.]
저는 당신의 도착을 알리기 위해 가 보렵니다.

모든 이가 통치자에게 호의를 갖는 것은 결코 아니라서   210
호의를 갖고 불행에 빠진 통치자 곁을 지키지는 않죠.
하지만 당신은 우리 주인님의 오래된 친구분입니다.
(하녀가 궁전 안으로 퇴장한다.)

코러스 ── 이오(*iō*) 제우스시여, 재앙에서 벗어날   (좌)
길은 어디에 있습니까? 우리 왕가를 덮친
　운명에서 벗어날 수 있을까요?
-〈아이아이(*aiai*)〉
†누가 나오고 있나?† 아니면 머리카락을   215
잘라 버려야 할까? 검은 상복을
벌써 몸에 둘러야 하나?
── 무시무시하다, 친구들이여, 무시무시하다고.
그럼에도 우리는 신들에게 기도하나이다.
신들의 권능이 가장 막강하니까.   220
── 파이안왕(아폴론)이시여,
아드메토스를 위해 재앙에서 벗어날 방책을 마련해 주소서.
── 방책을 찾아 주소서, 정말로 찾아 주소서.
과거에도 †이 사내를 위해 마련하셨듯이†
지금도 죽음에서 구해 주소서,
치명적인 하데스를 멈추어 주소서.   225

── 파파이(*papai*) 〈페우(*pheu*) 파파이(*papai*) 페우(*pheu*)

이오(*iō*) 이오(*iō*)〉 (우)

페레스의 아들(아드메토스)이여, 무슨 재앙을 만나셨습니까,

당신의 아내를 잃으시다니?

── *아이아이(aiai)*

이런 일은 검으로 자결할 만하고

높은 올가미에 목을 매는 것보다

더 위중한 일이로구나.

230 ── 소중한, 아니 가장 고귀한 아내가

바로 그 아내가 죽는 것을 오늘 안에,

당신은 보시게 되리라.

(궁전에서 알케스티스가 하인들의 부축을 받으며

등장하고, 아드메토스가 두 아이와 함께 등장한다.)

── 보라, 보라.

그녀가 집에서, 남편도 나오고 있다.

── 함성을 질러라, 통곡하라, 페라이 땅이여,

235 가장 뛰어난 여인이

질병에 여위어 저 대지 아래

하데스 곁으로 가고 있구나.

결혼이 고통보다 기쁨을 낳는다고

결코 말하지 못하리라. 과거에 일어난 일로

240 내가 판단하며 왕의 운명을

바라보고 있자니, 가장 뛰어난

아내를 잃은 그는 이 시간 이후에
살아도 살 가치 없는 삶을 살게 되리라.

알케스티스　태양이여, 하루의 빛이여　　　　　　　　　(좌 1)
창공에서 경주하는 구름의 소용돌이여.　　　　　　　245

아드메토스　태양이 나와 당신, 곤경에 처한 두 사람을 보고 있소.
나는 당신의 죽음을 자초할 짓을 전혀 하지 않았거늘.

알케스티스　땅이여, 궁전의 지붕이여,　　　　　　　　(우 1)
조국 이올코스에 있는 신부의 침상이여.

아드메토스　일어나게, 가여운 이, 날 버리지 마오.　　　　250
당신을 제압한 신들께 동정을 구하는 기도를 하구려.

알케스티스　보고 있어요, 노가 두 개인 배를 보고 있어요, (좌 2)
호수˙ 안이에요. 시체들의 사공
카론이 배의 키를 잡고
벌써 날 부르고 있네요. "왜 꾸물거리느냐?　　　　255
서둘러라. 네가 날 가로막고 있구나."
　하며 서둘러 대며 날 다그치고 있어요.

아드메토스　오이모이(*oimoi*). 내게 이 쓰디쓴 항해를
말하는구려. 불운한 이, 내가 무슨 일을 당하고 있는가?

알케스티스   날 자꾸 잡아당겨요, 누가, 누가 날 잡아당겨요. (우 2)
260   (보고 있지 않나요?) 시체들 쌓인 홀 안으로.
그건 바로, 날개 달린 하데스가 검은 눈썹 아래에서
노려보고 있네. 왜 그러세요? 놔주세요.
가장 불쌍한 내가 대체 무슨 길을 가고 있단 말인가.

아드메토스   가족에게 불쌍한 길이라오. 특히 나와
265   아이들에게. 우리 모두가 함께 느끼는 고통이라네.

알케스티스   (하인들에게) 놔라, 어서 날 놓으라니까.   (종가)
날 눕혀 다오. 양발에는 힘이 없어.
하데스가 가까이 있다고. 어두운
밤이 두 눈에 기어들어 오는구나.
270   아이들아, 아이들아, 더는 정말로
더는 너희들 엄마가 아니란다.
아이들아, 안녕. 너희 둘은 이 빛을 바라보기를……

아드메토스   오이모이(*oimoi*). 이 말을 듣고 고통스러우니
나에게는 죽음보다 더 큰 재앙이로구나.
275   신들에 맹세코, 제발 감히 날 버리지 마오,
당신이 고아로 만들 아이들을 남겨 두고.
자, 일어나서 견뎌 보게나.
당신이 죽으면 나는 더는 존재하지 않을 테니,
우리가 죽고 사는 것은 당신 손에 달려 있소,

당신의 사랑을 우리가 공경하고 있으니 말이오.'

알케스티스 아드메토스, 당신은 내 처지가 어떤지 보고 있고   280
내가 죽기 전에 내 바람을 당신께 말하고 싶어요.
나는 내 목숨보다도 당신을 더 중히 여겨
당신이 이 빛을 바라볼 수 있게 하려고
죽어 갑니다, 당신을 위해 죽지 않아도 되고
내가 원하는 테살리아 사내와 재혼하여   285
왕가의 번영한 집에서 살아갈 수 있겠지요.
허나 당신을 잃고 나서 아빠 없는 아이들과 함께
살고 싶지 않았어요. 또한 나의 젊음도
아끼지 않았어요, 내가 젊음을 누리기는 했지만.
정작 당신을 낳고 길러 준 부모가 배신했어요,   290
두 사람은 인생에서 훌륭하게 죽을 수 있는, 훌륭하게
아들을 구하고 영광스럽게 죽을 수 있는 나이인데도.
그들에겐 당신이 유일한 아들이어서 당신이 죽으면
아이들을 낳을 수 있는 아무 희망도 그들에겐 없었지요.
나도 당신도 남아 있는 세월 동안 살 수 있을 테고   295
또 당신은 아내를 잃고서 탄식하지도 않을 테고
또 엄마 없는 아이들을 키우지도 않을 텐데. 그러나
어떤 신이 개입해서 이런 상황이 생겨났어요.
　그래요, 이제, 당신은 이런 희생을 한 내게 고마움 잊지 마세요,
내 희생을 보상하라는 것은 절대로 아니고   300

(목숨보다 더 값어치 나가는 것은 없으니까요.)
당신이 동의할 만한 정당한 것을 요구해요. 나 못지않게
당신은 이 아이들을 사랑하니까요, 당신이 제정신이라면.
아이들을 우리 집의 주인으로 지켜 주되
305 재혼하여 이 아이들에게 새엄마를 주지 마세요.
그 여자가 누구든 나보다는 못났겠지만
질투심에 나와 당신의 아이들에게 손을 댈 겁니다.
안 돼요. 그건 아니죠. 나의 부탁이에요.
새엄마는 전처의 아이들을 적대하기 마련이에요,
310 계모는 독사와 마찬가지로 상냥하지 않으니까요.
아들은 아빠를 커다란 성채로 가지겠지만
[그에게 말하자 다시 대답을 들었지요.]
내 딸아, 너는, 어떻게 커서 좋은 신부가 될까?
네 아빠의 어떤 배우자를 만나게 될까?
315 그 여자가 너에게 수치스러운 평판을 덧붙여
젊음의 정점에서 네 결혼을 망칠까 두렵구나.
엄마는 신부 된 너를 결코 보살피지 못할 거고
딸아, 네가 출산할 때 네 곁을 지키며
돌보지도 못하겠지, 엄마의 돌봄보다 더 좋은 건 없는데.
320 나는 죽어야만 하니까. 이 불행이 내일
닥치는 것도 아니고 다음 날도 아니니
당장, 나는 더 이상 존재하지 않는 자가 된단다.
안녕, 그리고 행복하게 살기를. 여보, 당신은

가장 탁월한 아내를 얻었다고, 아이들아, 너희는

가장 탁월한 어머니에게서 태어났다고 자랑할 수 있을 게다.　325

코러스　힘내세요. 부군 앞에 대놓고 말하렵니다.

제정신이라면 그분은 그렇게 하실 겁니다.

아드메토스　그렇게 될 것이오. 암, 되고말고, 걱정하지 마시오.

살아서 당신은 내 아내였고, 죽어서도 홀로 내 아내로

불릴 것이네. 당신 말고 누구도, 테살리아의　　　　330

어떤 여인도 나를 남편이라 부르는 일은 없을 거요.

당신처럼 그 누구도 그렇게 고귀한 부친을 두지 못했고

외모에서도 가장 돋보이는 여인은 없소이다.

아이들은 충분하오. 아이들로부터 이득 보게 되기를

신들에게 기도하고 있소. 당신 덕은 보지 못했으니까　　335

1년 동안만 당신 죽음을 애도하는 게 아니라

부인, 나의 생이 이어지는 동안에는

나를 낳아 준 여인을 증오하고 내 부친을 적대하며

당신을 애도하리다. 그들은 말로만 부모였던 거요.

그러나 당신은 자신에게 가장 소중한 생명을 내놓고　　340

내 목숨을 구했소이다. 당신과 같은 아내를 잃었으니

내가 통곡해야 할 이유가 충분하지 않겠소?

　멈추게 할 것이오, 술잔치와 술친구들의 회합과

화환과, 우리 집 가득 채웠던 음악을!

앞으로 나는 리뷔아의 피리에 노래 부르며　　　　345

흥을 돋우는 일은 절대로 하지 않을 것이오.

당신이 내 삶에서 즐거움을 앗아 갔으니까.

숙련된 목수의 손으로 본떠 만든

당신의 형상이 침대 안에 누워 있게 할 것이오.

350 나는 그 형상 위에 쓰러져 양손으로 휘감으며

당신 이름을 부르며 구부린 팔 안에

사랑하는 아내를 안고 있다고 여길 것이오, 비록 없지만.

내 생각에, 차디찬 즐거움을, 그러나 그럼에도

내 영혼에 고인 부담을 들어낼 것이오. 당신은 꿈속에서

355 돌아다니며 나를 기쁘게 하겠지. 꿈속에서도 사랑하는 이를

바라보는 건 달콤한 일이니까, 얼마의 시간이 허락되든지.

　　나에게 오르페우스의 음성과 음악이 있다면

그래서 내가 페르세포네과 그녀 남편 하데스를,

노래로 매혹하여 당신을 하데스에게서 구할 수만 있다면

360 내려갔을 것이오. 나를, 플루톤의 개도

노 저으며 영혼들을 안내하는 사공 카론도

나를 막지 못했을 거요, 당신을 빛 속으로 데려오기 전에는.

그러니 그곳에서 날 기다려 주오, 내가 죽으면,

그곳에서 나와 함께 살 수 있도록 집을 마련해 주오.

365 같은 삼나무 관 안에 나를 당신과 함께 놓으라고

아이들에게 요구할 것이오, 또 그대의 옆구리에

내 옆구리를 놓아 달라고 말이오. 죽은 뒤에도, 나에게

유일하게 헌신하는 당신과 결코 떨어져 있지 않기를.

코러스　나 또한 친구가 친구에게 하듯, 당신과 그녀의

고통에 찬 불행을 나눌 겁니다. 그녀는 그럴 자격이 있으니까.   370

알케스티스 아이들아, 너희들이 직접 아빠가 약속한 것을

잘 들었겠지, 다른 여인과 결혼하여 너희에게

고통을 주지 않겠다고, 또 내 명예를 훼손하지 않겠다고.

아드메토스 당장 약속하고 그 약속을 지킬 것이오.

알케스티스 그 조건으로 내 손에서 아이들을 받으세요.   375

아드메토스 받고 있소, 소중한 손으로부터 소중한 선물을.

알케스티스 그럼 당신은 나 대신 이 아이들의 엄마가 되어 주세요.

아드메토스 틀림없이 그럴 것이오, 아이들이 당신을 잃었으니.

알케스티스 애들아, 나는 마땅히 살아야 하는데, 내려가고 있구나.

아드메토스 오이모이(*oimoi*), 당신을 잃고 나는 어찌한단 말이오?   380

알케스티스 시간이 당신을 치유하겠죠. 죽은 자는 아무것도 아니니까.

아드메토스 함께 날 데려가 주오. 신들에 맹세코, 데려가 주오.

알케스티스 당신 대신 내가 먼저 죽는 것만으로 충분해요.

아드메토스 오, 신이시여, 어떤 배우자를 내게서 떼어 놓으시나요.

알케스티스 지금 내 두 눈은 무겁고 어둠에 휩싸이네요.   385

아드메토스 그럼, 나는 끝장났소, 부인, 진정 그대가 날 떠난다면.

알케스티스 나는 더 이상 존재하지 않는다고 말할 수 있지요.

아드메토스 머리를 들어 올리시게. 아이들을 떠나지 마시오.

알케스티스 떠나는 걸, 결코 원치 않지만. 아이들아, 안녕!

아드메토스 아이들을 봐요. 보라고. **알케스티스** 나는 더는 없어요.   390

아드메토스 뭐 하는 거요? 떠나는 거요? **알케스티스** 안녕.

   아드메토스 완전히 끝장났어.

코러스 떠나셨습니다. 아드메토스의 아내는 세상에 더 이상 없습니다.

아이 이오(*iō*). 내 운명이여. 엄마가 정말로 아래로   (좌)
가 버리셨네. 태양 빛 아래 더는
395 존재하지 않으시네요, 아빠.
엄마가 떠나니 나는 고아 신세가 되었어요, 불쌍한 엄마.
†보세요, 눈꺼풀을 보세요, 그리고†
축 늘어진 양팔을.
400 내 말이 들리세요, 들리세요. 오, 엄마, 간청합니다.
나는 엄마에게, 나는, 엄마를
†부르고 있어요, 엎어져서는, 엄마, 엄마의†
입술에, 엄마의 작은 새랍니다.

아드메토스 엄마는 듣지도 보지도 못하고.
405 너희 둘과 나는 무거운 불행으로 두들겨 맞았구나.

아이 어린 나는, 아빠, 사랑하는   (우)
엄마와 떨어져 혼자 남겨졌어요.
오, 나는 정말로 잔혹한
일을 겪고 있어요,
410 나는, 사랑스러운 동생, 나와 함께,
너는 함께 겪는구나. ……아빠,
헛되이, 헛되이 결혼하셨군요, 아내와 함께

해로하지도 못하시고요.

먼저 아내가 죽었으니. 어머니, 당신이

돌아가시니 가정이 완전히 망했습니다.ʹ 415

코러스　아드메토스여, 이 불행을 견디셔야 합니다.

당신은 인간들 가운데 〈이처럼〉 훌륭한 아내 잃은

처음 사람도 아니고 마지막 사람도 절대 아닙니다.

명심하세요, 우리 모두는 죽음이란 빚을 안고 살아간다는 것을.

아드메토스　잘 알고 있네. 이런 불행이 갑작스레 420

닥친 게 아니라는 것을. 그걸 알고는 한동안 시달려 왔지.

이제 이 시체의 장례식을 치를 터이니

곁에 있어 주게나. 그렇게 머물면서 하계의 신들에게

제주(祭酒) 없는 찬가로 화답해 주게나.

내가 다스리는 모든 테살리아인들에게 425

머리를 말끔하게 자르고 검은 상복을 입고서

내 아내를 애도하는 일에 동참할 것을 선포하노라.

마차에 말 넷을 매는 자들과 경주마 타는 자들

모두, 무쇠를 써서 말 목덜미의 갈기를 잘라 내어라.

12개월이 꽉 차게 될 때까지는 도시에 430

피리 소리와 칠현금 소리가 들리지 않게 하라.

이보다 내게 더 소중하고 더 다정한 시체를

매장하지는 못할 테니까. 그녀는 내게 공경받아 마땅하지.

그녀만이 유일하게 나 대신 죽음을 맞이했으니까.

(아드메토스가 아이들과 시종들과 함께 퇴장하며 알케스티스
　의 시신을 궁전 안으로 옮긴다.)

코러스　　오 펠리아스의 딸이여,　　　　　　　　　　　(좌 1)

436　　나를 위해, 기뻐하며 하데스의 궁전,

　　　　햇빛 없는 거처에서 거주하시길.

　　　　검은 머리의 신 하데스께서는

　　　　아셔야 합니다. 그리고 노 젓고

440　　키 조종하는 노인장 카론,

　　　　혼백의 안내자도 아셔야 합니다.

　　　　정말로, 정말로 엄청나게 탁월한 여인을,

　　　　당신이 노가 두 개인 소나무 배로

　　　　아케론의 호수 너머로 호송했다는 것을!

　　　　수없는 가인들이 당신의 부덕(婦德)을　　　　　(우 1)

446　　노래하리라, 칠현의 산 거북 등딱지˙와

　　　　뤼라 반주 없는 찬가로 찬양하며.

　　　　스파르타에서

　　　　카르네이오스 달˙이 돌아와서는

450　　달이 온밤 동안

　　　　〈중천에〉 떠 있을 때, 또 번영으로

　　　　빛나는 아테나이에서도 그러할 때.

　　　　당신은 죽어서 가인들에게

　　　　이러한 곡조의 노래를 남기셨구나.

내가 힘을 가질 수 있기를,　　　　　　　　　　(좌 2)

당신을, 하데스의 홀에서　　　　　　　　　　　　　　456

코퀴토스 흐름의 하계의 강을

노 저어 건너가서

빛으로 보낼 수 있기를.

당신은 홀로, 가장 소중한 여인이여,　　　　　　　　460

대담하게, 대담하게 자기 목숨을 주고는

하데스에서 남편을 되찾아 오셨구나.

부인이여, 흙덩이가 가뿐하게 뿌려지기를.

만약 부군이 무슨 괴상한 재혼을 하게 된다면

정말로 나와 당신 아이들에게 내내 미움받게 되리라.　　465

어미가 아들 대신 육신이　　　　　　　　　　(우 2)

땅에 묻히는 걸 원하지 않고

연로한 아비도 그러하다니

그들이 낳은 자식인데도 구할 용기가 없다니,

무자비한 부모여, 백발의 머리를 이고서.　　　　　470

그러나 당신은 꽃 같은 나이에도

젊은 남편 대신 죽어서 떠나셨다니.

나도 그런 소중한 아내 만나 결혼하는 행운이 있기를,

삶에서 행운의 몫은 드문 법이니. 그런 여자라면

평생, 함께 살며 어떤 고통도 주지 않으리라.　　　　475

(헤라클레스가 등장한다. 헤라클레스는 사자 가죽을 쓰고
곤봉을 들고 있다. 한 하인이 그의 도착을 알리기 위해 아
드메토스에게 간다.)

헤라클레스   친구들이여, 페라이 땅의 시민들이여,

아드메토스가 집에 머무르고 있소?

코러스   페레스의 아드님은 집에 계십니다, 헤라클레스여.

그런데 무슨 용무로 테살리아 땅에 왔는지 말해 주십시오,

480   여기 이 도시 페라이에 발을 들였으니.

헤라클레스   티륀스의 왕 에우뤼스테우스를 위한 일을 하고 있소.

코러스   어디로 가시렵니까? 무슨 일로 떠도시는지?

헤라클레스   트라키아 디오메데스의 네 마리 말의 마차를 찾는 중이오.

코러스   어떻게 그럴 수 있습니까? 그 주인을 모르진 않겠지요?

485 **헤라클레스**   모르네. 비스토네스족의 땅에는 가 본 적 없으니까.

코러스   싸우지 않고 말들을 얻는 건 불가능합니다.

헤라클레스   하지만 나는 이러한 노고를 거절할 수 없소.

코러스   죽이고 돌아오든가, 죽어서 그곳에 남든가.

헤라클레스   이런 노고는 내가 처음 하는 것이 아니라오.

490 **코러스**   말의 주인을 무찌르면 무슨 이득이 생기는 겁니까?

헤라클레스   티륀스의 주인에게 말들을 데려가려 하오.

코러스   주둥이에 재갈을 물리는 일은 쉽지 않습니다.

헤라클레스   말들이 콧구멍에서 화염을 뿜지만 않는다면.

코러스   그것들이 잽싼 주둥이로 사람들을 찢어 놓을 겁니다.

헤라클레스　인간은, 말이 아니라 산속 야수의 여물이라네.　　　495

코러스　구유가 핏덩이로 가득 차 있는 걸 발견할 겁니다.

헤라클레스　그 말들을 키운 주인은 누구의 아들이라 뽐내고 있나?

코러스　아레스의 아들이며, 황금 많은 트라키아의 방패 나르는 자라고.

헤라클레스　이 노고는 내 운명에 속하는 노고란 말이야.

（내 운명은 항상 혹독하여 가파른 언덕까지 오르게 되니까.）　500

내가 아레스의 아들들과 싸워야만 한다면

우선 뤼카온과, 다음으로 퀴크노스와 싸우고 나서˙

이 세 번째 과업을 수행하게 되는데

그 과업은 말들과 말들의 주인과 겨루는 것이지.

그런데 이 알크메네의 아들 헤라클레스가 적들의 손에　　505

벌벌 떠는 꼴을 한 번이라도 본 자는 아무도 없소.

（궁전에서 아드메토스가 등장한다. 검은 옷을 입고 머리카락
　은 잘려 있다.）

코러스　자 여기 이 땅의 왕이신

아드메토스께서 직접 궁전에서 나오십니다.

아드메토스　안녕하시오. 제우스의 아들이며 페르세우스 혈통˙이여.

헤라클레스　아드메토스, 그대도 안녕하신가, 테살리아인의 왕이여.　510

아드메토스　그러하길. 그대가 호의를 갖고 있음을 잘 알고 있다네.

헤라클레스　무슨 일로 머리를 자르고 눈에 띄게 애도하는 것인가?

아드메토스　오늘 내로 어떤 시체를 매장하려는 거라네.

헤라클레스　그럼 신께서 아이들에게 닥친 재앙을 막아 주시길.

515	**아드메토스**	내가 낳은 자식들은 집에 살고 있지.
	헤라클레스	연로하신가, 아버님이 돌아가신 거요?
	아드메토스	살아 계시네, 나를 낳아 주신 어머니도, 헤라클레스.
	헤라클레스	그대의 아내 알케스티스가 죽은 건 아니겠지?
	아드메토스	그녀에 대해선 이중으로 말하는 게 가능하다네.
520	**헤라클레스**	그녀가 아직 살아 있으며 죽었다고 말하는 건가?
	아드메토스	그녀는 있지만 더는 있지 않네, 그것이 날 힘들게 하지.
	헤라클레스	더는 잘 모르겠네. 불분명하게 말하고 있으니.
	아드메토스	그녀가 맞이해야만 할 운명을 모르겠나?
	헤라클레스	알고 있네, 그대 대신 죽는 걸 감수한다고 했었지.
525	**아드메토스**	그러니 어찌 그녀가 아직 살아 있겠나? 그리 약속했다면.
	헤라클레스	*아-(a)*, 미리 아내를 애도하지 말고 그날까지 미루게나.
	아드메토스	죽을 사람은 죽어 있으니 이제 더는 없는 게지.
	헤라클레스	존재하는 것과 존재하지 않는 것은 구분된다고.
	아드메토스	헤라클레스, 그대는 이렇게, 나는 저렇게 판단하네.
530	**헤라클레스**	아니, 지금 누굴 애도하는 겐가? 망자가 가족인가?
	아드메토스	여인이라네. 그 여인은 내가 방금 말했지.
	헤라클레스	외지인인가, 아니면 그대와 혈연관계인가?
	아드메토스	외지인이지만, 우리 집과 관련된 여인이라네.
	헤라클레스	그럼, 어떻게 그 여인이 그대 집에서 목숨을 잃었는가?
535	**아드메토스**	그녀 부친이 죽고 고아가 된 그녀를 여기에서 보살폈다네.
	헤라클레스	*페우-(pheu)*,
		아드메토스여, 그대가 애도하지 않을 때 찾아와야 했거늘.

아드메토스 대체 무슨 의도로 그런 말을 하는 겐가?

헤라클레스 다른 친구들의 화롯가를 찾아가려고 하네.

아드메토스 안 되네, 친구여. 그러한 재앙이 오지 않기를.

헤라클레스 슬퍼하는 자에게 찾아온 손님은 부담이 되지.　　　540

아드메토스 죽은 자들은 죽어 있다네. 자, 집 안으로 들게나.

헤라클레스 통곡하는 자 옆에서 손님이 잔치를 즐기는 건 수치라네.

아드메토스 내가 안내하는 손님방들은 멀리 떨어져 있네.

헤라클레스 그럼 안내해 주게나. 진심으로 고맙네그려.

아드메토스 그대는 다른 사내의 화롯가에 갈 수 없다네.　　　545

　　　(하인에게) 여기 이분을, 궁전의 눈에서 벗어난

　　　손님들 거처의 대문을 열고 안내하라. 담당 하인이

　　　식사를 충분히 제공케 하고, 안뜰의 대문은

　　　잘 닫아 두어라. 손님이 잔치 즐기는데,

　　　곡소리 듣거나 괴로워하는 것은 부적절하니까.　　　550

　　　(하인이 궁전 안으로 퇴장하고 그 뒤를 헤라클레스 따른다.)

코러스 이게 웬일입니까? 그렇게 큰 불행을 눈앞에 두고

　　　아드메토스여, 손님을 받으시다니? 왜 그리 어리석은 짓을?

아드메토스 그러나 찾아온 손님을 나의 집과 도시에서

　　　몰아냈다면 그대가 나를 더 칭찬했겠나?

　　　절대 아니지, 오히려 내게는 작지 않은 불행이　　　555

　　　생길 것이네, 환대에 인색한 왕이라는 비난을 듣겠지.

　　　내 집이 손님을 혐오하는 집으로 불린다면

　　　현재 불행에다가 또 다른 불행이 더해지는 셈이네.

언젠가 내가 아르고스의 목마른 땅에 갔을 때

560   내가 여기 이 가장 훌륭한 주인과 만나게 될 거네.

코러스   그렇다면 왜 당신은 현재의 운명을 숨기려 하십니까?

당신 말씀대로 그 사내가 친구로 도착했는데.

아드메토스   만약 내 고통을 조금이라도 알았다면.

그는 결코 집 안에 들어가려 하지 않았겠지,

565   내가 그리하면 누구에겐 제정신이 아닌 걸로

보일 거고 또한 나를 칭찬하지도 않겠지. 나의 집은

찾아온 친구를 무시하고 쫓아내는 법을 모른다네.

(아드메토스가 궁전 안으로 퇴장한다.)

코러스   오, 많은 손님 환대하는, 관대한 사내의 집이여, (좌 1)

570   퓌토이°의 멋진 뤼라 연주하는 아폴론조차

황송하게 그대의 집에 사시고

그대의 목초지에서

목동이 되는 걸 감내하셨도다.

575   경사진 언덕을 지나

그대의 양 떼에게 피리 불어

짝짓기 노래 들려주시며.

그 노래에 기뻐하며 점박이 스라소니들이   (우 1)

580   무리에 합류했고, 오트뤼스의 골짜기 떠나

황갈색 사자들의 무리가 이곳에 왔다네.

포이보스여, 당신의 키타라 연주에
얼룩진 새끼 사슴이 춤을 추었으니
잎 높이 솟은 전나무 너머로   585
총총거리는 발걸음으로 뛰어다니며
흥을 돋우는 노래에 기뻐했구나.

그리하여 아드메토스는   (좌 2)
요요히 흐르는 보이비아 호수˙ 옆,
가축 떼 많은 집에 살고 있구나.   590
경작 토지와 들판 평지에
경계석을 세웠으니
그곳에는 몰롯소스산맥˙ 너머 땅과 마주한,
태양의 어두운 마구간이 있구나.˙
또한 펠리온산˙의 항구 없는 해안에   595
이르기까지 에게해를 다스리고 있구나.

지금은 두 눈에 눈물을 적시며   (우 2)
집 대문을 활짝 열어 친구를 맞이했다네,
집 안에선 방금 돌아가신
그의 귀한 아내의 시신을 두고 애도하면서.   600
고귀한 본성은 손님 공경의 길로 내달리는 법.
고귀한 자에겐 모든 것이 가능하구나.
당신의 지혜를 경탄하게 되노라.

경건한 자가 번영하리라는

605 확신이 내 영혼 한가운데 서 있구나.˙

(아드메토스가 궁전에서 하인들과 함께 등장한다. 하인들이
죽은 알케스티스를 들것으로 나르고 있다.)

아드메토스 페라이 사내들이 호의를 품고 내 곁에 있구나,

내 하인들이 이미 모든 채비 마친 시체를

높이 들고서 무덤과 장작더미로 나르고 있고.

너희들은, 관습에 따라 마지막 길을

610 떠나는 망자에게 작별 인사를 하여라.

(페레스가 시종들과 함께 등장하고 있다.)

코러스 자, 당신의 아버님이 노령의 발걸음으로

오고 계시는 것이 보이고, 그 하인들이 당신 아내에게

망자의 선물로 드릴 장신구를 나르고 있습니다.

페레스 아들아, 너와 함께 불행을 나누려고 왔다.

615 현명하고 훌륭한 아내를 잃었구나,

누구도 반박하지 못할 게다. 이러한 불행은

비록 견디기 힘들어도 견뎌 내야 한다.

여기 이 장신구를 받아라. 그리고 하계로

가거라. 이 여인의 몸은 공경받아야 마땅하지,

620 바로 너의 목숨을 대신해 죽었으니까, 아들아,

내 자식을 잃게 하지도 않았고, 내가 널 잃고서

애도하며 노령으로 죽어 가게 하지도 않았고

모든 여인에게는 보다 더 영광스러운 삶을

보여 주었다, 이토록 고귀한 일을 감행했으니.

여기 이 사내를 구했고 쓰러진 나를 일으켜   625

세운 여인이여, 잘 가시게. 그리고 하데스의 집에서도

좋은 일만 있기를. 이런 결혼이야말로 이득이

되는 거다, 그렇지 않다면 결혼은 무가치한 것이지.

아드메토스 내가 초대해서 이 장례식에 오신 게 아닌데,

당신이란 사람은 가족 안에 포함되지 않소이다.   630

당신이 가져온 장신구는 이 여인 위에 놓이지 않을 거요.

당신이 가져온 선물 하나 없이 그녀는 매장될 테니까.

내가 죽어 가고 있을 때, 당신은 함께 슬퍼했어야 했는데.

비켜서시오. 당신은 노인인데도 다른 젊은이가

죽게 내버려 둔 채 이 시체를 두고 통곡하는 것이오?   635

당신은 분명, 이 몸의 아버지가 아니었고

내 어머니라 불리며 날 낳았다고 주장하는 이도

날 낳은 것이 아니었고, 어느 노예에게서 태어난

내가 당신 아내의 젖가슴에 몰래 안겨졌던 것이오.

시험을 당하자 당신은 어떤 부류의 인간인지 드러냈으니   640

나는 내가 당신의 아들로 태어났다는 걸 믿지 않소.

정말, 당신은 가장 겁 많은 인간인 듯한데

그렇게 나이를 많이 먹고 삶의 끝에 도달했는데도

당신의 아이를 위해 대신 죽을 용기도 없고

그걸 원하지도 않았기에, 당신과 당신 아내는   645

이 피가 섞이지 않은 여인을 내쳤소이다, 정당하게도

이 여인만이 내 어머니이자 아버지라고 할 것이오.

비록 당신에게 남아 있는 수명이 아주 짧더라도,

당신이 당신 아이 대신에 죽었더라면

650 이 시험을 영광스럽게 통과했을 텐데.

[나와 내 아내 모두 여생을 살 수 있고

홀몸이 되어 재앙을 탄식하지도 않을 텐데.]

　　게다가 행복한 인간이 누려야 할 모든 것을

당신은 한껏 누렸소. 젊어서는 왕이었고

655 나는 당신의 아들로서 이 왕가의 계승자였으니

당신은 타인에게 집을 넘겨주지 않아도 되었던 거요.

자식 없이 죽으면 후손 없는 집은 약탈되기 마련이니까.

내가 당신의 고령을 무시하여 당신이 나를 죽음으로

내몰았다고는 말하지 못할 거요, 당신에게 나는 최대한

660 예의 바른 사람이었으니까. 이에 대한 보답으로 나에게

이따위 호의를, 당신과 날 낳아 준 모친이 보답했던 것이오.

그러므로 당신은 서둘러 아이들을 낳아야 할 것이오.

그 아이들은, 당신이 더 나이 먹어서 죽었을 때

당신의 시체를 펼쳐 주고 감싸 줄 것이오.

665 내 손으로는 당신을 묻는 일은 없을 거니까.

당신과 관련해서 나는 죽어 있으니까. 다른 구원자를

만나 이 빛을 보고 있다면 나는 그 구원자의

아들이고 그 연로한 분의 소중한 버팀목이라 말하겠소.

흔히 노인들은 죽기를 기도하지만 쓸모없는 짓이오,

노령과 장수의 시간을 그토록 비난하면서도.　　　　　　670

정작 죽음이 다가오면 누구도 죽고 싶어 하지 않소.

노령은 더는 노인들에게 무거운 짐이 아닌 것이오.

코러스　그만두십시오, 현재 닥친 불행으로 충분합니다.

아드님이여, 당신은 아버님의 성질을 돋우지 마십시오.

페레스　아들아, 네가 지금 누굴 모욕하려고 설치는 게냐?　　675

돈으로 사들인 네놈의 뤼디아나 프뤼기아 노예라도˙ 되느냐?

너는 모르고 있느냐? 내가 테살리아인이니 테살리아의

아버지로부터 적법한 자유인으로 태어났다는 것을!

나에게 터무니없는 모욕과 유치한 말을

내뱉고 있다니, 그렇게 가격하고 나서 내빼진 못할 거다.　　680

　　나는 너를 낳아 이 집의 주인으로 길렀지만,

내가 너를 대신해 죽어야 할 의무는 없어.

아들 대신 아비가 죽는 그따위 관습을 아버지로부터

물려받은 적 없어, 또 그것이 헬라스의 관습도 아니지.

행복이나 불행은 너 자신에게 달려 있으니까.　　　　　685

네가 나에게서 받아야만 하는 것들은 네가 이미 다 가졌지.

너는 많은 이들을 통치하고, 또한 방대한 영지를

물려받을 것이야. 똑같은 걸 내가 부친에게서 물려받았으니까.

내가 너에게 무슨 해를 끼쳤냐? 너에게서 뭘 뺏은 게 있냐?

나를 대신해 죽지 말거라, 나도 너를 대신해 죽지 않을 테니.　690

넌 빛을 보는 걸 즐기겠지. 아비는 즐기지 않는다고 여기느냐?

땅 아래의 시간을 아주 길다고 헤아리지만

짧게 살더라도 삶이란 달콤한 것이지. 여하튼
너는 뻔뻔하게도 죽지 않으려고 아등바등하고 있었지.
695 이 여자를 죽이고 나서는 정해진 운명의 날을 지나
살아 있으면서. 그런데도 네가 나의 비겁함을 말해?
오, 가장 비겁한 놈아, 너는 여자보다도 열등한 놈이야,
네놈, 젊고 잘생긴 남편 대신 그녀가 죽은 거지.
매번 지금의 아내가 너 대신 죽도록 항상
700 설득한다면, 영리하게도, 네놈은 죽지 않는 방법을
찾아내겠지. 그런데도 그러길 원치 않는 가족을
이렇게 비난하는 거냐? 자신은 겁쟁이인 주제에.
닥쳐라. 네가 너 자신의 목숨을 사랑하고 있다면
다른 사람도 그렇다고 생각해야지. 만약 네놈이 계속 나를
705 모욕한다면, 너는 많은, 거짓 아닌 비난을 계속 들을 것이다.

코러스 많은 비난들이 지금도 이전에도 서로에게 오갔습니다.
어르신, 당신 아드님을 욕하는 것을 멈추십시오.

아드메토스 말하시구려, 내가 그렇게 말했으니까. 진실을 듣는 게
고통스럽다면 당신은 내게 잘못하지 말았어야죠.

710 **페레스** 너 대신 죽는다면 그게 훨씬 더 잘못하는 일이지.

아드메토스 젊은 사내가 죽는 것과 노인네가 죽는 것이 같소?

페레스 두 개 아닌, 하나의 목숨으로, 우리는 살아야 하는데.

아드메토스 그럼 제우스보다 더 오래오래 사시기를.

페레스 어떤 부당한 일도 겪지 않고 아비를 저주해?

715 **아드메토스** 당신이 장수를 욕망하고 있음을 잘 알겠소.

페레스 하지만 너 대신 죽은 이 시체를 매장하는 자는 네가 아니더냐?

아드메토스 오, 가장 비겁한 자여, 이것이 비겁함에 대한 증거요.

페레스 그녀는 나로 인해 죽은 게 아니다. 내 탓은 아니지.

아드메토스 *페우(pheu)*,

언젠가 당신이 나를 필요로 하는 때가 오기를.

페레스 많은 여자들에게 구혼하거라, 더 여러 번 죽도록.　　　　720

아드메토스 당신에게 치욕이군. 당신은 죽기 싫어했으니까.

페레스 이 신의 햇빛은 달콤한 것이지. 달콤하다 말고.

아드메토스 당신은 기개가 없으니 진짜 사내들 축엔 들지 못할 거요.

페레스 이 노인네의 시체를 들어 옮길 때는 날 비웃지 못할 거다.

아드메토스 당신이 죽게 되면 불명예스럽게 죽는 것이오.　　　　725

페레스 내가 죽은 뒤 악평을 들어도 나는 상관할 바 아니다.

아드메토스 *페우 페우(pheu pheu)*, 노령은 얼마나 뻔뻔한가.

페레스 그녀는 뻔뻔하지 않았지만, 네놈은 그녀의 멍청함을 알아챘지.

아드메토스 꺼지시오. 내가 이 시신을 매장할 수 있도록.

페레스 나는 간다. 네놈 스스로 그녀의 살인자로서 매장하겠구나.　　730

너는 처가 식구들에게 그 대가를 지불하게 될 것이다.

정말, 아카스토스는 남자들 축에 끼지도 못할 게야,

여동생의 죽음에 대한 대가를 네가 치르게 하지 않는다면.

아드메토스 당신은 물론 당신과 함께 거주하는 여자도 꺼지시요.

자식 하나가 있지만 당신들이 당해 마땅하듯이　　　　735

자식 없이 늙어 가시오. 더 이상 나와는 같은 지붕 안에

있지 못할 테니. 전령의 공표로 내가 아버지 당신의 화롯가와

의절하는 것이 합당했더라면, 의절을 선언했을 거요.

(페레스가 퇴장한다.)

(코러스에게) 자, 갑시다, 장작더미 안에 시신을

740 놓을 수 있도록. 발 앞에 놓인 불행을 견뎌야만 하니까.

코러스 (알케스티스의 시체를 보며)

이오 이오(iō iō). 얼마나 결연한 용기인가,

고귀하고 탁월한 분이시여, 안녕히 가십시오.

하계의 헤르메스*와 하데스가

당신을 자비롭게 맞이하시길. 저곳에서도

745 훌륭한 사람이 뭔가 이득을 챙긴다면

그 몫을 차지하시고 하데스의 신부 곁에 자리 잡으시길.

(아드메토스와 코러스가 퇴장한다. 장례 행렬이 이어진다.

텅 빈 무대에 하인 하나가 궁전에서 등장한다.)

하인 많은 손님이 온갖 종류의 나라에서

아드메토스의 집에 도착한 걸 내가 잘 알고

그들에겐 저녁 식사를 차려 드렸지. 한데 이 손님보다

750 더 고약한 손님을 이 화롯가에 받아들인 적은 없구먼.

그자는 우선 주인님이 애도하고 있는 걸 보았지만

감히 집 대문을 넘어 집 안으로 들어갔지.

그러고 나서 그자는 분별없이 눈앞의 환대를

받아들였다, 불행을 알고 있었지만. 우리가

755 뭔가를 갖다주지 않으면, 가져오라고 재촉하드만.

그는 손에 덩굴나무 술잔을 들고

검은 포도의 희석하지 않은 포도주를 들이켰지,

포도주의 불길이 그의 마음을 에워싸며 달굴 때까지.

또 머리는 도금양 가지로 화환처럼 두르고는

거슬리는 노래를 불러 대다니 서로 다른 곡조가 들렸던 거다.　　760

그렇게 지껄이고 있었지, 아드메토스 집안의 불행을

전혀 개의치 않고서. 그런데 하인들이 마님을 두고

울고 있었으나 우리는 손님에겐 눈물 젖은 얼굴을

보여 주지 않았어. 주인님이 그렇게 하라고 지시하셔서.

이제 내가 집 안에서 손님을 대접해야 하는데　　　　765

이 손님은 못 할 짓 없는 도둑이고 강도라고.

한편 마님은 집에서 떠나가셨지만 뒤따르지도 못했고

나의 마님을 두고 울면서 손을 뻗지도 못했구나.

마님은 나와 하인들 모두에게 어머니 같은 존재였거늘.

수많은 곤경에서 우리를 구해 주셨지,　　　　　　　770

부군의 분노를 달래시면서. 내가 이 손님을,

불행 한가운데 도착한 자를 싫어하는 것은 당연하겠지?

(헤라클레스가 궁전으로부터 등장한다.)

헤라클레스　　거기, 왜 엄숙하고 걱정 많은 눈빛으로 보는 겐가?

하인이라면 손님에게 떫은 표정을 짓지 말고

상냥한 마음씨로 손님을 맞이해야지.　　　　　　775

자네는 옆에, 주인의 친구를 보고도

찡그리며 혐오스러운 낯짝을 하고

맞이하다니, 집 바깥의 재앙을 염려하면서.

　이리 와 보게, 자네가 더 현명한 자가 되도록.

780　인간사의 본성이 어떤지 알고 있나?

　모르는 것 같은데. 어찌 그런가? 자, 내 말 들어 보거라.

　모든 인간은 죽어야만 하는 빚을 지고 있지.

　인간들 중 누구도 자신이 내일 살아 있을지

　정확히 알고 있는 자는 없단 말이야.

785　운수가 어느 방향으로 돌아갈지 분명치 않으니까.

　어떤 기술로 배울 수도 없고 파악할 수도 없지.

　그러니 내 말을 듣고 나에게서 배운 뒤에

　기운 차리고 마시게나, 하루하루 자네의 인생만을

　헤아리게. 모든 게 운수에 달려 있으니까.

790　경배하게나. 신들 가운데 인간에게 가장 큰 쾌락 주시는

　아프로디테 여신을! 여신은 호의를 품고 계시니까.

　모든 걸 내버려 두고 내 말만 믿으라고,

　자네에게 옳은 말 하는 걸로 보인다면.

　내 생각이라네. 지나친 고통을 내버려 두고

796　나와 함께 마시지 않겠나? [머리에는 화환을 쓰고

　이런 불행을 극복하지.] 나는 확신하건대,

　술잔이란 배를 타고 노 저으며 들이켜면 응고된

　침울함에서 벗어나 멋진 항구에 도달할 수 있지!

　인간이라면 인간에게 속한 것만 생각해야 하네.

800　엄숙하고 찡그린 표정을 짓고 있는

모든 사람에게, 내가 판단해 보니,

인생은 정말로 인생이 아니라 불행이라네.

하인   그 정도는 알고 있지요. 한데 지금은

홍청대며 웃어 젖힐 때가 아닙니다요.

헤라클레스   죽은 여자가 외지인 아닌가. 너무 슬퍼하지   805

말게. 이 집의 주인들은 모두 살아 있으니까.

하인   살아 있다고요? 이 집에 닥친 불행을 모르고 계신가요?

헤라클레스   네 주인이 뭔가 나에게 거짓말을 하지 않았다면.

하인   주인님은 지나치게, 지나치게 환대하시지요.

헤라클레스   외지의 여인이 죽었는데 내가 좀 즐기면 안 되나?   810

하인   그녀는 정말로 그것도 아주 많이 외지인이었죠.

헤라클레스   어떤 불행인지 그가 내게 말해 주지 않으려 했나?

하인   신경 쓰지 마십쇼. 주인님의 불행은 우리에겐 걱정거리니.

헤라클레스   그 말은 외부의 불행이 아니라는 말이군.

하인   그렇지 않다면 손님이 홍청거려도 개의치 않았겠죠.   815

헤라클레스   그럼 이 집 주인이 내게 끔찍한 짓을 했단 말이냐?

하인   이 집이 영접하는 시간에 당신이 오신 것은 아니죠.

[우리는 애도하고 있었으니까요. 당신은 잘린 머리카락과

검은 상복을 보셨지요.]   **헤라클레스**   [죽은 자가 누구냐?]

헤라클레스   아이들 중 누가? 아니면 연로한 부친이 돌아가셨나?   820

하인   아닙니다. 아드메토스의 아내가 돌아가셨습니다, 손님.

헤라클레스   무슨 말이냐? 그런데도 너희가 날 환대한 것이냐?

하인   주인님은 이 집에서 당신을 보내길 꺼리셨답니다.

헤라클레스　오 불쌍한 친구, 어떤 아내를 잃었단 말인가?

825 **하인**　우리 모두 끝장났어요, 저 여주인 혼자만이 아니고요.

헤라클레스　친구가 눈물을 흘리는 것과 머리카락이

　　　　잘려 있고 얼굴이 침울한 걸 알아보았지. 그럼에도

　　　　그는 외지의 망자를 무덤으로 나른다고 하며 날 설득했군.

　　　　뭔가 낌새를 눈치챘건만, 여기 이 대문을 넘어 나는

830 　　　환대 잘하는 친구의 집에서 술을 들이켜고 있었구나,

　　　　친구가 그런 상황에 있는데도. 심지어 나는 머리에 화환을

　　　　둘러쓰고 흥청거렸지? 그런데도 내게 말해 주지 않았더냐,

　　　　이 집에 그토록 커다란 재앙이 닥쳐왔는데도.

　　　　어디에 그녀를 매장했느냐? 어디로 가야 그녀를 찾을 수 있지?

835 **하인**　라리사*로 이어지는, 곧은 길옆으로 교외 지역 바깥에

　　　　돌을 잘라 만든 무덤을 발견할 수 있을 겁니다.

헤라클레스　오, 많은 일 감행한 나의 손과 심장이여,

　　　　지금 보여 주어라, 어떤 아들을 튀린스의 알크메네,

　　　　엘렉트뤼온*의 딸이 제우스에게 낳아 주었는지!

840 　　　지금 당장 내가 죽은 부인을 구해야만 하니까

　　　　그리고 이 집으로 다시 알케스티스를 데려다 놓고

　　　　아드메토스에게 감사 표시를 해야겠어.

　　　　가서는 시체들의 주인, 검은 날개를 가진

　　　　타나토스를 지켜야겠다. 그자가 무덤 근처에서

845 　　　제주를 들이켜는 걸 발견할 수 있을 테니까.

　　　　매복 장소에서 달려들어 양손으로

에워싸 타나토스를 사로잡게 된다면

나에게 부인을 놓아주기 전까진 그 누구도

옆구리 눌린 타나토스를 떼어 내지 못할 것이다.

그러나 내가 그 전리품을 놓치고, 그자가   850

피비린내 나는 제주 가까이 오지 않는다면, 나는

페르세포네와 그녀 주인의 해 없는 집으로 내려가

간청할 것이다. 내가 알케스티스를 상계로 이끌 수 있다고

확신하니까, 그래서 주인의 양손에 쥐게 해 줄 테다,

그는 나를 집 안으로 받아들이고 쫓아내지 않았다.   855

비록 심각한 재앙에 두들겨 맞았음에도

고귀한 분이라서 나를 존중하여 그 사실을 감추었구나.

그보다 어떤 테살리아인이 더 친구를 환대할까?

어떤 헬라스인이 그리할까? 그러므로 이렇게 말하지 못하리라,

고귀한 혈통의 그가 배은망덕한 자에게 친절을 베풀었다고.   860

(헤라클레스가 퇴장한다. 하인은 궁전 안으로 퇴장한다. 아
 드메토스와 코러스가 다시 등장한다.)

아드메토스   이오(*iō*),

다가가고 싶지 않구나,

아내 없는 집, 혐오스러운 광경.

이오 모이 모이(*iō moi moi*), 아이아이(*aiai*) 〈아이아이(*aiai*)〉.

나는 어디로 가야 하나? 어디에 머물러야 하나?

뭘 말해야 하나? 뭘 하지 말아야 하나? 어찌 죽어야 하나?

865   어머니가 나를 불운한 인간으로 낳았구나.

        차라리 망자들이 부럽구나, 망자의 처지를 열망하니.

        저 아래 집에 살고 싶구나.

        지상 위 빛을 바라보는 것도 땅 위에서 발로

        걸어 다니는 것도 즐겁지 않구나.

870   이토록 소중한 보물을 타나토스가

        내게서 빼앗아 하데스에게 건네주었구나.

코러스   앞으로 가세요, 집으로 가십시오.   (좌 1)

아드메토스   아이아이(*aiai*).

코러스   통탄할 불행을 겪으셨습니다.

아드메토스   에 에(*e e*).

코러스   고통을 지나가셨지요, 똑똑히 알고 있답니다.

아드메토스   페우 페우(*pheu pheu*).

875 **코러스**   한데 망자에겐 아무 도움이 되지 못하셨습니다.

아드메토스   이오 모이 모이(*iō moi moi*).

코러스   사랑하는 아내의 얼굴을

        바라보지 못하는 것은 고통입니다.

아드메토스   내 마음의 상처, 그 기억을 떠올리게 했구나.

        사내에게 헌신적인 아내를 잃는 것보다

880   더 큰 불행이 무엇일까? 그녀와 결혼하여

        이 집에서 살지 말았어야 했거늘.

52

결혼하지 않고 자식 없는 자들이 부럽구나.
하나의 목숨만을 갖고 고통을
당하게 되니 적당한 부담이로구나.
그러나 아이들이 병에 걸리고   885
결혼 침대가 죽음에 약탈당하면
그걸 바라보는 것은 참을 수 없구나,
평생 결혼하지 않고 무자식으로 살 수 있건만.

코러스   씨름할 수 없는 운명, 운명이 왔습니다.   (우 1)

아드메토스   *아이아이(aiai).*

코러스   당신의 고통은 정말로 한계가 없으니.   890

아드메토스   *에 에(e e).*

코러스   견디기 힘겨우시겠지만, 그럼에도……

아드메토스   *페우 페우(pheu pheu).*

코러스   견디십시오. 당신만 잃으신 게 아니니……

아드메토스   *이오 모이 모이(iō moi moi).*

코러스   아내를요. 서로 다른 불행이 생겨나
서로 다른 사람들을 짓밟아 버린답니다.

아드메토스   오, 크나큰 고통이여, 땅 아래 있는   895
사랑하는 아내에 대한 슬픔이여,
왜 당신은 내가 무덤의 우묵한
구덩이에 몸을 던져 죽어서

저 뛰어난 여인과 함께 누워 있는 걸 막았던가?

900 하데스가 하나의 영혼 대신에

가장 헌신적인 두 영혼을 가져야 했거늘,

하계의 호수를 함께 지나간 두 영혼을.

코러스　나에게 한 친척이　　　　　　　　　　(좌 2)

있었습니다, 그의 아들이,

905 외동아들이 집에서 죽었으니

통곡할 만하지요. 그럼에도

그는 절도 있게

불행을 견디고 있답니다.

910 자식도 없이 회색 머리털이 뒤덮으니

그의 삶은 기울어지고 말았습니다.

아드메토스　집의 형상이여, 어떻게 들어가야 하나,

어디에서 살아가야 하나? 내 운수가

바뀌었구나. 오이모이(*oimoi*). 얼마나 큰 차이인가!

915 그때 펠리온산의 소나무 횃불 들고

결혼 축가 부르며 사랑하는 아내의

손을 잡고는 안으로 들어갔고

소란스러운 무리가 뒤따르며

죽은 아내와 나를 축복하고

920 양가의 고귀한 가족과 뛰어난 혈통으로

그녀와 나는 부부가 되었지.
그러나 지금은 결혼 축가 대신에
통곡 소리와, 하얀 의복 대신에
검은 복장이 나를 데려가고 있구나,
차디찬 침대가 놓인 침실로.   925

코러스   행운 가운데 비참함 모르는   (우 2)
당신에게 이런 고통이
닥쳤습니다. 하지만 당신은
생명과 목숨을 건지셨고
부인께선 돌아가셨지요. 사랑하는 마음을 남기고.   930
무엇이 새로울까? 이미 죽음은
많은 사내의 품속에서
그들 아내를 떼어 놓았답니다.*

아드메토스   친구들이여, 내 아내의 운명이 내 운명보다   935
더 행복하다고 생각하네, 그렇게 보이진 않겠지만.
어떤 고통도 더는 그녀를 공격하지 않으니
영광스럽게, 그녀는 많은 고통을 끝냈구나.
그러나 나는, 살아선 안 되었던 나는 운명을 피했지만
비참한 삶을 잇게 되었구나. 이제야, 깨달았다.   940
어떻게 내가 이 집에 들어가는 걸 견뎌 낼 수 있을까?
누구에게 인사하고 누구의 인사를 받으며

즐겁게 들어갈 수 있단 말인가? 어디로 향해야 하나?
집 안을 덮친 정적이 날 쫓아내고 있구나.

945 　내가 아내 없는 침대, 그녀가 앉아 있던 옥좌,
지붕 아래 지저분한 바닥을 보고, 아이들이 내 무릎에
쓰러져 울면서 엄마를 찾는 모습을 보게 될 때,
하인들은 그토록 훌륭한 여주인을
잃었다며 집에서 통곡하고 있다.

950 　집의 사정이 그 모양이구나. 바깥에서 테살리아인들이
결혼하고 여인들이 빈번하게 모임을 하면
그 광경은 나를 집 안으로 내몰 것이다.
내 아내 또래 여인을 쳐다보는 걸 견딜 수 없으니까.
또 날 적대하는 자는 누구든 이렇게 말하겠지.

955 　"보라. 저 수치스럽게 사는 자를! 죽을 용기가 없어
자신과 결혼한 여인을 대신 바치다니, 비겁하게도
하데스를 회피하다니. 그럼에도 사내대장부란 말인가?
게다가 부모를 증오하다니, 자신은 죽길 원치 않았으면서."
불행에 더해 이런 평판이나 듣게 되겠지.

960 　내 삶에 무슨 더 큰 이득 있을까? 친구들이여,
비난받으며 불행하게 살아가는 나에게.

코러스　나는 무사 여신이 주신 영감에　　　　　(좌 1)
사로잡혀 하늘 높이 솟구쳤노라.
수많은 가르침을 접했으나

필연의 여신'보다 더 강력한 존재를   965
발견하지 못했다네. 또 어떤 치료약도
트라키아 서판, 오르페우스의
가르침'을 적어 놓은 서판에 없구나.
또 포이보스가 아스클레피오스의
후손에게 주었던 약초들,   970
고통에 시달리는 인간 위해
잘라 놓은 약초들도 없구나.

필연의 여신만은 그 제단이나   (우 1)
석상을 향해 다가갈 수 없구나.
희생 제물에는 아무 관심 없으시니.   975
여주인 여신이시여, 내 삶에서
이전보다 더 강력한 모습으로
다가오지 마시길.
당신의 도움으로 제우스께서
직접 승낙하신 일은 무엇이든 이루시니.   980
칼뤼베스'의 무쇠조차
당신은 무력으로 다스리시니
혹독한 마음속엔 동정심이 없구나.

아드메토스, 당신도 여신의 불가피한 속박에   (좌 2)
붙잡혔구나. 하지만 인내하시라. 아무리 통곡해도   985

망자를 하계에서 지상으로 데려올 수 없으리라.

신들의 아들*조차 죽음의

어둠 속으로 사라지고 말았구나.

990 그녀는 생전에 우리에게 사랑받으셨고

죽어서도 계속 사랑받게 되시리라.

당신은 모든 여인 가운데

가장 고귀한 여인을 결혼 침대로 이끄셨구나.

당신 아내의 무덤이   (우 2)

995 망자의 시체 흙더미가 되게 하지 마시고

신들처럼 나그네에게 경배받게 하시라.

나그네가 경사진 길을 따라

1000 그녀의 무덤을 지나며

이렇게 말하리라.

"이 여인은 남편을 대신해 죽었으나

지금은 〈만인의〉 축복받는 신성이 되셨구나.

안녕하세요, 여주인이시여, 축복해 주십시오."

1005 이런 말로 나그네가 인사하게 되리라.*

(헤라클레스가 베일을 쓴 여인을 데리고 입장한다.)

코러스 보십시오. 그 사내, 알크메네의 아들이 당신의

화롯가를 향해 오고 있는 것 같습니다, 아드메토스여.

헤라클레스 존귀한 사내에게 자유인으로서 말해야 하네,

아드메토스여, 나는 침묵하며 오장육부 안에 비난을
숨기지 않겠네. 한편 나는 그대의 불행 옆에 서 있으며　　　1010
그대의 친구로 입증되어야 마땅하다고 생각하고 있었지.
하지만 그대는 아내의 시체가 매장을 위해 놓여 있음을
입 밖에 꺼내지 않고 집 안에서 나를 환대했지,
정말, 자신의 불행이 아닌 불행에 분주하다 하며.
그래서 나는 불행에 빠진 그대의 집 안에서　　　1015
머리에 화관 쓰고 신들에게 제주를 부었다네.
나는 그대를 나무라고 또 나무라네, 이런 일을 다 겪다니.
하지만 불행에 처한 그대를 괴롭히고 싶지 않네.

　　그런데 어떤 이유로 내가 등을 돌려 다시 도착했는지
말하고자 하네. 날 위해서 이 여인을 취해 받아 주게나,　　　1020
내가 비스토네스의 왕(디오메데스)을 죽인 뒤
트라키아의 말들을 이곳으로 이끌고 돌아올 때까지.
그러나 내가 원치 않는 운명을 만난다면 (나는 귀향하길 바라니)
그대 집의 하녀로 일하도록 그대에게 이 여자를 주겠네.
많은 노고를 통해 그녀가 내 손안에 들어왔네.　　　1025
어떤 이들이 공공의 경연을 개최했다는 사실을
알았는데, 선수에겐 보람 있는 노고인
경연에서 이 여자를, 승리의 상으로 취해
데려온 것이네. 작은 경기의 승리자는 말들을
끌고 가지만, 더 큰 승리를 거머쥔 자,　　　1030
권투와 레슬링에서 승리한 자는 상으로 소를 받았고

여기에 한 여자가 더해졌네. 우연히도, 그곳에 있던

내가 이런 영광의 이득을 놓친다는 건 수치스러운 일이지.

내가 말했듯이, 그대가 이 여자를 돌봐야만 하네.

1035   훔치지 않고 노고로 이 여자를 얻어 왔으니까.

아마도 당장, 틀림없이 그대가 날 칭찬할 것이네.

아드메토스   나는 그대를 무시하지도, 적으로 여기지도 않아

내 아내의 불행한 재앙을 숨겼던 것이라네.

그런데 그대가 다른 친구의 집으로 갔다면

1040   고통에 고통이 더해졌겠지.

나는 내 불행을 통곡하는 걸로 족했다네.

　　이 여자는, 만약 가능하다면, 왕이여, 그대에게 부탁하네,

나와 같은 불행 겪은 적 없는, 테살리아인들 중 누군가에게

그녀의 보호를 요청하게. 페라이에는 그대 친구들이

1045   많이 있으니까. 내가 불행을 상기하지 않도록 하게나.

이 여자를 집 안에서 보게 되면 나는 눈물이 마르지 않겠지.

이미 병에 걸린 나에게 병을 더해 주지 말게.

나는 이미 충분한 재앙에 짓눌려 있으니까.

집 안 어디에서 젊은 여인을 돌볼 수 있겠나?

1050   젊으니까, 옷과 장신구로 돋보이듯이.

그녀가 사내들의 거처에서 지낼 수 있을까?

그리고 청년들 사이를 다니며 어찌 순결하게 남겠나?

청년들을 억제하는 일은 쉽지 않다네, 헤라클레스여,

그대를 위해서 내가 그 점을 고려하고 있는 것이네.

혹은 그녀가 죽은 아내의 방에 들어가는 걸 막을 수 있을까?   1055
그리고 이 여인을 죽은 아내의 침대에 내 어찌 들일 수 있겠나?
이중의 비난이 두렵다네, 백성들의 비난 말일세,
누군가 나에게 욕을 퍼붓겠지, 자신을 구해 준
여자를 배신하고는 젊은 여자의 침상에 빠졌다고.
죽은 아내에 대해서 (그녀는 나의 존경을 받을 만하니까)   1060
나는 많은 것을 유념해야 하네. 그런데 여인이여,
당신이 누구이든, 키가 알케스티스와 같아
보이네. 게다가 몸매도 비슷해 보이는군.
오이모이(oimoi). 신들께 맹세코, 이 여인을 내 눈에
보이지 않게 하게나. 이미 제압된 자를 제압하지 말게나.   1065
그녀를 바라보면 내 아내를 보고 있다고
착각하게 되니. 이 여인이 내 마음을 어지럽히는군.
아이고, 눈물이 터져 나와 흐르는구나. 오, 가여운 나,
지금, 얼마나 쓰디쓴 고통을 맛보고 있단 말인가.

코러스   나는 당신의 몫인 운명이 좋다고 말할 수 없습니다.   1070
하지만 신이 주신 것은 무엇이든 참으셔야 합니다.

헤라클레스   내가 그렇게 커다란 능력을 갖고 있다면
그대 아내를 하계의 집에서 빛으로 데려오는
수고를, 그대를 위해 할 수 있을 텐데.

아드메토스   그대의 바람을 알고 있지만 무슨 소용이 있겠나?   1075
망자가 빛의 세계로 되돌아오는 건 불가능하다네.

헤라클레스   이제는 지나치게 슬퍼 말고 적당히 견디게나.

아드메토스	고통을 견디는 것보다는 충고하는 것이 더 쉽지.
헤라클레스	항상 슬퍼하길 바라면 대체 무엇을 이룰 수 있겠나?
1080 **아드메토스**	나도 알고 있네. 그러나 아내를 욕망하니 그럴 수밖에.
헤라클레스	망자를 사랑해서 눈물을 흘리고 있구먼.
아드메토스	그녀의 죽음이 날 죽였다네, 말로는 다 표현할 수 없네.
헤라클레스	고귀한 아내를 잃었구먼. 그 누가 반박할 수 있으리?
아드메토스	그래서 이 사내가 더는 삶을 누리지 못하는 거라네.
1085 **헤라클레스**	시간은 고통을 누그러뜨리지. 지금은 고통스럽지만.
아드메토스	시간을 말할 수 있겠지, 그 시간이 죽음을 뜻한다면.
헤라클레스	한 여자와 새장가 들면 그런 그리움은 끝날 것이네.
아드메토스	말 삼가게나. 무슨 말인가? 그 말은 하지 말았어야 했네.
헤라클레스	무슨 말인가? 결혼도 안 하고 홀아비로 침대를 지키겠다고?
1090 **아드메토스**	내 곁에 누울 여자는 더 이상 존재하지 않네.
헤라클레스	죽은 아내를 도와준다고는 생각하지 않는가?
아드메토스	어디에 있든 그녀는 존경을 받아야 하네.
헤라클레스	그대를 칭찬 또 칭찬하네. 그러나 어리석다고 하겠지.
[아드메토스	결코 여기 있는 이 사내를 신랑이라 부르지 못할 것이네.
1095 **헤라클레스**	그대가 아내에게 신의 있으니 내가 칭찬했지.]
아드메토스	비록 죽었지만, 그녀를 배신한다면 나는 죽어 버리길.
헤라클레스	이제 이 여자, 관대하게 그대의 집 안에 들이게나.
아드메토스	고집하지 말게. 그대 낳은 제우스의 이름으로 간청하네.
헤라클레스	허나 그러지 않으면 그대는 실수하는 것이네.
1100 **아드메토스**	그리한다면, 내 마음은 고통에 물어뜯길 것이네.

헤라클레스 내 말 듣게나. 이것이 꼭 알맞은 보답이 될 테니까.

아드메토스 페우(*pheu*),

그대가 시합의 상으로 이 여자를 취하지 말았어야 했는데.

헤라클레스 하지만 나의 승리는 그대의 승리도 되네.

아드메토스 잘 말했네, 하지만 그 여인은 떠나게 해 주게.

헤라클레스 떠날 것이네, 꼭 그래야 한다면. 우선 잘 살펴보게. 1105

아드메토스 그래야만 하네. 그대가 내게 분노하지 않을 거라면.

헤라클레스 뭔가 알기에 나도 이처럼 열의를 보이는 거라네.

아드메토스 그대가 이겼네. 하지만 내 마음에 들지 않는 일이군.

헤라클레스 그대가 날 칭찬할 날이 오겠지. 내 말을 듣기만 하게나.

아드메토스 (하인들에게) 안으로 데려가라, 집 안에 들여야 한다면. 1110

헤라클레스 나는 이 여인을 하인들 손에 맡기지 않을 것이네.

아드메토스 그대가 직접 그녀를 집 안으로 이끌게나, 그게 마음에 든다면.

헤라클레스 그럼 내가 직접 그녀를, 그대의 손에 쥐여 주겠네.

아드메토스 난 잡지 않겠어. 그녀가 스스로 집 안에 들어가면 되지.

헤라클레스 나는 그대의 오른손만을 신뢰하고 있다네. 1115

아드메토스 왕이여, 나는 그 일을 원치 않으니 강요하지 말게나.

헤라클레스 용기 내 손을 뻗어 보게나. 그리고 여인을 잡아 보게.

아드메토스 손을 뻗고 있네, 마치 고르곤의 머리를 자르는 것처럼.˙

[**헤라클레스** 잡고 있나? **아드메토스** 그래, 잡고 있네. **헤라클레스**

그럼 그녀를 지켜 주게.

제우스 아들이 고귀한 손님이라고 언젠가 그대가 칭찬하겠지.] 1120

(헤라클레스가 베일을 걷어 내며 알케스티스를 드러낸다.)

그녀를 보게나, 그대의 아내와 좀 비슷하게 보이는지.

이제는 행복하게 되었으니 비탄에서 벗어나게나.

아드메토스 신들이여, 무슨 말 할까? 예기치 못한 놀라움이구나.

정말로 내가 내 아내를 보고 있는 것인가?

1125 혹은 신이 보낸 기쁨에 조롱당해 정신이 어지러운 건가?

헤라클레스 아니, 지금 여기 그대의 아내를 보고 있는 것이네.

아드메토스 하계에서 올려 보낸 유령일지 모르니 주의하게.

헤라클레스 그대가 환대했던 이 손님은 주술사가 아니라네.

아드메토스 그러면 내가 손수 매장했던 내 아내를 보고 있다고?

1130 **헤라클레스** 틀림없네. 그대가 이 사건을 못 믿는 건 놀랍지 않아.

아드메토스 포옹해야 하나? 살아 있는 내 아내에게 하듯 인사하나?

헤라클레스 인사하게. 그대가 바랐던 모든 걸 가지고 있으니까.

아드메토스 가장 사랑스러운 아내의 얼굴과 몸매여,

뜻밖에도 당신을 되찾았구려, 다시는 못 볼 거라 생각했는데.

1135 **헤라클레스** 그대가 되찾았네. 신들이 질투하지 않기를.

아드메토스 가장 위대한 제우스의 고귀한 아들이여,

행복하길, 그리고 그대를 낳아 주신 아버님도 그대의 목숨을

잘 지켜 주시길. 그대만이 정말 다시 날 일으켜 세웠네.

어떻게 하계에서 그녀를 이 빛으로 다시 데려왔나?

1140 **헤라클레스** 그녀를 붙잡고 있는 신과 싸웠다네.

아드메토스 어디서 타나토스와 싸움을 벌였는가?

헤라클레스 그 무덤 옆, 매복처에서 그녀를 양손으로 잡아챘지.

아드메토스 대체 이 여인은 왜 아무 말 않고 서 있는 겐가?

헤라클레스　아직은 그녀의 말을 들을 수 없네.

하계의 신들 앞에서 그녀가 정화되는　　　　　　　　1145

세 번째 날이 오기 전까지는.

자, 그녀를 안으로 모시게. 앞으로도 정의로운 자로

아드메토스여, 경건하게 손님을 환대하게나.

자, 작별을 고하네. 나는 에우뤼스테우스왕을 위해

당면한 임무를 수행하러 떠나네.　　　　　　　　　1150

아드메토스　우리 곁에 머무르며 우리의 화롯가를 나누세.

헤라클레스　그런 날이 오겠지. 한데 지금은 내가 서둘러야 하네.

아드메토스　그럼 행운을 빌며, 귀향의 길을 가길 바라네.

자, 시민들과 내 도시의 전 지역에 선포하노라.

이런 경사를 경축하기 위해 합창단을 세우고　　　　1155

제단들은 기도와 함께 소들을 바쳐 연기가 피어나게 하라.

지금, 이전의 삶보다 더 나은 삶으로 바뀌었으니.

내가 축복받았다는 사실을 부정하지 않겠다.

(아드메토스와 알케스티스가 궁전 안으로 *퇴장한다*.)

코러스　신성의 많은 형상이 존재하고

신들은 많은 일을, 우리 기대와 달리 이루신다네.　　1160

사람들이 생각했던 바는 이루어지지 않고

생각지 못한 것을 성취하는 방법을 신께서 찾아내시네.

이렇게 이 사건이 모두 마무리되었구나.*

메데이아

MHΔEIA

계보도

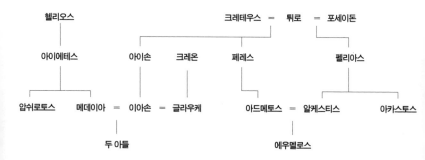

등장인물

메데이아 헬리오스의 손녀, 아이에테스의 딸, 이아손의 아내

이아손 아이손의 아들, 아르고호 영웅, 메데이아의 남편

크레온 코린토스의 왕

아이게우스 아테나이의 왕

유모 메데이아의 유모

가정 교사

사자

메데이아의 아이들

코러스 코린토스의 여인들

(집에서 유모가 등장한다)

유모   아르고호˙가 짙푸른 쉼플레가데스˙를 지나
　　　콜키스˙ 땅으로 날아가지 말았어야 했거늘,
　　　펠리온산의 계곡에서 소나무가 쓰러지지 않고
　　　영웅들이 손에 노를 잡지 말았어야 했거늘,
　　　영웅들은 펠리아스왕을 위해 황금 양피를　　　　　　5
　　　찾아 떠난 자들이었지. 그렇지 않았다면
　　　내 여주인 메데이아는 이아손을 욕망하여
　　　마음이 흔들려서 이올코스˙ 땅의 성채로 항해하지도
　　　펠리아스의 딸들을 꾀어서 아비를 죽이게 하여
　　　여기 이 코린토스 땅에 남편과 자식들과 함께　　　　10
　　　살고 있지도 않을 텐데,˙ 망명하여 도착한
　　　도시의 시민들 마음에 들려 하고
　　　이아손을 물심양면으로 도와주면서 말이죠.

여자가 자기 남편과 불화하지 않는 것,

15 그것이 가장 커다란 구원이 되는 겁니다.

　　지금은 모두가 적대하고 가족 관계는 병들었어요.

이아손이 제 아이들과 내 여주인을 배신하고

왕가와 혼인하여, 바로 이 땅을 통치하는

크레온의 여식과 결혼하여 잠자리에 들었으니.

20 가여운 메데이아는 자기 명예가 손상되자

맹세를 소리쳐 부르고 오른손의 악수로 맺은

강력한 신의를 일깨우고 신들을 부르며

이아손에게 어떤 보답 받았는지 증언하고 있답니다.

아무것도 먹지 않고 누워서 고통에 몸을 내맡긴 채

25 온종일 눈물 흘리고 여위어 가면서

자신이 남편에게 부당하게 당했음을 알고는

얼굴을 들지 않고 땅에서 두 눈 돌리지 않고

친구들이 충고해도, 마치 바위나 바다의 파도처럼

듣고 있답니다. 눈부시게 하얀 목을 돌려

30 사랑하는 자기 부친과 고향 땅을 향해

소리치며 눈물 흘릴 때를 제외하곤 말이죠.

자기 집을 배신하고 함께 도착했던

여주인을, 지금 남편이 계속 모욕하고 있어요.

이런 불행으로 가여운 여자는 깨닫게 된 거죠,

35 부친의 땅을 떠나지 않는 것이 얼마나 좋았을지.

　　아이들 증오하니 아이들을 봐도 기쁘지 않죠.

여주인이 무슨 새로운 계획을 짜낼까 겁이 나요.
[그녀 마음은 심중하고, 부당하게 당하는 걸
견디지 못하죠. 내가 그녀를 잘 알기에, 두려움에
몸서리쳐요. 그녀가 날 선 칼을 간장에다 밀어 넣을까,   40
조용히 집 안으로, 침상이 있는 곳으로 들어가
왕과, 결혼한 새신랑을 죽여 버릴지 모르니
그러면 그녀는 무슨 더 커다란 불행을 맞이할까.]
여주인은 무서운 능력자니까. 누구라도 그녀와 적대하여
맞서게 되면 승리의 노래를 쉽게 부르진 못할 겁니다.   45
    여기 이 집의 아이들이 달리기를 멈추고
오고 있구나, 엄마의 불행에는 아무 생각도 없이.
어린 마음은 고통을 알고 싶어 하지 않는 법이니까.

가정 교사 내 여주인 집의 낡은 소유물이여,
대문 옆에서 이렇게 홀로 고독을 씹고   50
혼자서 곤란을 토로하며 서 있는 게요?
메데이아께서 어찌 홀로 당신 없이 남겨지길 원하실까?

유모 이아손 아이들의 나이 많은 시종이여,
주인의 패가 나쁘게 나오면 충직한 노예에게도
그것은 참사이니 노예들 마음이 휘둘린다오.   55
나는 이렇듯 크나큰 걱정에 이르게 되니
이곳에 와서 대지와 하늘에 내 여주인의 불행을
전하고 싶은 욕망이 슬며시 찾아왔던 거요.

가정 교사 가여운 분은 아직 울음을 그치지 않고 계시오?

60 **유모** 그대가 부럽네. 불행이 아직 중심에 닿지도 않았으니까.

가정 교사 어리석은 친구, 여주인에 대해 이런 말 해도 된다면,

그분은 가장 최근 재앙에 대해선 아무것도 모르시네.

유모 그게 뭐요, 노인네? 기탄없이 말하게.

가정 교사 아니네. 방금 전 뱉은 말이 후회가 되네.

65 **유모** 그러지 말게, 그대의 수염 잡고* 간청하니, 동료에겐

숨기지 말게. 그 말은, 필요하다면 침묵을 지킬 테니.

가정 교사 어떤 이가 말하는 걸 들었소, 듣지 않는 척하며,

노인네들이 앉아서 장기 두는 곳,

페이레네의 성스러운 샘물 주위에서

70 아이들을, 그 어미와 함께 코린토스 땅에서

통치자 크레온이 추방할 거라 하더만.

그 이야기가, 그것이 명백한 것인지는

모르겠소. 나는 그렇지 않기를 바라고 있지만.

유모 아이들이 그런 일을 당하는 걸 이아손이

75 참겠소? 아무리 아이들 엄마와 다투더라도.

가정 교사 헌 관계는 새 관계를 위해 버려지는 거라오,

저 이아손은 이 가정*의 가족이 아니라네.

유모 망했구나, 헌 재앙에 새 재앙이 더해지다니,

고여 있는 헌 재앙을 퍼내기도 전인데.

80 **가정 교사** 여주인이 이 사실을 알게 될 적절한

시간이 아니니, 잠자코 그 말은 침묵하게나.

유모 애들아, 너희 아빠가 어떤 아빠인지 들었니.

그가 망하길 바라지는 않아. 내 주인님이시니까.

하지만 가족에겐 악한 자로 드러나게 된 것이다.

가정 교사　어떤 인간이 그렇지 않을까? 그대는 그걸 깨달았지?　85

누구나 남보다 자기 자신을 사랑하기 마련,

[어떤 이는 정의롭게, 어떤 이는 이익 때문이고,]

새장가 때문에 아비가 자식들을 아끼지 않는다면.

유모　얘들아, 집 안으로 들어가거라, 잘될 게야,

그대는 가능하면 아이들을 잘 떼어 놓고,　90

심기 불편한 엄마에게는 데려가지 말게나,

이미 나는 그녀가 아이들에게 황소 눈을 부릅뜨는 걸

보았네, 무슨 일을 하려는 듯. 내 분명 알지,

누구에게 분노가 덮치기 전까진 분노를 멈추지 않을 거라고.

친구 아닌 적에게는 무슨 일이든 저지를 수 있을 거요.　95

메데이아　(집 안에서) 이오(*iō*),

불쌍한 나, 재앙으로 불행한 자,

이오 모이 모이(*iō moi moi*), 내가 어떻게 파멸하게 될까?

유모　말했던 그대로네, 사랑스러운 아이들아.

엄마가 심장을 고동치게 하며 분노를 일으키고 있구나.

잽싸게 집 안으로 들어가거라　100

엄마의 눈에 띄지도 말고

엄마에게 다가가지도 말고, 엄마의

사나운 성정과 혐오스러운 본성을 조심하거라,

그건 자기 고집이 센 마음에서 비롯된 것.

105 이제는 자, 어서 빨리 안으로 가거라.

분명하건대, 엄마가 처음에 피어오른

비탄의 구름에 당장 더 큰 분노로

불을 지필 터이니. 대체 무슨 일을 벌이려는 걸까?

기개 넘쳐서 제어 못 하는 영혼이

110 재앙에 물어뜯겨 버렸으니.

메데이아 *아이아이(aiai)*,

가여운 내가 겪었구나,

비통한, 엄청난 일을 겪었다고. 이 저주스러운 아이들,

미움받는 어미의 자식들,

아비와 함께 사라져라. 온 가정이 무너져라.

115 **유모** *이오 모이 모이(iō moi moi)*, *이오(iō)*, 불쌍한 사람.

당신 때문에 왜 아이들이 아빠의 잘못을

나눠 가져야 하나요? 왜 여기 이 아이들을 미워하시나요?

오이모이(oimoi),

얘들아, 너희가 뭔가 해코지 당할까 봐 걱정이구나.

왕가의 의지는 무시무시한 법,

120 적게 복종하고 많이 지배하니

기질을 바꾸는 것은 어려운 일이지.

동등한 여건에 평범하게 살아가는 것에

익숙해지는 쪽이 더 좋기에. 적어도

나는 알맞은 여건에 안전하게 늙어 갈 수 있기를.

무엇보다 적도(適度)의 이름을 말하는 것이   125
언제나 우세하고, 인간들에겐
적도를 활용하는 것이 최선이니. 과도한 것은
인간에게 적절한 기회를 주지 못하고
더 커다란 파멸을 되돌려 주는 법이라,
어떤 신이 가문에 분노하게 된다면.   130

(코린토스 여인들로 구성된 코러스가 행진하며 등장한다.)

코러스 목소리를 들었어요, 콜키스의 불행한 여인

메데이아의 외침을 들었다고요.

아직도 진정되지 않았나요?

자, 노파여, 말해 보세요.

두 짝의 대문 안에서   135

그녀의 통곡을 들었으니, 오 부인이여,

집 안에 닥친 재앙에 함께 기뻐할 수는 없어요.

나와는 우정의 매듭이 묶여 있으니까요.

유모 가정은 없어요. 그건 사라지고 없지요.

왕가와의 결혼이 저 사내를 붙잡고 있으니까.   140

한편 규방에선 그녀의 생명이 닳고 있지요,

여주인 말입니다. 어떤 친구가 말을 건네더라도

그녀 마음은 위로받지 못할 겁니다.

메데이아 *아이아이(aiai),*

내 머리 관통하여 하늘의 번갯불이

145 지나가길. 사는 게 무슨 이득 있을까?

페우 페우(*pheu pheu*), 혐오스러운 인생을

버려두고 죽음 속에서 내가 쉴 수 있기를.

코러스 제우스와 땅과 빛이여, 듣고 계시나요? (좌)

불행한 여인이 무슨 말을 하는지.

150 당신에게는 저 다가갈 수 없는 침대*에 대한

무슨 욕망이 있나요,

어리석은 여인이여?

죽음의 종말로 서두르시나요?

그것은 절대로 간청하지 마세요.

155 만약 당신 남편이 새로운 결혼을 존중해도

그런 이유로는 그에게 칼을 갈지 마세요.

이런 일에는 제우스가 당신의 변호인이 되실 겁니다.

당신 남편에 대해선 지나치게 괴로워하지도

지나치게 울지도 마세요.

160 **메데이아** 오 위대한 테미스와 여주인 아르테미스여,

제가 겪고 있는 고통을 보고 계시나요?

저는 저주받을 남편과 강력한 맹세로

인연을 맺었지요. 언젠가 그와 그의 신부가,

그들이 이룬 가정과 함께 으깨지는 걸 보게 되길.

165 어떤 불의를, 감히 내게 저질렀단 말인가.

오 아버님, 오 도시여, 수치스럽게도, 그곳에서

내 남동생*을 죽이고 떠나왔지요.

유모 당신들은 듣고 있나요? 그녀가 무슨 말을 하고
어떻게 테미스와 제우스에게 기도하고 있는지.
제우스는 세상에서 맹세의 수호자로 여겨지신답니다.   170
경미한 일로는 여주인이 분노를
멈출 수 있는 방법은 없습니다.

코러스 어찌해야 그녀가 우리와   (우)
마주하며 말소리를
들을 수 있을까요?   175
어째해야 심기 무거운 분노를
마음에서 덜어 내고 고집을 버리게 될까요?
내 열렬한 선의가 친구들과는
멀리 떨어져 있지 않도록 하세요.
그럼 가서 이곳 집 바깥으로 그녀를   180
모셔 와요. 우리가 지지하고 있음도 말해 주길.
그녀가 아이들을 해치기 전에 서둘러요.
지금 고통이 그녀를 무섭게 다그치고 있으니까.

유모 그렇게 할게요. 하지만 내 여주인을
설득할 수 있을지는 모르겠어요.   185
당신을 위해 그러한 노고를 감당할게요.
누가 말을 건네며 가까이 다가가기라도 하면
갓 낳은 새끼 품은 암사자처럼
그녀는 사나운 눈으로 하녀들을 노려보지요,
옛사람들이 바보들이고 전혀 현명하지 않다고   190

말해도 틀린 말은 아니지요,

옛사람들이 축제와 연회와 식사를 위해

지은 노래를 들으면

삶의 쾌락이 생겨납니다.

195 그러나 어느 인간도 음악과

많은 현의 노래로, 인간들의

가증스러운 고통을 멈추게 하진 못했죠.

그런 고통 가하며 죽음과 재앙은 집을 무너뜨립니다.

물론 이런 불행을 노래가 치유한다면

200 이로운 일이겠지만 성찬이 차려진 곳에서

왜 헛되이 고함치는 소리를 늘이며 뽑아 댈까요?

앞에 차려진 잔치가 풍성하다면

잔치 그 자체가 우리에게 즐거움을 안겨 준답니다.

(유모가 퇴장하며 집 안으로 들어간다.)

205 **코러스** 나는 울음 많은 한숨 섞인 소리를

들었네. 그녀가 통곡하며 날 선 비난을

토하네, 결혼 침대를 배신한 사악한 신랑을 향해.

불의를 겪고 나서 외치고 있네,

맹세의 여신, 제우스의 딸 테미스를 부르고 있으니

210 그 여신께서 그녀를, 해협 건너편 헬라스에

데려오시니, 그녀는 거뭇한

소금물을 지나서 건너기 힘겨운,

흑해의 짜디짠 대문˚을 건넜구나.˚

(집에서 메데이아가 유모와 함께 등장한다.)

메데이아　　코린토스의 여인들이여, 집 밖으로 나왔습니다,

여러분이 조금이라도 날 비난하지 못하도록. 많은 이들이　　215

거만하게 태어났음을 잘 알고 있는데, 사람들 눈에서

벗어난 자들이나 공공의 눈에 띄는 자들이고, 또 어떤 자들은

조용한 행보로 인해 나태하다는 오명을 뒤집어씁니다.

군중의 시야에는 정의가 보이지 않으니,

사람들은, 한 사람의 속마음을 제대로 알기도 전에　　220

그를 바라보는 것조차 싫어해요, 아무 해도 입지 않았건만.

도시 국가에서 이방인은 잘 적응해야 합니다.

고집 센 자로 태어나 무지로 인해 시민들을

해치는 자는 누구든 그런 자를 나는 칭찬하지 않아요.

예기치 않게 이런 일이 나를 덮쳐　　225

내 영혼을 파괴했답니다. 나는 끝장났으니

친구들이여, 삶의 즐거움 내려놓고 죽고 싶습니다.

내 모든 것이 달려 있는 자, 내가 잘 알듯이,

내 남편은 가장 사악한 인간으로 드러났으니까요.

　　숨이 붙어 있고 판단력 있는 모든 생명체 가운데　　230

우리 여자들이 가장 비참한 존재랍니다.

우선 우리는 터무니없는 가격으로 남편을

사야 하고 또한 몸의 주인님으로 모셔야 하지요.

모셔야 하는 불행이 사야 하는 불행보다 훨씬 더 고통스럽네요.

우리 인생에서 가장 중요한 경주의 성패는 좋은 남편을　　235

얻느냐, 나쁜 남편을 얻느냐에 달려 있지요. 여자들에게
이혼은 명예롭지 않고 남편을 거절하는 것도 불가능해요.
기이한 풍습과 관습 안에 도착해서는
집에서 배우지도 않았지만, 남편이 어떤 사람인지
240 그와 어떻게 해야 가장 잘 지낼지, 예언자가 되어야 한답니다.
우리가 이런 엄청난 수고를 해내고
남편이 결혼의 멍에를 마다하지 않고 함께 살아 주면
우리의 삶은 선망의 대상이죠. 그렇지 않다면 죽음뿐입니다.
남자는 안사람과 함께 지내다 싫증이 나면
245 바깥으로 나돌며 마음속에 쌓인 구역질을 떨쳐 냅니다.
[어떤 친구들이나 또래를 찾아가죠.]
그러나 우리는 한 사람만 쳐다봐야 하지요.
남자들은, 우리가 가정에서 위험 없는 삶을
산다고 말합니다. 한편 남자들은 창으로 싸운다고
250 분별없이 떠벌리지요. 즉 아이를 한 번 낳느니
전장에서 세 번이라도 방패 들고 맞설 마음 있어요.
　　　그런데 같은 말도 당신들과 나에겐 다른 말이 되죠.
당신에겐 이 도시 국가가 있고 부친의 집들과
삶의 이득과 친구들이 있지요.
255 그러나 나는 홀로 도시도 없이 남편에게
버림받았고, 이민족의 땅에서 전리품으로 왔으니
모친도, 형제도, 친척도 없지요,
이런 재앙에서 벗어나 정박할 수 있는 곳들인데.

그래서 이것만큼은 여러분에게 부탁하고 싶어요.

이런 재앙을 초래한 남편을 벌할 수 있는   260

어떤 방도나 계략을 내가 찾게 된다면

[그에게 딸을 준 자와, 그와 결혼한 그 딸도 물론인데]

비밀로 해 주세요. 여자는 다른 일에는 공포로 가득 차고

전투에는 겁이 많아서 무쇠를 바라보지도 못하지만

결혼과 관련해서 불의를 당하면, 복수하겠다는   265

여자의 결의보다 더 유혈이 낭자한 것은 없습니다.

코러스   그렇게 할게요. 남편에게 복수하는 것은 정당해요,

메데이아여, 당신이 남편의 배신을 비탄하는 것은 당연해요.

저기 보세요. 정말로 이 나라의 왕 크레온이

새로운 결정을 알리려는 전령이 되어 오고 있어요.   270

(크레온이 등장한다.)

크레온   찡그린 표정 짓고 남편에게 분노하고 있구나,

메데이아여, 추방자로 이 땅 바깥으로 사라지거라.

두 아이를 데리고서 조금도 우물쭈물하지 말고

떠날 것을 명령한다. 내가 몸소 이 명령을

집행하노니, 결코 돌아가지 않을 것이다,   275

당신을, 이 땅의 경계 바깥으로 내쫓기 전까지는.

메데이아   아이아이(*aiai*), 불쌍한 여자여, 완전히 망했구나.

적들이 모든 줄, 돛 죄는 줄을 풀어,

내가 파멸에서 벗어나 쉽게 접근할 정박지가 없구나.

280 물어보고 싶어요, 내가 지금 이렇게 당하고 있지만.

무슨 이유로 이 땅에서 저를 추방하시는 겁니까, 크레온이여?

크레온 당신이 두렵다, 내 말 위장할 필요가 전혀 없으니.

내 딸에게 무슨 해코지해서 치유하지 못할까 두렵단 말이다.

이 공포에 대한 사례가 많으니까.

285 당신은 매우 영리하고 많은 흉계를 알고 있다.

남편의 침대를 빼앗겨 고통받고 있지.

당신의 위협을 들었다, 사람들이 내게 전하듯이,

딸을 준 자와, 결혼에 이끌린 딸과, 딸과 결혼한 사내에게

뭔가 하려 한다는 것을! 그래서 재앙이 오기 전에 경계하는 거다.

290 부인, 지금 내가 당신에게 미움받는 것이 더 낫다,

말랑하게 대처했다가 나중에 후회하기보다는.

메데이아 *페우 페우(pheu pheu),*

지금이 처음이 아니고 전에도 자주, 크레온이여,

내게는 내 명성이 해를 끼쳤고 큰 재앙이었답니다.

정신이 제대로 박힌 자라면 아이들이

295 너무 영리한 자가 되게 가르쳐선 절대 안 됩니다.

이런 자들이 지닌 다른 나태함*은 차치하더라도

그들은 시민들이 적대하며 시기하는 과녁이 된답니다.

바보들에게 새로운 지식을 전달해 준다면

당신은 쓸모없고 똑똑하지 못한 자로 여겨지겠죠.

300 게다가 도시에서 뭔가 영리한 걸 아는 자보다

더 뛰어나다고 인정받으면 당신은 골칫거리로 보이겠죠.

나 자신도 이러한 운명을 공유하고 있답니다.

일부 사람들은 나의 영리함을 시기하고

[일부는 얌전하다 생각하고, 또 일부는 그렇지 않다고요.]

또 일부에겐 내가 성가신 존재지만 나는 그리 영리하진 않아요.   305

혹시 무슨 고약한 일 겪을까, 날 두려워하시나요?

내 능력이 그 정도는 아니니, 날 두려워 마세요, 크레온이여,

통치자를 상대로 무슨 범죄를 저지를 능력이라니요.

당신이 내게 어떤 불의라도 저지르셨나요? 당신은 원하는

사내에게 따님을 주세요. 그러나 내 남편은 내가   310

증오할 겁니다. 내 생각에 당신은 분별 있게 행하셨어요.

지금, 당신이 번영을 누리는 걸 못마땅해하지 않아요.

혼례를 치르세요. 행운이 뒤따르기를. 다만, 이 땅에

제가 살아가는 것은 허락해 주세요. 불의를 당했지만

침묵할 겁니다, 비록 더 힘센 자에게 제압되었지만.   315

크레온 듣기에는 부드러운 말이군. 그러나 내 마음속은

당신이 무슨 악행을 계획하지 않을까 두렵다.

전보다 당신을 신뢰하는 것은 절대 아니고

사내처럼 기질이 사납고 드센 여자라서

영리하나 침묵하는 여자를 경계하는 것보다는 더 쉽지.   320

아니다, 빨리 이곳을 떠나거라, 쓸데없는 말 그만두고.

이 결정은 확고하니 어떤 방법도 없을 거다.

나를 적대하며 우리 곁에 당신이 머무를 방법은 없다.

(메데이아는 탄원자로서 크레온 앞에 무릎을 꿇고 그의 손과

무릎을 붙잡는다.)

메데이아   그러지 마세요. 새로 혼인한 따님을 두고 간청하나이다.

325 **크레온**   말을 낭비할 뿐. 결코 설득하지 못할 거다.

메데이아   저를 추방하려 하시며 제 탄원은 존중하지 않으시나요?

크레온   내 가정보다도 당신을 더 아끼는 건 아니까.

메데이아   오 조국이여, 지금 내가 얼마나 그대를 떠올리는가.

크레온   아이들을 제외하면 내게 조국은 가장 소중하지.

330 **메데이아**   *페우 페우(pheu pheu)*, 사랑은 얼마나 큰 재앙인가.

크레온   내 생각에, 그것은 상황에 따라 다르게 나타나지.

메데이아   제우스여, 이 재앙이 누구 책임인지 놓치지 마소서.

크레온   가라, 어리석은 여자여, 내가 수고하지 않게 하여라.

메데이아   제가 이미 곤란을 겪는데 무슨 노고가 더 필요하나요.

335 **크레온**   당장 내 시종들의 손에, 강제로 쫓겨나게 될 것이다.

메데이아   안 돼요, 그러지 마세요. 간청하나이다, 크레온 님.

크레온   나를 곤경 속에 빠뜨리는 것 같구나, 여인.

메데이아   추방 명령은 받아들여요. 간청하는 건 그게 아니라……

크레온   그러면 왜 억지 부리며 내 손을 놓지 않는 거냐?

340 **메데이아**   제발 하루 동안만 제가 여기 머물게 허락해 주세요.
제가 추방되어 어디로 가야 할지 숙고하게 해 주세요,
아이들 위한 피난처도 찾아야 하니까요. 아비라는 인간은
아이들을 도우려고 아무 신경도 쓰지 않으니까요.
아이들을 동정하세요. 당신도 아이들의 아빠이시죠.

345   아이들에게 호의를 보이는 것은 마땅한 일이니까요.

추방될지 아닐지, 나 자신의 안녕을 걱정하는 게 아니라
아이들의 불행을 두고 통곡하고 있는 거랍니다.

크레온 내 의지는 전혀 폭군답지 못하구나.
탄원을 존중하다가 나는 이미 많은 일을 망친 적 있었지.
지금 내가 실수하고 있다는 걸 잘 알고 있네, 부인.   350
그럼에도 당신 요청을 수락한다. 내가 공표하니,
신의 떠오르는 횃불이 이 땅의 경계 안에서
당신과 아이들을 내려다보게 된다면
당신은 죽은 목숨이다. 이는 거짓 없이 하는 말이다.
[지금 머물러야 한다면, 하루만 더 머물러라.   355
어떤 짓을 꾸며서 나를 두렵게 하진 못하겠지.]
(크레온이 퇴장한다.)

코러스 페우 페우(*pheu pheu*), 재앙을 맞은 여인이여,
불쌍한 여인이여,
대체 어디로 가야 하나요? 누구의 환대를 받기 위해서,
어느 집이나 땅을 향해? 불행에서   360
구해 줄 자를 그대가 발견하게 될까요?
출구 없는 불행의 너울 안으로 어떤 신이
메데이아여, 그대를 데려갔으니까요.

메데이아 정말로 모든 상황이 악화됐어. 누가 부정할 수 있을까?
그러나 일은 결코 그리되지 않지. 아직 단정하진 말아요.   365
새로 결혼한 신부와 그 결혼 성사시킨 자와는
아직 대결이 남아 있어, 작지 않은 노고이다.

어떤 이득을 보거나 아무런 계략도 없이

내가 그자에게 한 번이라도 아부할 것 같아요?

370 그게 아니면 그에게 말하지도 손을 뻗지도 않았겠죠.

그런데 그자는 이처럼 커다란 어리석음에 빠지고 말았어,

이 땅에서 날 추방하여 내 계략을 막을 수도 있었는데,

내가 오늘 하루 동안 머물 수 있게 해 주다니.

오늘, 나는 세 명의 적을 모두 주검으로 만들 겁니다,

375 신부와 그 아비와 내 남편을 모두.

　　그들에게 치명적인 많은 방법이 있지만

어떤 방법에 착수해야 할지 모르겠네요, 친구들이여,

신혼집에 불을 놓아 버릴까, 아니면

간장에다 연마한 칼을 밀어 넣을까,

380 침상이 깔려 있는 집 안으로 잠입해서 말이다.

그런데 [내게는] 한 가지 장애가 있단 말이야,

집 문턱 넘어가 계략을 실행하다가 붙잡히면

죽임을 당해 적들의 웃음거리가 되고 말 거다.

가장 반듯한 수단, 타고난 내 능력 잘 보여 주는

385 독약으로 그들을 죽이는 것이 상책이지.

　　좋아, 그렇게 하자고.

그들 모두 죽은 목숨. 하지만 어느 도시가 날 받아 줄까?

어떤 친구가 체포 없는 땅과 안전한 집을

제공하여 내 육신을 구해 줄 수 있을까?

그런 사람은 없어. 그래서 아직은 잠시 기다려 보고

만약 누가 나에게 안전한 방벽으로 나타난다면,   390
조용히 속임수 쓰며 나는 독살의 길을 갈 것이다.
그런데 만약 대책 없는 사태가 나에게 닥쳐온다면
나 자신은 검을 잡고, 죽게 되더라도 그들을
죽이겠어. 나는 가장 대담한 길로 들어서는 게지.
모든 여신 가운데 내가 가장 경배하고   395
함께 일하시는 여신으로 선택한 헤카테*에 맹세코,
내 화롯가의 구석에 거주하시는 헤카테에 맹세코
그 누구도 내 마음을 찢어 놓고는 즐거워하지 못할 거다.
나는 그들의 결혼을 슬프고 쓰디쓴 것으로 바꾸고 그들의
결혼 동맹과 이 땅에서 날 몰아낸 추방도 쓰디쓰게 할 것이다.   400
그럼 자, 네가 할 수 있는 어느 것도 아끼지 마라,
메데이아여, 계획을 세우고 계략을 짜내라.
사투를 벌여라. 지금부턴 담력의 싸움이다.
네가 어떤 고통을 당하는지 보고 있느냐? 이아손과
코린토스 계집*의 결혼에 네가 웃음거리가 되어선 안 돼.   405
헬리오스*와 훌륭한 아버지로부터 태어났던 네가.
너는 어찌할지 알고 있어. 더구나 우리는 여자로 태어났으니까.
고귀한 일들에는 대책이 없고 본성상 서투르지만
모든 악행에선 가장 기술이 뛰어난 제작자가 되니까.

코러스   신성한 강의 흐름이 거꾸로 돌아 흘러가고   (좌 1) 410
정의와 만물의 질서가 다시 뒤집히는구나.

남자의 계획이 기만적이니 신들의 이름으로

맺은 맹세는 더는 확고하지 않다네.

415 세상의 풍문이 바뀌게 되니

　　여자의 일생이 명성을 얻으리라.

여자의 종족에게 명예가 다가가고 있으니

420 더는 사악한 평판이 여자 종족을 휘어잡지 못하리라.

옛 시인들의 노래가　　　　　　　　　　　　(우 1)

여자의 불충을 찬양하길 멈추게 되리라.

가인의 주인님 아폴론은

425 뤼라 반주를 타는 영험한 노래를

　　여자의 마음에는 심어 주지 않았다네.

그렇지 않았다면 우리 여자가 노래 부르며

　　사내의 종족에게 화답했을 텐데.

장구한 세월이 우리 여자의 운명과

430 남자의 운명에 대해 많이 이야기하리라.

그대는 아버지 집을 떠나 항해했구나, 사랑에　　(좌 2)

미친 마음에 흑해의 쌍둥이 바위* 지나서.

435 그대는 이방의 땅에

살고 있고, 결혼 침대를 잃은 채

남편도 없이

불쌍하게도, 시민권 없는 추방자로

이 땅에서 쫓겨나게 되었구나.

맹세의 매력도 사라지고 염치의 미덕도 　　　　　(우 2)
위대한 헬라스 땅에 남아 있지 않네, 하늘로 날아갔으니.　　440
그대에겐 아버지의 집, 고통을 없애 줄
집이 없구나, 불쌍한 여인이여.
그대의 결혼 침대보다
더 강력한 공주가
집 앞에 우뚝 서 있구나.　　　　　　　　　　　　　　445

(이아손이 등장한다.)

이아손　　지금, 처음이 아니라 전에도 여러 번 확인했소.
거친 성깔이 얼마나 대책 없는 불행인지.
당신이 더 강력한 자의 계획을 가볍게
견뎌 내어 이 땅과 이 집을 지킬 수 있었는데
어리석은 말 지껄이다니 당신은 이 땅에서 추방될 것이오.　450
내가 상관할 바 아니지만. 이아손이 가장 사악한
사내라고 말하는 걸 절대 멈추지 말게.
그런데 당신이 왕에게 퍼부었던 말과 관련해선
추방의 벌을 받는 걸 엄청난 이득이라고 여기게.
적어도 나는 분노하고 있는 왕들의 기질을　　　　　　　455
늘 달래려 노력했고, 당신이 남아 있기를 바랐었지.
그러나 당신은 어리석음을 버리지 못했소. 계속 왕들을

비난하다니. 그로 인해 당신은 이 땅에서 추방될 것이다.

　　이런 상황인데도 나는 사랑하는 가족을 위해

460　포기하지 않고 당신 사정을 돌봐 주러 왔소, 부인.

아이들과 함께 재물도 없이 추방되지도,

뭔가 부족하지도 않게 하려고. 추방은 그 자체만으로

많은 불행을 끌어들이지. 비록 당신이 날 증오해도

내가 당신을 적대하는 일은 결코 없을 것이다.

465　**메데이아**　　오 가장 악독한 자, 당신의 비겁한 짓에 대해선

내 혀로 가장 지독한 욕을 말할 수 있다.

나에게 왔구나, 가장 적대적인 자로 말이다.

[신들과 나와 인간 모든 종족에게 말이다.]*

이것은 대담도 아니고 용기도 아니야.

470　가족에게 악행을 저지르고도 낯짝 들고 마주하다니.

인간 세상에 퍼진 가장 무서운 질병은

바로 몰염치다. 잘도 나타나셨군.

내가 당신에게 악담을 퍼붓고 나면

내 영혼은 가벼워지나 내 말은 당신의 짐이 되겠지.

475　　애초 우리의 첫 만남부터 말하겠다.

내가 당신을 구했어, 헬라스인들 가운데

아르고호, 같은 배에 함께 올랐던 자들은 알고 있지,

그때 당신은 멍에 고리로, 불 뿜는 황소들 제압하는

임무를 맡아 치명적인 고랑에 씨를 뿌리고 있었지.

480　그리고 전부 황금인 양피를 에워싸며 똬리를

틀고서 잠도 없이 그 양피를 지키던 용을
바로 내가 죽여서 당신에게 구원의 횃불을 들었어.
그리고 부친과 내 집을 배신하는 결정을 내리고
당신과 함께 펠리온산 아래 이올코스에
도착했는데, 더 현명하지 못하고 열정에 들떠 있었지.   485
게다가 가장 고통스러운 방법으로 펠리아스를 죽였는데
그 딸들의 손을 빌려 집 전체를 내가 들어냈던 거야.
이런 일을 나 덕분에 이루고 나서는 날 배신하다니.
가장 사악한 놈아, 자식이 있는데도
새장가를 들다니. 당신에게 자식이 없었다면   490
왕가의 침대를 욕망해도 됐으려나 몰라.

　　맹세의 믿음이 사라져 버렸고, 옛 신들이
더는 지배하지 않고 이제 새로운 법도가 인간들에게
정해져 있다고 당신이 믿고 있는 건지, 나는 알 길이 없다,
나와 맺은 맹세를 어겼다는 것은 잘 알고 있을 테지.   495
페우(*pheu*), 내 오른손, 당신이 여기 이 무릎과 함께
자주 만졌던 손, 내 손을 사악한 남자가 만졌다니
얼마나 헛된 일인가, 더욱이 나는 희망마저 잃고 말았어.

　　자, 당신이 나의 가족이라 하니 내 생각을 나누겠다.
그런다고 내가 당신에게서 무슨 이득을 보겠는가? 그럼에도   500
그리하겠다. 내 질문에 당신은 더 수치스러운 자로 보이겠지.
지금 어디로 향해야 하나? 당신을 위해 배신했던
부친의 집을 향해서, 부친도 배신하고 여기로 왔었는데.

아니면 불쌍한 펠리아스의 딸들에게? 그럼, 그들이 집에
505 나를 잘도 받아 줄까? 내가 그들 아비를 죽였는데도.
이런 사정인데. 집에 있는 내 가족에게
나는 적이 되었고, 그들에게 악행을 말았어야 했는데
당신을 돕느라 적으로 만들었구나.
당신은 많은 헬라스 여인 앞에서 날 행복한 여자로
510 만들었지, 나의 수고에 보답한다고 말이야. 이 불쌍한 여자,
나는 당신이란, 놀랍고도 충실한 남편을 갖게 된 거야,
만약 내가 혼자서 가족과 친구도 없이 버려진
아이들과 함께 쫓겨나 이 땅에서 추방된다면 말이다.
당신을 구한 내가 아이들과 함께 거지로 유랑하는 것은
515 갓 결혼한 신부에게는 얼마나 좋은 비난거리인가.
　　오 제우스여, 왜 당신은 불순한 금에 대한
분명한 증거는 인간에게 주셨지만
사악한 남자를 꿰뚫어 볼 수 있는 징표는
왜 사람의 몸에 심어 주지 않으셨나요?

520 **코러스**　분노가 너무 무시무시하니 치유가 어렵네요,
가족이 가족에게 불화를 심을 때는.

이아손　나는 언변이 부족해 보이면 안 되니
배의 유능한 키잡이처럼 돛의 끝자락을
이용하여, 부인, 당신의 입이 끝없이 지어내는
525 재앙의 폭풍을 피해 달아나야겠소.
당신이 베푼 은혜를 지나치게 과장하고 있지만

나는 신과 인간 중에서 아프로디테 여신만이
내 항해와 모험의 유일한 구원자라 믿고 있소.
당신에겐 정교한 마음이 있지만, 어떻게
에로스가 피할 수 없는 화살로 당신을   530
강제하여 나를 구했는지 상술하자니, 마음이 불편하군.
그 목록을 줄줄이 열거하진 않겠소.
당신이 정말 날 도왔다는 것은 좋은 일이오.
그러나 당신은 당신이 준 것보다, 날 구원한 것보다
내가 말하듯이 훨씬 더 많은 은혜를 입었소   535
우선 당신은 이방 민족의 대지가 아니라 헬라스 땅에서
살고 있고, 정의를 이해하니 법을 활용할 줄
알게 되었지, 권력의 탐닉을 위해서가 아니라.
모든 헬라스인들이 당신의 총명함을 알게 되었고
당신은 명성을 얻었소. 지금 땅의 가장 먼 경계에   540
살고 있다면, 당신에 대한 이야기는 없을 거요.
만약 내 운수가 명성을 누리는 것이 아니라면
내 집에는 황금이 없기를, 그리고
오르페우스보다 더 멋지게 노래하지 못하기를.

　나의 수고와 관련해선 당신에게 이렇게   545
말했소. 당신이 먼저 논쟁에 불을 지폈으니까.
그럼, 왕가와의 결혼에 나를 비난한 것에 대해선
이 점을 강조하려 하오, 우선 나는 그 일에서 현명했고
다음으로 자제했으며, 당신은 물론 아이들에게도

550 내가 가장 큰 친구라는 점을! 그러니 자, 잠자코 있게.

이올코스 땅을 떠나 이곳에 도착했지만

나는 대책 없는, 많은 불행을 끌고 왔소.

망명자 신분에 왕의 딸과 결혼하는 것보다,

더 운 좋은 해결책을 찾을 수 있을까?

555 아니요, 당신이 화가 난 점, 즉 당신과의 결혼을 혐오하며

새 신부에 대한 욕망에 사로잡힌 것도 아니고

다른 사내와 아이 낳는 경쟁을 욕망한 것도 아니오.

이미 태어난 아이들로 충분하니까, 불평이 아니오.

그러나 가장 중요한 것은, 우리가 풍족하게 살아가고

560 빈곤하지 않기 위해서요, 모두가 돈 없는 친구를 피하려고

가던 길에서 벗어난다는 것을 잘 알고 있으니까.

그리고 내 가문에 걸맞게 아이들을 양육하고 싶으니

당신과 낳은 아이들에게 형제들을 낳아 줘서

그들과 똑같은 명예를 누리게 하고 종족을 결속시켜

565 내가 번영을 누려야지. 당신에게 자식이 더 필요하려나?

미래의 아이들로 현재 살아 있는 아이들을 돕는 일이

나의 이득이 될 거야. 내 계획이 잘못된 것이오?

애욕에 찔린 게 아니라면 당신이 그렇게 말하진 못할 거요.

당신네 여자들은 결혼이 똑바로 서 있다면

570 만사형통이라는 결론에 도달하지.

결혼에서 무슨 불행한 일이라도 일어날 경우에는

최선이고 훌륭한 이익도 가장 혐오스러운 것으로

뒤바꿔 버리지. 여자라는 종족이 아니라
어느 다른 곳에서 인간 자식을 낳아야 하거늘.
그러면 인간에게 어떤 불행도 없을 텐데.   575

코러스 이아손 님, 말을 갖고 잘도 꾸며 놓았네요.
우리는 당신 의견과 다른데, 우리에게는 당신이
아내를 배신하고 불의를 저지르는 걸로 보입니다.

메데이아 내 생각은 많은 이와 여러 면에서 다르다.
내 생각에, 불의한 일 저지르며 말은 번지르르하게   580
하는 자는 누구든 가장 큰 처벌을 받아 마땅해.
불의를 잘 포장하려고 말로 큰소리치면서
감히 무슨 짓이든 하려고 하지. 그런 자는 똑똑한 게 아니지.
당신도 그래. 지금, 내게 그럴싸한 수사도
말재간도 부리지 말라. 내 한마디 말이 당신을 넘어뜨릴 거요.   585
당신이 악한이 아니었다면, 이런 결혼을 하겠다고
가족에게 비밀로 할 게 아니라 설득했어야 했어.

이아손 내 생각에, 당신이 내 말에 잘도 동의했겠소,
만약 결혼에 대해 말했더라면. 지금도 당신은
심장에서 엄청난 분노를 멈추려 하지 않는데.   590

메데이아 그런 생각 한 게 아니라, 이방 여자와의 결혼이
노령을 앞두고 자기 명성에 어울리지 않았던 게지.

이아손 지금 이 점 명심하게나. 여자를 욕망하여
왕실의 여식과 결혼하는 게 아니고, 이미 결혼했건만,
그러나 내가 앞서 말했듯이 당신을 구하길 원해서이고   595

내 자식들 위해서인데, 함께 씨를 뿌려 왕가의 후손을

낳아 우리 가정의 성채를 만들려 했던 것이오.

메데이아　고통을 주는 행복한 인생 따위도,

또한 마음을 괴롭히는 부귀도 원하지 않기를.

600　**이아손**　생각을 고쳐 더 현명한 자가 되는 법을 알고 있겠지.

유익한 것이 당신에게 결코 고통이 되지 않기를,

그리고 행복하면서도 불행하다고 생각하지 말기를.

메데이아　모욕하라지, 당신에겐 피난처가 있으니까.

나는 홀로 이 땅을 떠날 것이다.

605　**이아손**　자신이 스스로 선택했으니 다른 이는 탓하지 말게나.

메데이아　내가 뭘 한다고? 당신이 새장가 들어 내가 배신했다고?

이아손　왕에게 불경한 저주를 퍼부었다고.

메데이아　나는 당신 가정에 저주가 될 것이다.

이아손　이런 문제로 더는 당신 비난을 듣지 않겠소.

610　그런데 만약 아이들이나 당신의 추방을 위해

내 재물에서 뭔가 도움을 받고 싶다면 말해 주게.

나는 아낌없이 도와줄 의향이 있고 친구들에게

기꺼이 징표를 보내 주지. 그러면 그들이 호의를 베풀 것이네.

그러니까 자발적으로 바보짓 하지 말게, 부인.

615　분노를 멈추고 더 나은 일에서 이득을 보게나.

메데이아　네 친구들 도움은 받지 않을 것이고

아무것도 받지 않을 터이니 내게는 주지 말아라.

사악한 남자의 선물은 결코 이익이 되지 않으니까.

이아손　그래서 나는 신들을 증인으로 삼는 것이야,

물심양면으로 당신과 아이들을 돕고 싶다는 사실에 대해.　620

좋은 일인데 자기 마음에 들지 않는다며 자기 고집을 피워

친구를 몰아내는군. 그러면 더 고통받게 될 것이다.

메데이아　사라져 버려라. 새로 멍에를 맨 여인을 욕망하여

타오르겠지, 궁전에서 멀리 떨어져 시간을 죽이다니.

결혼 놀음이나 하서. 그 결혼이 신의 호의로 보이겠지만　625

그렇게 결혼해서는, 너는 그 결혼에 울부짖게 될 것이다.

(이아손이 퇴장한다.)

코러스　사랑, 흘러넘쳐 닥쳐온 사랑은　(좌 1)　627

인간에게 영광도 탁월함도 주지 못하네.

퀴프리스˙가 적도(適度) 있게 오신다면　630

어느 신도 그렇게 매력적이지 못하리라.

여주인이시여, 황금빛 활로부터 피할 길 없는,

욕망에 절여 놓은 화살을 결코 내게 쏘지 마시길.　635

절제가 날 사랑하기를, 절제는 신들의　(우 1)

가장 아름다운 선물. 무시무시한 여신 퀴프리스시여,

싸움 많은 분노와 물리지 않는 분쟁을 던지지 마시길,　640

다른 애욕의 침대 탓에 내 마음을 두들기시면서.

전쟁 없는 결혼 침대를 존중하시어

예리한 지성으로 여인의 결혼을 결정하여 주시길.

오 조국이여, 오 가정이여,   (좌 2)

646 내가 도시에서 추방당하는 일 없기를,

대책 없는 삶,

연명하기 힘든 삶을 살고

가장 동정받는 고통을 받게 되니.

650 그전에 죽음, 죽음에 복종하기를,

이 하루의 빛을 바라보고 나서.

조국 땅을 박탈당하는 것보다

더 커다란 고통은 없으리라.

직접 목격했으니, 타인의 말 듣고   (우 2)

655 이야기하는 것이 아니로다.

그대는 가장 무시무시한 고통을 겪고 있으나

어느 도시도 어느 친구도

그대를 동정하지 않고 있구나.

배은망덕한 자는 누구든 파멸하기를,

660 정결한 마음의 문을 열고서

친구와 가족을 존중하지 않는 자이니.

그런 자는 결코 내 친구가 되지 못하리라.'

(아이게우스가 여행 복장을 하고 등장한다.)

아이게우스 메데이아, 안녕하시오. 친구들에게 말 건네는 서곡으로 이보다 더 나은 서곡을 누구도 알지 못하오.

메데이아   아, 안녕하세요, 현명한 판디온의 아들, 아이게우스여.   665

어디에서 오는 길인데, 이 땅의 바닥을 방문했나요?

아이게우스   포이보스(아폴론)의 오래된 신탁소*를 떠나왔소.

메데이아   왜 신탁을 노래하는 대지의 배꼽*으로 여행하셨죠?

아이게우스   내가 자식의 씨앗을 얻을 수 있을지 물어보려고.

메데이아   신들에 맹세코 당신은 여태 자식 없는 삶을 이어 왔나요?   670

아이게우스   어떤 신의 개입으로 자식이 없는 거라오.

메데이아   아내가 있나요? 아니면 결혼한 적이 없나요?

아이게우스   결혼 침대에 묶이지 않았던 건 아니오.*

메데이아   자식에 대해 포이보스는 당신께 뭐라 하셨나요?

아이게우스   인간의 머리로 해석하기 어려운 심오한 말이었소.   675

메데이아   신의 응답을 내가 알아도 될까요?

아이게우스   그럼요, 명석한 마음도 필요하니까.

메데이아   신의 응답은 무엇이었나요? 말해 보세요, 알아도 된다면.

아이게우스   나보고 가죽 부대의 튀어나온 발을 풀지 말라나.*

메데이아   당신이 뭘 하거나 어떤 땅에 도착하기 전에는?   680

아이게우스   내가 다시 조국의 화롯가에 도착하기 전에는.

메데이아   당신은 무엇이 필요해서 이 땅에 항해하셨나요?

아이게우스   핏테우스란 이름의 사내가 있소, 트로이젠*의 왕 말이오.

메데이아   사람들이 말하듯, 펠롭스의 아들로 가장 경건한 자 말이지요.

아이게우스   신의 말씀을 그 친구와 공유하고 싶어서라오.   685

메데이아   그 사내는 명석하여 그런 일에는 아주 밝으니까요.

아이게우스	모든 동맹자 중 나와는 가장 친한 사내라오.
메데이아	그럼 성공하시고 당신이 욕망하는 걸 얻으시길.
아이게우스	근데 얼굴이 왜 그리 여위고 안색이 어두운 거요?
690 메데이아	아이게우스여, 내게는 남편이 가장 사악한 인간이랍니다.
아이게우스	무슨 말이오? 침울한 이유를 자세히 말해 보시오.
메데이아	이아손이 나를 해쳤어요, 자신은 내게 해를 입지 않았건만.
아이게우스	무슨 짓을 한 것이오? 분명히 말해 주시오.
메데이아	나를 두고 다른 여인을 여주인으로 올려놓았지요.
695 아이게우스	설마 감히 그런 가장 수치스러운 짓을 했다고?
메데이아	했지요, 알겠나요? 전엔 가족이었지만 지금은 명예가 없어요.
아이게우스	그가 욕정에 사로잡힌 거요? 아님 당신 침대가 싫어서?
메데이아	엄청난 욕정에 불탔고, 가족에겐 불충하고요.
아이게우스	그러라구려! 그대 말처럼 그자가 못난 자라면.
700 메데이아	왕인 사내들과 혼맥을 맺길 욕망했지요.
아이게우스	누가 그에게 딸을 준 거요? 나머지도 다 말해 주시오.
메데이아	크레온, 이 땅 코린토스를 통치하는 자예요.
아이게우스	정말, 그대의 고통을 이해할 수 있군요, 부인.
메데이아	나는 끝났어요. 더구나 이 땅에서 추방될 겁니다.
705 아이게우스	누가 추방한다는 거요? 또 새로운 불행을 말하는군.
메데이아	크레온이 나를 추방자로 코린토스 땅에서 몰아내려 하죠.
아이게우스	이아손이 두고 본다고? 정말로 못 봐주겠군.
메데이아	말로는 그렇지 않지만 그자는 그걸 감수하려고 해요.
	그대에게 간청합니다, 그대의 턱수염과

무릎을 붙잡고요. 나는 그대의 탄원자가 됐네요. 710

날 불쌍히 여기세요, 이 불쌍한 여자를 동정하세요.

친구 없이 혼자서 추방되는 걸 두고 보지 마세요.

부디 그대의 땅과 집의 손님으로 받아 주세요.

그러면, 신들께 맹세코, 자식에 대한 소망도 실현되고

그대 자신도 임종 때까지 행복과 번영을 누리시길 빌어요. 715

어떤 종류의 행운을 만난 것인지 당신은 모를 거예요.

그대의 무자식 팔자를 끝내 주고 아이의 종족을

낳게 해 줄게요. 이를 위한 약초를 내가 잘 알아요.

아이게우스 여러 가지 이유로, 부인, 당신에게 그러한 호의를

베풀고 싶은 열의가 있소. 우선 신들을 위해서이고 720

또 그대의 약속대로 내가 낳게 될 아이들 때문이라오.

자식 문제라면 정말, 나는 완전히 끝장났으니까.

내 사정이 그렇소. 당신이 내 영토에 온다면

나는 정의로운 자로 당신의 보호자가 되고 싶소.

[이것만큼은 당신에게 미리 말하는 것이오, 부인. 725

하지만 이 땅에서 내가 당신을 데려가는 건 원치 않소.]

이 땅에서는 그대가 제 발로 떠나야 할 것이오.

그대가 스스로, 만약 내 집에 도착한다면

안전하게 머무르게 하고 누구에게도 넘겨주지 않겠소.

내 친구들에게도 나는 흠 없는 사내가 되고 싶소. 730

메데이아 그리될 겁니다. 그런데 그것을 약속하고 맹세한다면

당신에게서 나는 원하는 모든 걸 갖게 될 텐데요.

아이게우스　못 믿는 건 아니겠지요? 뭐 불편한 거라도 있소?

메데이아　당신을 믿어요. 하지만 펠리아스 가문이 나를 적대하고

735　크레온도 마찬가지예요. 당신이 맹세에 묶여 있다면

넘겨주지 않겠죠, 그들이 나를 국경 너머로 끌고 가려 하면.

만일 당신이 말로는 합의했지만 신들 앞에서 맹세하지 않으면

당신은 그들의 친구가 되고 그들의 외교적 요구에

이내 복종하고 말 겁니다. 나는 힘이 미약하지만

740　그들은 부유하고 왕가의 권력을 쥐고 있으니까요.

아이게우스　그대의 말은 많은 선견지명을 보여 주었소.

그럼 그대가 원한, 맹세하는 걸 거절하지 않겠소.

내가 어떤 명분을 갖고 있는지, 그대의 적들에게

보여 주는 것이 가장 안전하니까, 당신과의 약속이

745　훨씬 더 확고하지. 맹세할 신들의 이름을 대 보게.

메데이아　대지의 바닥과, 내 아버지의 아버지

헬리오스와 신들의 모든 종족도 함께 넣어 주세요.

아이게우스　해야 할 일, 하지 말아야 할 일을 말해 주시오.

메데이아　그대 자신이 그대 땅에서 결코 나를 추방하지 말라고.

750　내 적들 중 누군가가 나를 데려가는 걸 요구해도

그대가 숨 쉬는 한 자발적으로 절대 나를 넘기지 말라고.

아이게우스　맹세하노라, 가이아와 헬리오스의 정결한 빛과

모든 신들의 이름으로 그대와 약속한 바를 지키겠노라고.

메데이아　충분해요. 이 맹세를 어기면 무슨 일을 당해도 되나요?

755　**아이게우스**　가장 불경한 자들에게 일어나는 일들을.

메데이아　기쁘게 가던 길을 가세요. 모든 일이 잘되었으니.

나도 당신의 도시에 가능한 한 빨리 도착하렵니다,

내가 하려는 일을 하고, 또 바라는 일을 이루고 나면.

(아이게우스가 퇴장한다.)

코러스　아이게우스여, 여행자들의 친구, 마이아'의 아들 헤르메스가

집으로 안내하시고, 서둘러 당신이 겨냥하여　　　　　　760

의도한 일들 모두 성취하시길 비나이다,

내가 보기에 당신은 고귀하고

관대한 남자로 보이니까요.

메데이아　제우스와, 제우스의 정의의 여신, 헬리오스의 빛이여,

이제 나는 내 적들에게 승리할 것이다, 친구들이여,　　　　765

내가 찾고 있던 길에 발을 들여놓았지.

이제 나의 적들이 죗값을 치르게 될 희망이 있어요.

저 사내가 바로 내가 가장 애쓰고 있는 지점에서

내 복수의 계획이 정박할 항구로 나타났으니까.

팔라스의 도시'와 성채로 가서는　　　　　　770

그에게 고물 밧줄을 단단히 맬 것이다.

　　이제는 그대에게 내 모든 계획을 말할 테니

이 즐겁지 않은 말을 한번 들어 보게.

내 하인 한 명을 보내 이아손이

다시 내 눈앞에 나타나도록 요청할 것이다.　　　　775

그자가 오면 그에게 부드러운 말로 대할 거요.

나를 배신하고 차지한 왕가와의 결혼,

그 일이 나와는 상관없고 오히려 잘된 일이라고.

또 그 일은 행운이고 잘 결정된 일이라고.

780 그리고 내 아이들은 이곳에 머물게 해 달라고 간청할 거요.

적들의 땅에 적들이 내 아이들을 능멸하도록

[적들에게 아이들을 남겨 둘 생각이 아니라]

계략으로 왕의 딸을 독살할 생각인데

아이들의 손에 선물을 들려 보낼 거니까.

785 [신부에게 줄 선물로 아이들이 이 땅에서 추방되지 않게요.]

부드러운 의복과 황금으로 엮은 관을 보내

공주가 그 의복을 받아 몸에 걸치면 끔찍하게

죽을 것이고 공주를 건드리는 자도 그리될 거요.

그러한 맹독을 선물에 바를 겁니다.

790 　　이 주제는 이제 그만 이야기해야지.

나는 신음했지요, 그러고 나서 어떤 종류의 일을

내가 해야만 하는지, 하고. 아이들을 죽일 겁니다,

내 아이들을요. 아이들을 구할 자는 아무도 없소.

그렇게 이아손의 가정 전체를 지우고 나서

795 이 땅을 떠날 거요, 가장 불경한 짓을 감행하고 나서

가장 귀한 아이들을 죽인 결과를 피하기 위해서.

적들의 웃음거리, 그건 참을 수가 없소, 친구들이여.

[그건 됐어요. 내게 사는 게 무슨 이득이 있겠소?

내게는 집도, 조국도, 불행에서 벗어날 수단도 없소.]

800 내가 헬라스 사내의 꾐에 빠져서

아버님의 집을 버리고 떠났던 것은 실수였소.

그 인간은 신의 도움으로 내게 죗값을 치를 거요.

나의 복수로, 앞으로는 아이들이 살아 있는 것을

보지 못할 것이고, 새로 멍에를 맨 신부와

아기도 낳지 못할 거요, 가증스러운 여자이니 805

내 독약에 반드시 비참하게 죽어야만 하니까.

내가 쓸모없고 나약하고 고분고분한 여자라고

누구도 믿어선 안 돼. 아니, 완전 그 정반대지,

적에겐 피해 주고 친구에겐 도움 주는 성격이라고.

그런 사람에게 가장 명성 높은 삶이 뒤따릅니다. 810

코러스 이 말을 우리와 함께 그대가 나누었으니

그대를 도와주고 싶지만, 인간의 법도를 믿기에

제발 그 짓만은 하지 말기를 바랍니다.

메데이아 다른 방법이 없소. 그대가 그리 말해도 용서할게요.

그대가 나처럼 엄청난 고통을 겪는 건 아니니까요. 815

코러스 그런데 감히 자기 자식을 죽이려 하다니요, 부인?

메데이아 그렇게 해야만 남편이 가장 크게 물어뜯기지.

코러스 그럼 그대는 가장 비참한 여자가 되겠죠.

메데이아 내버려 두시오. 그때까지 모든 말은 쓸데없소.

(유모에게) 이제 자네는 가서 이아손을 모셔 오게나, 820

특별한 신뢰가 요구되는 일에 나는 그대를 활용하지.

내 결정에 대해선 아무것도 말하지 말게나,

그대가 주인에게 충성하고 또 여성으로 태어났다면.

(유모가 퇴장하고 메데이아는 집 안으로 들어간다.)

코러스　에렉테우스의 아들들,* 고대부터 축복받았고　　(좌 1)

825　지복 누리는 신들의 자식으로, 적의 약탈 없는*

신성한 땅에서 태어났으며, 가장 영광된 지혜를

배우며 성장했다네, 가장 빛나는 공기를 가르고

830　항상 우아하게 거닐면서. 한때 그곳에서

피에리아*의 아홉 무사 여신들이

금발의 하르모니아*를 낳았다고 하네.

요요히 흘러가는 케피소스강을　　(우 1)

836　사람들이 칭송하네, 어떻게 아프로디테 여신이

물을 길으시고 대지 위로는 온화하고 달콤한 미풍을

840　불어 주시는지. 항상 향긋한 장미 화관으로

자기 머리를 치장하시고는

온갖 탁월함 도와주는 에로스들을

845　보내시어 지혜의 곁에 앉아 있게 하시네.*

어떻게 신성한 강 흐르는 이 도시,　　(좌 2)

친구들을 호송하는 이 땅이

당신을, 자기 자식의

살인자를 받아 줄까?

850　불경한 거류민을 받아 줄까?

아이들 죽이는 살인을 재고하세요,
어떤 도살을 범하려 하는지 재고하세요.
당신 무릎을 붙잡고 우리는
모든 방법을 동원해 당신께 탄원하나이다,
아이들은 죽이지 마세요. 855

당신 마음속 담대함은 어디서 온 것인가? (우 2)
무시무시하게도 대담한 일 감행하려는
강심장과 폭력성은 어디서 온 것인가?
아이들로부터 시선을 돌리고
아이들 운명을 어떻게 860
눈물 없이 바라볼 수 있을까?
아이들이 당신 발 앞에 엎드려
탄원하면, 담대한 마음의 당신마저도
유혈로 두 손을 적시는 일,
그 짓만은 하지 못하리라.' 865

(집에서 메데이아가 등장한다. 이아손이 유모와 함께 도착한다.)

이아손 당신이 부른다기에 왔소. 비록 당신이 적대시하나
당신의 소환을 거절하지 않고 나는 들을 것이오.
내게 더 무엇을 바라고 있는 것이오, 부인?
메데이아 이아손, 내가 퍼부은 비난을 용서해 달라고

870 간청해요. 당신이 내 분노를 참는 것은 당연하죠.
우리가 함께 많은 애착을 쌓아 왔었으니까요.
나는 나 자신과 대화를 나누며 스스로를
책망했지요. "어리석은 여자, 잘 숙고하며
계획한 자들에게 광분하여 싸움을 걸다니?

875 이 땅의 통치자들과 내가 적이 되다니?
또 남편과도 적이 되다니? 남편은 공주와
결혼하여 내 아이들의 형제를 낳아 주고 우리를
가장 이롭게 하려는데. 분노를 멈추지 않다니?
무슨 일인가? 신들이 우리를 잘 돌봐 주고 계시거늘.

880 내게는 아이들이 없나? 우리가 이 땅에서
추방되면 친구들이 필요하다는 걸 내가 모르나?"
이렇게 숙고해 보니 내가 아주 어리석었고
헛되이 분노했다는 것을 깨달았지요. 지금
나는 인정하고 동의해요, 이런 결혼 동맹을

885 맺은 당신이 현명한 자라는 것을. 반면, 나는 어리석었지요.
나는 당신의 계획을 공유해야 했고, 그 계획의
실행을 도와야 했고, 결혼 침대 옆에 서서
당신 신부를 돌보며 기뻐해야 했는데.
우리는 생겨 먹은 대로죠, 우리 여자들은요. 해악은

890 아니겠지만. 당신은 여자의 못난 본성을 흉내 내지도
멍청한 말에 멍청한 말로 대답하지도 마세요.
그때는 내가 생각이 모자랐음을 인정하고

용서를 구해요. 지금은 더 좋은 생각을 갖게 되었어요.

　　아이들아, 아이들아, 이곳으로, 지붕을 벗어나

나오너라, 아빠에게 인사해야지. 엄마와 함께　　　　　　　895

말을 붙여 보자. 그리하여 지나간 적대를 버리자꾸나,

엄마와 함께 우리에게 소중한 분을 적대하다니.

우리는 휴전을 맺었고 분노는 사라졌으니까.

오른손을 잡아라. 오이모이(*oimoi*), 내가

지금 숨겨진 무엇을 염두에 두고 있는 거지?　　　　　　　900

애들아, 얼마나 오랫동안 그렇게 살아가며

소중한 팔을 뻗게 되려나? 불쌍한 나는,

얼마나 많은 눈물이 터져 나오고 공포로 가득한지.

오랫동안 내가 너희 아빠와 다투고 났더니

내 연약한 두 눈이 눈물로 가득하구나.　　　　　　　　　905

코러스　　내 두 눈에서도 새 눈물이 터져 나왔네요.

지금보다 더 큰 불행이 따르지 않기를.

이아손　　내가 인정하오, 부인. 비난하지도 않겠소.

여자란 종족이 분노하는 건 합당하지,

†남편이 집 안에 다른 결혼을 들여왔으니.†　　　　　　　910

그러나 당신 가슴이 이로운 방향으로 돌아섰고

우세한 계획을 깨달았구려, 비록 시간은 걸렸지만.

그러한 일은 현명한 여자에게 속하는 법.

　　애들아, 아빠가 걱정하며 너희들을 위해

신의 도움을 받아서 상당한 안전을 얻어 냈단다.　　　　　915

내 생각에, 너희들은 여기 코린토스 땅에서

미래의 형제들과 함께 최고의 지위를 누릴 것이다.

어서 어른으로 성장하여라. 다른 일들은 아빠가 돌보고

신들 중에서 호의적인 신이 돌봐 주실 거다.

920 너희가 잘 성장하여 젊음의 목표에 도달하는 걸

볼 수 있기를, 내 적들에게 승리하며 말이다.

저기 당신, 왜 또 눈물 터뜨리며 두 눈 적시는 거요?

다시 창백한 뺨을 돌리면서 말이오.

내 말이 당신을 기쁘게 하지 않소?

925 **메데이아**　아무것도 아니에요. 이 아이들을 생각해 그런 거죠.

이아손　기운 차리게. 아이들은 내가 직접 돌볼 것이오.

메데이아　그럴게요. 당신 말을 불신하진 않아요.

여자의 본성은 유약해서 눈물을 잘 흘린답니다.

이아손　도대체 아이들 앞에서 왜 그토록 탄식하는 거요?

930 **메데이아**　당신이 내가 낳은 아이들의 평안을 소망하자

그런 일이 일어날까 하며 동정심이 슬며시 날 찾아왔어요.

나와 대화하기 위해 당신이 여기 온 이유에 대해선

이야기했지만, 지금은 내가 다른 일을 말하려고요.

통치자가 이 땅에서 날 추방하기로 결정했으니까요.

935 내가 보기에도 그것이 최선이죠, 잘 알고 있어요,

당신과 이 땅의 통치자에게 내가 이곳에 사는 것이

걸림돌이 되고 이 왕가의 적대자로 보이니까요.

나는 추방되어 이 땅을 떠나지만 아이들은

당신의 돌봄을 받으며 성장하도록 이 땅에서

추방하지 말라고 크레온에게 간청해 주세요. 940

이아손 설득할 수 있을지 모르겠소, 시도는 하겠지만.

메데이아 그럼 당신 아내에게 부탁해 보세요. 그녀가 부친에게

요청하여 아이들을 이 땅에서 추방하지 않도록.

이아손 잘 알겠소. 내가 그녀를 설득할 거라고 믿으니까.

그녀도 나머지 다른 여자들과 같은 여자라면. 945

메데이아 그 수고에 나도 당신에게 도움이 될게요.

그녀에게 선물을 보낼게요, 지금 이 세상에서

매우 아름다운 선물로, 내가 잘 아는 선물이에요,

[섬세한 의복과 황금을 세공해 만든 머리띠를]

아이들이 가져가면 돼요. 여기에 가능한 한 빨리 950

하인들 중 하나가 장신구를 가져오너라.

그녀는 행복하게 될 겁니다, 한 번이 아니라 수도 없이요.

당신처럼 가장 뛰어난 사내를 남편으로 얻었고

장신구도 가졌으니, 그것은 한때 헬리오스,

   내 아버지의 아버지가 후손에게 물려주신 거예요. 955

얘들아, 여기 이 결혼 선물을 양손으로 받아

행복한 신부, 공주님에게 드리거라.

그분은 비난받을 선물 따위는 받지 않을 것이다.

이아손 어리석은 여자, 왜 당신 손으로 그것들을 주려는 거요?

왕족의 가문에 의복이 없다고 믿는 거요? 960

황금도 없다고 믿는 거요? 그냥 간직하고 주지 말게.

내 아내가 어떻게든 날 공경하는 여자라면

그녀는 재물보다는 날 우선하겠지. 내가 잘 알고 있지.

메데이아   내게 그러지 마세요. 선물은 신들도 설득한다지요.

965   황금은 인간에게 백 마디 말보다 강력하지요.

어떤 신이 그녀에게 호의를 품고 그녀의 일을 키워 주니

그녀는 젊어서 왕권을 누리고 있지요. 아이들의 추방은

황금만이 아니라 내 목숨을 팔아서라도 막고 싶어요.

　자, 얘들아, 부유한 궁전 안으로 들어가서

970   아빠의 새 여자, 내 여주인에게 간청하거라,

장신구를 드리며 이 땅에서 추방하지 마시라고

애원하거라. 가장 필요한 일은

그분이 양손에 이 선물을 받는 것이란다.

가거라, 가능한 한 빨리. 열성을 다해 간청한 뒤에

975   엄마가 열렬하게 듣고 싶어 하는 좋은 소식을 전해 주렴.

　(이아손과 아이들이 가정 교사와 유모가 동반하며 퇴장한다.)

코러스   아이들 목숨, 지금은 내게 더는 희망이 없구나,　(좌 1)

더는 없구나. 아이들이 이미 죽어 가고 있으니.

신부는 황금 머리 장식의 재앙을 받게 되리라,

그 가여운 여인이 받게 되리라.

980   금발 머리 둘레에 자기 손으로

죽음의 장식을 올려놓게 되리라.

황홀한 광선이 매혹을 드리우며 설득하게 되리라,   (우 1)
화려한 옷을 걸치고 황금 세공의 화관을 쓰라고.
공주는 망자들 옆에서 신부 화장을 하게 되리라.   985
그러한 그물 안, 죽음의 몫 안에
가여운 여인이 빠지게 되니
재앙을 피하지 못하리라.

불운한 신랑이여, 왕의 사위여,   (좌 2)
당신은 자신도 모르게   992
아이들의 생명에는 파멸을,
새 신부에겐 끔찍한 죽음을 드리우고 있구나.
불운한 자, 당신에게 닥친 운명을 전혀 모르다니.   995

그대의 고통도 나는 탄식합니다,   (우 2)
불행한 어미여, 아이들을 죽이려 하다니.
새장가로 인해 남편이 무도하게도,
그대의 결혼 침대를 떠나서, 지금은   1000
새 신부와 함께 잠자리하며 살고 있구나.*

(가정 교사가 아이들과 함께 등장한다.)

가정 교사   여주인이여, 여기 아이들이 추방에서 벗어났고
공주 신부가 기뻐하며 양손으로 선물을
받았답니다. 아이들의 상황이 나아졌어요.

에아(*ea*),

1005   일이 잘 풀렸는데 마님은 왜 혼란에 빠져 서 계시나요?

          [왜 다시 얼굴을 돌려 외면하시고 제가 드린 말을 기뻐하며

          들으려 하지 않으시나요?]

메데이아   아이아이(*aiai*).

가정 교사   이러한 반응은 제가 전한 소식과는 어울리지 않네요.

메데이아   아이아이(*aiai*), 다시 탄식하네.   **가정 교사**   무슨 나쁜

          소식을 전했나요?

1010   제가 알지 못하나요? 좋은 소식을 전했는데 속은 건가요?

메데이아   그대는 보고해야 하는 걸 보고했네. 그대를 탓하지 않네.

가정 교사   그럼 마님은 왜 얼굴을 내리깔고 눈물을 흘리고 계시나요?

메데이아   내가 그럴 수밖에 없는 상황이지, 노인장.

          이 일은 신들과 함께, 당혹스러운 심정에 내가 고안한 것이라네.

1015   **가정 교사**   힘내세요. 마님도 나중에 아이들 덕분에 돌아오시겠죠.

메데이아   그전에, 이 불쌍한 내가, 내려보낼 이들이 있다네.

가정 교사   품에서 아이들을 잃은 여자는 마님 혼자만은 아니랍니다.

          필멸의 인간이라면 불행을 가볍게 견뎌 내야만 하지요.

메데이아   그러겠네. 그러면 집 안으로 들어가서

1020   아이들에게 매일 필요한 것들을 준비해 주게나.

          (가정 교사가 집 안으로 들어간다.)

          아들, 아들, 너희 둘에겐 정말로 도시와

          가정이 생겼구나, 그곳에서 불쌍한 나를 떠나보내고

          엄마를 잃고서도 계속 살아가겠지.

나는 다른 땅으로 정말 추방의 길을 떠나는구나,
너희로 재미 보고 너희가 행복한 모습을 보지도 못하고,　　　1025
너희 목욕물을 준비하고 너희 신부를 돌보고
결혼 침대를 장식하고 횃불을 비추어 주지도 못하고.
나는 나 자신의 완고한 고집 탓에 불행하구나.
애들아, 너희를 양육했지만 이 모두 헛된 일.
헛되이 고생했고 노고로 찢어지고 말았다.　　　1030
출산의 잔혹한 고통을 참아 냈지만.
진정, 전에는 이 불쌍한 여자가 너희에게
많은 희망을 품고 있었지, 너희가 연로한 나를
돌봐 주고 나 죽으면 손수 수의를 입혀 줄 거라고,
이는 모두가 선망하는 것. 지금 이런 즐거운 상상은　　　1035
사라지고 말았구나. 너희 둘을 잃고
슬프고도 고통스러운 삶을 살아가게 될 테니까.
너희는 더는 두 눈으로 엄마를 바라보지
못하겠지, 삶의 다른 형태로 들어가게 되니.
　　페우 페우(*pheu pheu*), 애들아 왜 나를 쳐다보는 게냐?　　1040
마지막 미소를 지어 보이며 왜 환하게 웃는 게냐?
아이아이(aiai). 내가 뭐 하는 거지? 내 담력은 사라졌어,
여인들이여, 아이들의 빛나는 얼굴을 바라보니
실행할 수가 없네. 앞에 세운 계획은
사라져 버려라, 아이들을 이 땅의 바깥으로 데려갈 것이다.　　1045
아이들에게 고통 주어 애들 아빠를 해치려 하다가

왜 나 자신은 두 배의 고통을 받아야 하는가?
나는 절대 아니야. 계획들은 사라져 버려라.

내게 무슨 일이 일어난 거야? 내 적들이 벌도 안 받고
1050 내버려 두어 조롱의 빚더미에 앉고 싶은 거냐?
그 일은 내가 감행해야만 한다. 나의 비겁함이라니,
부드러운 말을 내 마음에다 속삭이다니.
애들아, 집 안으로 들어가거라. 누구라도
내 희생 제의에는 참석하지 않도록 신경 써야 하니.
1055 내 손이 주재하는 제의를 망치지 않을 것이다.

[아 아(a a)

절대 안 돼, 마음이여, 너는 그 짓을 해서는 안 돼,
아이들은 놔둬, 불쌍한 여자, 아이들은 살려 두라고.
그곳에서 나와 함께 살면, 애들이 널 기쁘게 하겠지.
하데스 지하의 복수 정령의 이름을 걸고
1060 내가 아이들을 적들에게 넘겨주어 적들이
아이들을 마구 해치는 일은 결코 없을 거다.
무슨 일이 있어도 아이들은 죽어야 해. 그래야 한다면
아이들을 낳은 내가, 어미가 직접 죽이겠어.
여하튼 그 일은 결정되었으니 피할 길이 없다.
1065 정말로 왕관을 머리 위에 올리고 의복을 걸치면
왕가의 신부는 죽을 것이다, 나는 분명하게 알고 있지.
그러나 나는 정말로 가장 비참한 길을 걸어가고
이 아이들을 더욱 비참한 길로 보낼 것이다.

아이들에게 작별 인사 하고 싶네. 아이들아, 다오,
엄마에게 오른손을 다오, 뽀뽀하고 포옹할 수 있도록.　　　1070
가장 사랑스러운 손이여, 가장 사랑스러운 입과
아이들의 몸매와 잘생긴 얼굴이여.
행복하여라. 하지만 그곳에서다. 이곳의 행복은
아빠가 앗아 가 버렸지. 오, 달콤한 포옹,
오, 부드러운 살갗, 가장 달콤한 아이들 숨결.　　　1075
가거라. 가거라. 너희를 차마 더는
바라볼 수가 없구나. 고통에 제압되어 버렸구나.
나는 잘 알고 있다, 어떤 불행을, 내가 자초하고 있는지.
분노의 마음이 복수 계획을 다스리며 이끌고 있구나,*
분노야말로 인간에게 가장 큰 재앙을 낳는 근원이다.]*　　　1080
(아이들이 집 안으로 퇴장한다)

코러스　　나는 이미 자주, 더 정교한 생각에
　　　몰두하며 지적인 논쟁에
　　　들어서게 되었다네, 여자라는 종족이
　　　탐구하던 영역을 넘어서.
　　　우리에게도 무사 여신이 거주하시니　　　1085
　　　여신은 지혜를 주시려고 우리를 방문하신다네.
　　　모든 여자에게가 아니라 소수의 여자이긴 하지만
　　　수많은 여인들 중 하나 정도는 찾을 수 있으리라.
　　　그런 여인은 영감이 부족하지 않다네.

<table>
<tr><td>1090</td><td>나는 주장하노라, 사람들 가운데</td></tr>
</table>

1090   나는 주장하노라, 사람들 가운데
        아이에 대한 경험이 전혀 없고
        아이를 낳은 적 없는 자들이,
        아이를 낳은 자들보다 더 행복하다고.
        무자식인 자들은 경험이 없으니
1095   아이들이 인간에게 어떤 달콤함이고
        어떤 쓰디씀인지 알지 못하니
        많은 고통에서 벗어나 있다네.
        반면 집 안의 아이들이란 달콤한
        축복을 누리는 자들은 평생 내내
1100   걱정으로 마모되어 가는 걸 목격하는데
        어떻게 아이들을 훌륭하게 키울지,
            또 어떻게 아이들에게 재산을 물려줄지 걱정한다네.
        더구나 이후, 부모가 노고를 다한 결과가
        좋은 아이를 위해서인지,
        나쁜 아이를 위해서인지 분명하지 않다네.
1105   이제 모든 불행 중 마지막 불행을
            모두에게 말하고자 한다네.
        어떤 자들은 충분한 재산을 소유했고
        그 아이의 몸이 성년에 도달하여
        쓸모 있는 사람이 되었다고 가정해 보자.
        하지만 죽음이 아이의 몸을
1110   하데스로 데려가서 사라지게 하는

운명이 닥쳐온다면

그럼 무슨 이득이 있을까?

많은 고생에 덧붙여

아이들 때문에 가장 뼈아픈 고통을

신들이 더하게 된다면 말이네.   1115

메데이아   친구여, 오랫동안 그 사건을 고대하면서

그곳 일이 어떻게 진행될지 결과를 기다리고 있네.

이아손의 하인 하나가 다가오는 것이 보이는구나.

그의 거친 숨소리가 알려 주는구나,

뭔가 새로운 재앙을 전하려 한다는 것을.   1120

(사자가 등장한다.)

사자   [아, 무도하게도 무시무시한 짓을 저질렀으니]

메데이아여, 도망가세요, 도망가세요, 배 모양의 마차도

땅을 여행하는 운송 수단도 무시하지 말고요.

메데이아   그렇게 도망갈 만한 무슨 일이 벌어졌느냐?

사자   젊은 공주가 방금 전 죽었답니다,   1125

그녀를 낳은 크레온도요. 당신의 독약으로 인해.

메데이아   아주 멋진 이야기를 하는군. 그대는 앞으로

내 친구나 은인 가운데 속하게 될 것이다.

사자   무슨 말인가요? 제정신인가요? 미친 건 아니겠죠, 부인?

바로 당신이 왕가에 엄청난 해악을 입혔는데도   1130

이 소식에 기뻐하며 이런 재앙을 무서워하지 않다니요.

메데이아 진정 나는 너의 말을 반박할 수 있다네.

하지만 서두르지 말게나, 친구여

말해 보게나. 그들이 어떻게 죽었는가? 그대는 두 배로

1135 나를 기쁘게 해 줄 게야, 그들이 처참하게 죽었다면.

사자 당신의 두 아이가 그들 아버지와 함께

신부의 집 안으로 들어갔고

당신의 불행에 괴로워했던 우리는

기뻐했지요, 당장 우리의 귀에, 당신과 당신 남편이

1140 이전의 다툼을 끝냈다는 많은 말이 전해졌으니까요.

그래서 어떤 이는 아이들의 손에, 또 어떤 이는

아이들의 금발 머리에 입을 맞추었죠. 나 자신도

기뻐하며 여인들의 내실로 아이들을 따라갔죠.

여기에 지금 당신 말고 우리가 경애하는

1145 여주인은 이아손에게 애정 담긴 눈길을 보냈습니다,

당신 아이들의 한 쌍을 보기 전까지는요.

아이들이 들어서자 공주는 혐오감에

몸서리치며 얼굴 앞에 베일을 드리우고

하얀 뺨을 다시 돌려 버렸답니다,

1150 당신 남편은 젊은 여인의 분노와 성깔을 달래려고

말했습니다. "그대의 가족을 적대하지 말고

분노를 멈추고 다시 머리를 돌려 주오. 그대 신랑이

가족이라 여기는 이들을 가족으로 여기면서.

이 선물들을 받아 주고 날 위해 아이들을

추방하지 말라고 아버지에게 부탁해 주오." 1155
　　공주는 의상을 보자마자 저항하지 못하고
새신랑이 요구한 모든 것에 동의했고
아이들과 그들 아비가 집에서 멀리 떠나기도 전에
공주는 현란한 가운을 쥐고는 몸에 둘렀고
머리카락 위에는 황금관을 얹고 나서 1160
눈부신 거울 앞에서 머리 모양을 매만지고
생기 없는 육체를 바라보며 미소 지었습니다.
그러고는 옥좌에서 일어나 방 주위를
걸어 다녔는데, 빛나는 하얀 발로 앙증맞은
걸음 걸으며 선물에 아주 기뻐했고, 줄곧 여러 번 1165
자기 다리의 곧게 뻗은 아킬레스건을 돌아보았지만
이후에는 너무나도 끔찍한 광경이 펼쳐졌습니다.
공주는 안색이 변하더니 균형을 잃고 사지를
부르르 떨며 걸어갔는데, 가까스로 옥좌 안에 쓰러져
바닥에 쓰러지는 것은 피할 수 있었습니다. 1170
하녀들 중 한 노파가 판 신*이나
어떤 신의 광기가 공주를 덮쳤다고 믿으며
비명을 지르고 있었습니다. 그녀 입에서 흰 거품이
뿜어져 나오고 두 눈이 눈구멍에서 툭 불거져 나오고
피부가 창백해져 핏기가 사라지는 것을 볼 때까지요. 1175
그러더니 노파는 이전 비명에 화답하듯이
엄청난 울음소리를 토했습니다. 당장 하녀가 부친의

방으로 달려갔고, 또 다른 하녀는 새신랑에게 달려가서는
신부의 불행을 알려 주려 했습니다. 궁전 지붕은

분주하게 달려가는 소리에 울려 들썩이고 있었지요.
　　　빠른 주자라면 반환점을 돌아 여섯 플레트론'의
주로를 달려서 목표에 도달했을 겁니다.
저 가여운 소녀는 침묵을 깨고 꼭 감은 눈을 뜨고서
끔찍한 탄식의 소리를 터뜨리며 깨어났습니다.

1185　그녀에게 이중의 고통이 행군하고 있었으니까요.
그녀의 머리 위에 올린 황금 화관은
모조리 잡아먹는 불꽃의 경이로운 불길을 뿜었고
당신 아이들의 선물, 섬세한 가운은
이 불운한 여인의 하얀 살을 먹어 치우고 있었습니다.

1190　그녀는 화염에 휩싸여 옥좌에서 솟구쳐 달아나고
이리저리 머리를 흔들며 머리카락을 흩날리고
왕관을 벗고 싶어 했죠. 그러나 황금 화관은
찰싹 들러붙어, 그녀가 머리카락을 흩날리자
두 배나 더 맹렬하게 불타올랐습니다.

1195　이 재앙에 굴복한 공주가 바닥에 쓰러졌는데
그녀의 부친 말고는 거의 알아볼 수 없을 정도였죠.
두 눈동자의 익숙한 자리가 분명하지 않았고
곱상한 얼굴도 그러했는데, 정수리에서는
화염과 뒤범벅된 유혈이 방울져 떨어지고 있었고

1200　뼈에 붙은 살들은 마치 뚝뚝 듣는 소나무 송진처럼

미지의 독약에 물어뜯겨 흘러내리고 있었습니다.
무시무시한 광경! 우리 모두 시체에 손대는 것을
두려워했습니다. 눈앞의 장면이 우리의 교사가 되었으니까요.
　　한편 공주의 가여운 아버지는 이 재앙을 모르고
잽싸게 방 안에 들어와서는 그 시체에 달려들었습니다.　　　　1205
곧장 탄식하며 양팔로 그녀 몸을 안고
자주 입을 맞추며 말했습니다. "오, 불쌍한 딸아,
어떤 신이 이렇듯 무참하게 너를 파괴했단 말이냐?
누가 무덤 근처의 노인네 품에서 널 앗아 갔단 말이냐?
오이모이(oimoi), 아가야, 내가 너와 함께 죽어 버리길."　　　　1210
아버지는 대성통곡을 멈추고 노령의 육체를
일으켜 세우려 했지만 마치 담쟁이가
월계수의 어린 가지에 들러붙듯이 섬세한
의복에 들러붙었습니다. 무시무시한 레슬링처럼요.
아버지가 무릎을 다시 펴려 했지만 이제는　　　　1215
딸이 아버지를 붙잡고 말았습니다. 그가 힘쓰며
떼려 할수록 노령의 살이 뼈에서 벗겨지고 말았습니다.
마침내 이 불행한 자는 포기하고 목숨을 떠나보냈습니다.
더는 이 재앙을 이겨 낼 도리가 없었으니까요.
딸과 나이 든 아빠의 시체가 누워 있었습니다,　　　　1220
[나란히요, 눈물이 솟구치게 하는 장면이었죠.]
　　당신의 운명에 대해선 나는 할 말이 없습니다.
당신은 자신이 받게 될 형벌을 잘 알 테니까요.

우리 유한한 삶을 그림자로 여기는 건 처음이 아니니

1225 두려움 없이 말하겠습니다. 세상에서

총명해 보이고 정교한 말을 지어내는 자들이

커다란 어리석음의 죄를 저지르고 있다는 것을!

사람들 중 그 누구도 행복한 사람은 없습니다.

재산이 흘러들어 오면 그 사람은 다른 사람보다

1230 운수가 더 좋겠지만, 그건 결코 행복이 아니랍니다.

(사자가 퇴장한다.)

코러스 정당하게도 어떤 신께서 오늘이 지나기 전에

이아손에게 엄청난 불행을 가한 것으로 보이네요.

[오 불쌍한 이여, 나는 얼마나 당신의 불행을 동정하는가,

크레온의 따님, 바로 그녀는 하데스의 집으로

1235 내려가고 말았구나, 이아손과 결혼했으니.]

메데이아 친구들이여, 내 결심은 확고하오. 빨리

내 자식들 죽이고 이 땅에서 도망치는 것.

여유 부리다가, 아이들을 다른 적의

손에 넘겨주어 죽게 해서는 안 돼.

1240 아이들이 반드시 죽어야만 한다면

아이들 낳은, 바로 내가 죽일 것이다.

자, 무장하라, 담대한 마음이여. 왜 주저하느냐?

무시무시한 불행이지만 반드시 감행해야 한다.

자, 불쌍한 나의 손이여, 검을 잡아라,

1245 잡아서 고통에 찬 삶의 목표를 향해 나아가라.

약해지지 말아라. 그리고 떠올리지 마라.

사랑스러운 아이들을 네가 낳았다는 것을!

이 짧은 하루 동안, 네 아이들은 잊어라.

그러고 나서 애도하여라. 네가 아이들을 살해하지만

아이들은 사랑스러운 존재다. 나는 불행한 여자로구나.   1250

(메데이아가 집 안으로 들어간다.)

코러스　　이오(iō), 땅이여, 만물 비추는 태양의 빛줄기여, (좌 1)

굽어보세요, 이 파괴적인 여인을 바라보세요,

그녀가 아이들에게 피투성이 손,

친족 살해의 손을 뻗치기 전에.

당신의 황금 종족으로부터   1255

아이들이 태어났지요. 신의 후손의 피가

인간 손에, 바닥에 뿌려지는 것은 무서운 일.

제우스가 낳은 빛이여, 그녀를 제지하여 주소서,

가정에서, 불행하고 살인적인 복수의 여신, †복수의 정령에

자극받은† 복수의 여신을 몰아내 주소서.   1260

헛되게, 아이들 위한 노고가 사라졌구나,   (우 1)

헛되게, 당신은 사랑스러운 후손을 낳았구나.

짙푸른 바위가 서로 충돌하는 곳,

손님 받지 않는 해협을 떠난 여인이여.

가여운 여인, 왜 마음 짓누르는   1265

분노가 당신을 덮쳤는가? 살인을 저지르고

또 광기 어린 살인을 더 했는가?

위중하구나, 가족 살해로 터져 나온 오염,

오염은 가족 살해범에게 범죄에 합당한 재앙을

1270   낳게 되니, 재앙은 신들의 뜻에 가정을 덮친 것이라네.

1270a   **아이들**   (집 안에서) 이오 모이(*iō moi*), 도와주세요!

1273   **코러스**   아이들의 비명이 들리느냐?   (좌 2)

1274   오, 비참하고 저주받은 여자여.

1271   **아이 1**   오이모이(*oimoi*), 어찌해야 하지? 엄마 손을 피할 수 있을까?

1272   **아이 2**   모르겠어, 내 소중한 형. 우리는 끝났어.

1275   **코러스**   내가 집 안으로 들어가랴?

아이들의 죽음을 막으려고 결심했으니.

아이 1   (안에서) 신들의 이름으로, 구해 주세요. 큰일 났어요.

아이 2   우리는 얼마나 가까이, 칼의 그물에 걸려 있는가.

코러스   가여운 여자, 당신은

1280   바위나 무쇠 같은 여자로구나,

당신이 낳았던 아이들이란 수확을

자기 손으로 지은 운명으로 파괴하려 하다니.

옛 여인들 중 한 여인에 대해 들어 보니   (우 2)

그녀는 사랑스러운 아이들에게 〈잔혹한〉 손을 댔다고 하지,

신들에 의해 미쳐 버린 이노는, 제우스의 아내(헤라)가

집에서 그녀를 내쫓아 방랑의 길로 보냈을 때.   1285

불경하게도, 저 불행한 여인은 아이들을

살해한 뒤 바다에 뛰어들었다네,

발로 도약해 바닷가를 넘어가서

두 아이와 함께 죽으며 파멸하고 말았지.

대체 더 무슨 끔찍한 일이 불가능할까?   1290

오, 고통에 찬 여인들의 결혼 침대여,

너는 얼마나 많은 악행을 저질렀단 말인가.

(이아손이 등장한다.)

이아손   거기 집 근처에 서 있는 여인들이여,

메데이아가 무시무시한 짓을 범하고 나서

여기 이 집 안에 있는가, 아니면 도망치며 떠났는가?   1295

그 여자는 지하에 숨든지, 자기 몸에

날개를 달고 창공의 저 높은 곳으로 날아가야 할 것이다.

왕가의 벌을 받지 않으려면.

이 땅의 통치자를 살해하고 벌도 받지 않고

그녀가 이 집에서 제 힘으로 도망칠 수 있다고 믿느냐?   1300

   하지만 그 여자를 아이들만큼 걱정하는 건 아니지.

그녀가 해친 자들이 그녀를 해칠 것이나

나는 내 아이들의 목숨만은 구하려고 왔다.

어미가 저지른 불경한 살인을 응징하기 위해

왕의 친척이 내 아이들을 해치지 않게 하려고.   1305

코러스 불쌍한 남자, 어떤 재앙에 닿았는지 전혀 모르고 있군요.

이아손 님. 그렇지 않다면 그런 말은 내뱉지도 못했을 테니.

이아손 그게 무슨 말이오? 혹시 그 여자가 나도 죽이려는 거요?

코러스 당신 아이들이 엄마의 손에 살해되었습니다.

1310 **이아손** 오이모이(*oimoi*), 무슨 소리요? 여자여, 어떻게 네가 날 죽였는가.

코러스 당신 아이들이 더는 없다는 걸 아셔야 해요.

이아손 어디에서 아이들을 죽였지? 집 안인가, 바깥인가?

코러스 대문을 열면 당신 아이들 죽음을 보게 될 겁니다.

이아손 빗장을 풀어라, 하인들아, 가능한 한 빨리.

1315 잠금장치를 해체하라니까, 이중의 재앙을 볼 수 있도록

[죽어 있는 아이들과, 내가 처벌할 그 여자를 말이다.]

(이아손이 대문을 열려고 한다. 메데이아가 뱀 수레를 타고

공중에 나타난다.)

메데이아 왜 이 대문을 흔들고 빗장을 풀려고 하느냐?

시체들을 찾고 그 일을 한 나를 찾으려는 거냐?

그런 수고는 하지 마라. 내게 볼일 있다면

1320 무슨 의도인지 말해 봐라. 절대로 손대지 못할 거다.

여기 이 수레는 아버지의 아버지 헬리오스께서

나에게 보내셨다, 적대적인 손을 막을 방벽으로 말이다.

이아손 오, 가증스러운 것, 오, 신들과 나에게

가장 적대적인 여자, 모든 인간 종족에게도 그러하지.

1325 이 여자는 자신이 낳은 아이들을 칼로

찌르고 나를 무자식으로 만들어 버렸구나.

이런 짓을 하고도 태양과 대지를 바라보고 있는 거냐?

감히 가장 불경한 짓을 저지르다니.

죽어 버리길. 지금 나는 정신 차렸다, 그때는 어리석었지,

너를 이민족의 집과 땅에서 헬라스의　　　　　　　　　　　　　　1330

집으로, 커다란 재앙을 데려왔을 때,

널 길러 주었던 대지와 아버지의 배신자를 말이다.

네 복수의 악령을 신들이 나에게 던지셨구나.

정말로 너는 노변에서 남동생을 살해하고

뱃머리 멋진 아르고호 선체에 올랐으니까.　　　　　　　　　　　1335

　　이것이 너의 시작이었지. 나와 결혼해

내게 아이들을 낳아 주고는

결혼과 애욕 때문에 아이들을 죽여 버렸다.

감히 이런 짓 한 적 있는 헬라스 여자는 없었는데,

그들을 놔두고 너와 결혼하는 것을　　　　　　　　　　　　　　1340

중히 여겼다니, 혐오스럽고 파괴적인 결혼이구나.

너는 여자가 아니라 사자이고, 그것도 튀르레니아'의

스퀼라보다도 더 광포한 본성이다.

그러나 수천 가지 모욕도 널 물어뜯을 수 없겠지.

이런 무모함이 네 본성에 뿌리내려 있으니.　　　　　　　　　　1345

꺼져 버려라, 수치스러운 여자, 자식들 죽여 오염된 여자.

내게는 이 운명을 통곡하는 일만 남아 있구나.

새로 결혼한 침대에서 아무 이득도 보지 못하고

아이들, 내가 낳았고 양육했던 아이들,

| 1350 | | 숨 쉬는 아이들에게 말도 못 하고, 모두 잃고 말았구나. |

메데이아 그따위 말에 반박하며 길게 늘여 말할 수도 있을 거다.
네가 나에게 무슨 짓 했고 네가 나에게 뭘 겪었는지
아버지 제우스께서 알지 못하신다면.
너는 내 결혼을 모욕했으니 나를 조롱하며

1355 행복한 삶을 살아가지 못할 것이다.
공주도, 또 너에게 딸을 주고 벌도 받지 않고
이 땅에서 날 추방하려 한 크레온도 마찬가지다.
이러한 일로 날 사자라고 불러라, 그토록 원한다면.
[튀르레니아 바다에 서식하는 괴물 스퀼라라고도 말이다.]

1360 마땅히 해야 하는 일이라, 나는 네놈의 명치를 가격했다.

이아손 너도 고통받을 것이다, 내 불행을 나누었으니.

메데이아 새겨 둬라. 그 고통은 이득이다, 네놈이 비웃지 못하니.

이아손 오 아이들아, 얼마나 사악한 어미를 가졌던가.

메데이아 오 아이들아, 어떻게 너희가 아비의 질병에 파멸했던가.

1365 **이아손** 아니다. 내 오른손이 죽인 것이 결코 아니다.

메데이아 하지만 네놈의 새장가는 무도한 짓이다.

이아손 결혼 때문에 살해하는 게 옳다는 판단이냐?

메데이아 이런 재앙이 여자에게 가벼울 거라 상상하느냐?

이아손 양식 있는 여자라면 그러겠지. 너는 온갖 사악함이 있다.

1370 **메데이아** 이 아이들은 더는 숨 쉬지 않는다. 그게 널 물어뜯겠지.

이아손 아이들은 살아 있다, 오이모이(*aimoi*), 네 머리 위 복수의 정령들로.

메데이아 신들은 누가 이 재앙의 씨를 뿌렸는지 알고 있다.

이아손   신들은 정말로 네 가증스러운 기질을 알고 있다.

메데이아   증오해라. 네놈의 혐오스러운 음성이 너무 듣기 싫다.

이아손   나도 마찬가지로 네년의 음성이. 이별은 간단히   1375

메데이아   그럼 어떻게? 내가 뭘 할까? 나도 그걸 원한다.

이아손   이 죽은 아이들을 내가 묻고 통곡하는 걸 허락하여라.

메데이아   그건 절대 안 돼. 아이들은 내 손으로 묻을 것이다.

아크라이아 헤라 여신의 성지'로 데려가니

적들 가운데 어떤 적이 무덤을 파헤쳐서 아이들을   1380

해치지 못할 것이다. 여기 시쉬포스의 땅(코린토스)에는

앞으로 엄숙한 축제와 의식을 도입하여

이 불경한 살인의 빚을 갚을 것이다.

나 자신은 에렉테우스의 땅(아테나이)을 향해 가서

판디온의 아들 아이게우스와 함께 살 것이고   1385

네놈은 마땅히 네 머리가 아르고호의

조각에 맞아서, 겁쟁이로 비참하게 죽게 되리라,

우리 결혼의 쓰디쓴 종말을 겪고 나서 말이다.

이아손   복수의 여신이 아이들 살해자인 너를

벌하시기를, 정의의 여신도 그리하시길.   1390

메데이아   신이나 어떤 권능이 네 말에 귀를 기울일까,

거짓 맹세를 하고 환대의 법도를 위반한 자의 말을.

이아손   페우 페우(*pheu pheu*), 오염된 여자, 자식 살해범.

메데이아   궁전으로 돌아가 새 신부나 묻으시지.

이아손   나는 간다, 두 겹의 아이들이란 몫도 없이.   1395

메데이아　아직은 통곡도 아니지. 늘그막까지 기다려라.

이아손　가장 소중한 아이들아. **메데이아** 엄마에게도, 네놈에겐
　　　　아니지만.

이아손　그럼에도 죽였나? **메데이아** 너에게 고통을 주려고.

이아손　오모이(ōmoi), 얘들의 사랑스러운 입술에

1400　　입 맞추고 싶다, 이 불쌍한 아빠가 열망한단다.

메데이아　이제야 아이들에게 네가 말하고 인사하는구나,
　　　　그때는 내쫓더니만. **이아손** 신들의 이름으로 허락해 다오,
　　　　아이들의 보드라운 살갗을 만지는 것을.

메데이아　그건 안 돼. 헛된 말을 지껄이고 있군.

1405　**이아손**　제우스여, 어떻게 내가 쫓겨나는지 보고 계시나요,
　　　　이 오염된 여자, 아이를 잡아먹은 암사자에게
　　　　내가 무슨 일을 겪고 있는지요?
　　　　적어도 나에게 허락되고 가능한 한
　　　　이 재앙을 통곡하며 간청하나이다,

1410　　신들의 이름을 부르니 신들께서 증언해 주시길,
　　　　저 여자가 내 아이들을 죽였고, 내 손으로
　　　　아이들의 시체를 매장하지 못하게 한다고요.
　　　　아이들을 낳지 말아야 했거늘,
　　　　네 손이 애들을 죽이는 걸 보지 말아야 했거늘.
　　　　(뱀 수레를 탄 메데이아가 아이들의 시체를 태우고 코린토스
　　　　에서 날아간다.)

[**코러스** 올륌포스에서 많은 일을 주재하시는 제우스시여,   1415

신들께서는 우리의 기대와는 달리, 많은 일을 실현하신다.

기대했던 바는 이루어지지 않고

예기치 못한 일을 신들께서 이루어 주셨구나.

이 이야기는 이렇게 마무리되었다.*]

(코러스가 *퇴장한다*.)

힙폴뤼토스

ΙΠΠΟΛΥΤΟΣ

테세우스 계보도

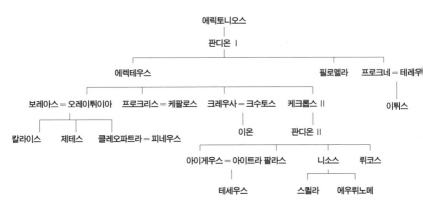

파이드라 계보도

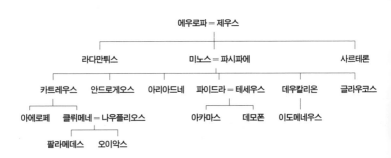

등장인물

아프로디테 성애의 여신

힙폴뤼토스 테세우스와 아마존 여전사의 아들. 적자가 아니고 서자이다.

하인

코러스 트로이젠의 좋은 집안 여인들

유모

파이드라 크레타의 왕 미노스의 딸, 테세우스의 아내, 힙폴뤼토스의 새엄마

테세우스 아테나이와 트로이젠의 왕

전령

아르테미스 순결과 사냥의 여신

(트로이젠의 궁전이 보이는데, 이곳에는 테세우스, 파이드라,
 힙폴뤼토스가 거주하고 있다.)

아프로디테   나는 인간 세상과 창공 안에서 강력한,
　　이름이 없지 않은 여신 퀴프리스라 불린다.
　　폰토스˙와 아틀라스의 경계˙ 안에서
　　태양 빛을 보고 사는 인간들 가운데
　　나의 권능을 경배하는 자는 내가 존중하지만　　　　　　　5
　　내 앞에서 거만하게 구는 자는 내가 넘어뜨릴 것이다.
　　이는 신들의 종족에서도 통하는 일인데
　　신들은 인간들에게 경배받는 걸 좋아하니까.
　　　이 말이 진실임을 내가 당장 보여 주겠다.
　　테세우스의 아들이고 아마존의 자식˙이며　　　　　　10
　　정결한 핏테우스˙의 손에 양육된 힙폴뤼토스가

트로이젠의 시민들 가운데 저 혼자
내가 가장 사악한 신이라고 떠벌리고 다니니까.
그자는 성애를 경멸하고 결혼할 생각도 없고
15 포이보스의 여동생이자 제우스의 딸인 아르테미스를
숭배하며, 신들 가운데 가장 강력하다고 믿고
초록 숲을 달리며 항상 그 처녀 여신과 교제하고
날쌘 개들과 함께 땅에서 야수들을 몰아내고 있다.
인간에게 속한 교제를 넘어선 교제를 하다니.
20 이런 일, 나는 시기하지 않는다. 내가 왜 그래야 하지?
그러나 힙폴뤼토스가 이 몸에게 죄를 저질렀으니
오늘 안에 그자를 응징할 것이다. 이미 오래전부터
많이 준비했으니 더는 수고할 필요도 없다.
한번은 그자가 핏테우스의 집에서 판디온의 땅˙에,
25 신성한 비밀 의식˙에 참관하려고 갔을 때
그자를, 부친의 고귀한 아내 파이드라가 보자마자
그녀 마음은 내 계획에 따라 무시무시한
애욕에 사로잡히며 불타올랐지.
　　여기 이 트로이젠에 도착하기 전
30 파이드라는 이 땅을 내려다보는, 팔라스의 바위˙ 옆에
퀴프리스를 위한 신전을 세웠는데,˙ 이는
먼 곳의 사내를 욕망했기 때문이고, 후손들은
이 신전이 힙폴뤼토스 때문에 세워졌다고 할 것이다.
그런데 테세우스가 팔라스의 아들들˙을 살해해

생겨난 오염을 피해서 케크롭스의 땅*을 떠나　　　　　35
여기 이 땅으로 아내와 함께 배를 타고 와서는
1년 동안 외지에서의 망명 생활에 동의했었다.
지금 이 불쌍한 여인은 탄식하며 애욕이란
몰이 막대기에 찔려 조용히 죽어 가지만
어느 하인도 그 질병의 정체를 모르고 있다.　　　　40
그러나 이 사랑이 이렇게 끝나서는 안 되고
내가 테세우스에게 그녀의 애욕을 드러내 보여 주면
날 적대하는 이 청년은 그의 아비 손에 죽게 될 것이다.
이는 그의 아비가 퍼부은 저주 때문이고, 그 저주는
바다의 왕 포세이돈이 테세우스에게 선사했던　　　　45
세 가지 소원*이다. 신에게 빌면 반드시 이루어진다.
한편 파이드라는 명예를 지키지만
죽음을 맞을 것이다. 나는 그녀가 겪는
불행보다는, 나의 적들이 흠씬
벌을 받는 것이 더더욱 중요하지.　　　　50
　　마침, 테세우스의 아들 힙폴뤼토스가
사냥의 노고를 마치고 다가오는 것이 보이네,
나는 이 장소를 떠나려 한다.
많은 시종 무리가 그의 뒤를 따르고 있고
아르테미스 여신을 찬가로 숭배하며　　　　55
함께 외치고 있다. 하데스의 문이 활짝 열려 있는데
그자는 마지막 빛을 보고 있음을 모르는구나.

(아르테미스 여신이 퇴장한다. 힙폴뤼토스와 그의 시종들이
   등장한다.)

힙폴뤼토스   나를 따르라, 나를 따르라.

   제우스의 따님, 천공의 아르테미스를 노래하니

60   여신께서는 우리를 사랑하신다.

   힙폴뤼토스와 시종들   여주인이시여, 여주인이시여,

   가장 존경받는, 제우스의 후손이시여,

   안녕하세요, 안녕하세요.

65   제우스와 레토의 딸 아르테미스시여, 가장 아름다운 처녀.

   광활한 천공에서 살아가는

   당신은 위대한 제우스의 홀과

   황금 가득한 아버지의 궁전에 사십니다.

   안녕하세요.

70   올림포스에 계신 신들 가운데

   가장 아름다우신,

   가장 아름다우신 분이시여.

   힙폴뤼토스   여주인님, 당신에게, 오염 안 된 초지에서

   꺾어서 잘 엮어 만든 이 화환을 바치나이다.

75   그곳은 목동이 가축 떼를 먹이지 않고

   또 낫이 닿은 적도 없어 오염되지 않은 초지로

   봄이 오면 벌들이 날아와 지나가는 곳.

   경외의 여신*이 강물 흘려 경작하시는데

교육을 받은 적 없고 본성적으로

항상 모든 면에서 절제를 타고난 자는 손수   80

꺾어도 되지만, 악한에겐 가당치도 않지요.

친애하는 여주인이시여, 이 경건한 손에서

당신의 황금빛 머릿결 위한 띠를 받아 주십시오.

인간들 중 오직 저만 이런 특권을 누립니다.

당신과 교제하고 당신의 음성을 듣고   85

당신과 대화를 나눕니다. 당신 얼굴은 볼 수 없지만.

제가 삶을 시작한 것처럼 그렇게 삶을 마치길 바라나이다.

(하인이 궁전에서 등장한다.)

하인 주인님, 신들은 우리의 주인이라고 불러야 하지요.

소신이 유용한 조언 하나 드리고 싶은데 들어주실까요?

힙폴뤼토스 그럼, 그러지 않으면 현명치 못한 자로 보이겠지.   90

하인 그럼 인간들 사이에 통하는 이치를 아시겠지요?

힙폴뤼토스 모를 일이군. 내게 대체 뭘 물어보는 것이냐?

하인 모두에게 불친절하고 오만한 이를 미워하는 것 말이죠.

힙폴뤼토스 당연하지. 누군가 오만하다면 짜증 나지 않겠냐?

하인 싹싹하게 굴면 왠지 매력이 있지요.   95

힙폴뤼토스 그렇고말고. 말하자면, 적은 수고로 이득을 보지.

하인 이 이치는 신들에게도 똑같이 통한다고 보시죠?

힙폴뤼토스 그럼. 인간이 신과 똑같은 이치를 따른다면.

하인 그럼 왜 위엄 있는 신에게 인사하지 않으시나요?

100	**힙폴뤼토스**　어떤 신 말이냐? 어쨌든 말실수하지 말거라.
	하인　주인님의 대문 근처에 계신 퀴프리스 여신에게요.
	힙폴뤼토스　나는 정결한 몸이라 그 여신에게는 멀리서 인사하지.
103	**하인**　하지만 여신은 존경받으시고, 세상에 명성이 자자하죠.
106	**힙폴뤼토스**　야밤에 경배받는 신들은 그 누구도 맘에 들지 않아.
107	**하인**　젊은이여, 신들의 명예는 반드시 드높여야 합니다.
104	**힙폴뤼토스**　신과 인간은 각자 신경 쓰는 일이 서로 다른 법.
105	**하인**　행운이 있으시길요, 필요한 판단력을 갖고 계시니까요.˙
108	**힙폴뤼토스**　하인들아, 가거라. 집에 들어가
	식사를 준비하여라. 사냥을 마친 뒤의 풍성한 식탁은
110	즐거운 일이니까. 그리고 말들을 빗질해야 한다.
	음식으로 배를 채우고 나서 전차에 말들을
	매고 적당한 훈련을 해야 할 것이다.
	너의 퀴프리스 여신에게, 나는 여러 번 작별을 고하마.
	(힙폴뤼토스와 하인들이 궁전 안으로 퇴장한다.)
	하인　우리는 저렇게 생각하는 청년을
115	본받아서는 안 되지, 노예의 말은 이 정도가 적당해.
	여주인 퀴프리스시여, 당신의 신상 앞에서
	기도를 올리나이다. 그리고 용서하시길.
	누군가 젊은 혈기 탓에 지나친 기백을 갖고
	당신에게 헛된 말을 지껄여도, 못 들은 척하십시오.
120	신들은 인간들보다 더 현명하셔야 합니다.

(15명의 트로이젠 여인들로 이루어진 코러스가 옆길을 통해
　등장한다.)

코러스　사람들 말하길, 오케아노스에서 흘러든 물을　　　（좌 1）
떨구는 바위가 있다고 하네. 그 바위가 가파른 절벽에서
물을 흘려 뿜어내니 우리가 항아리로 물을 퍼낸다네.
그곳에서 내 친구 하나가　　　　　　　　　　　　　125
강물에 자줏빛 옷을 적시고
햇빛 좋아 뜨거워진 바위 등짝에
옷을 던져 펼쳐 놓았다네.
거기서 처음으로 여주인에 대한
소문이 나에게 들려왔다네.　　　　　　　　　　　　130

병든 침대에 여주인이 누워 시달리며　　　　　　　（우 1）
집 안에 머물러 계시고
섬세한 의복으로 금발 머리를 그늘지게 하시네.
사흘이 지나도록 음식에는 입도 대지 않으시니　　　135
데메테르 여신의 곡물'도 없이
자기 몸을 정결하게 하시고
어떤 비밀스러운 고뇌로 인해
불행한 죽음의 결말로
생명의 힘을 끌고 가려 하신다네.　　　　　　　　140

여인이여, 당신은　　　　　　　　　　　　　　　（좌 2）

판이나 헤카테에게

사로잡혀 떠도시나요? 아니면 경건한

코뤼반테스˚나 산속 어머니 퀴벨레에게인가요?

145 당신이 제물 바치는 일을,

불경하게도, 소홀히 하여

많은 짐승의 보호자 딕튄나˚를 욕보여

당신 몸이 여위어 말라 가는 건가요?

호수˚를 지나서

150 짠물의 젖은 소용돌이 안 모래톱 너머로 떠돌고 계시니.

혹은 남편을, 고귀한 에렉테우스 후손˚의   (우 2)

지도자를, 집 안에서 누군가가

당신의 결혼 침대가 모르는

관계를 맺으며 돌보고 있나요?

155 혹은 크레타에서 출항한 어느 선원이

여왕에게 전할 소식을 가지고

선원들 가장 환영하는 항구 안으로

항해하며 도착했나요?

그녀의 영혼이 어떤 재앙을

160 걱정하느라 침대에 묶여 계시니.

산통과 망상으로 생긴   (종가)

불행하고 쓸모없는 무력감은

여자의 까다로운 기질 안에 거주하는 법이라네.

한번은 산통의 바람이 쏜살같이 불어서

내 자궁을 훑고 지나간 적 있었네.   165

창공에 사시며 산통을 덜어 주고 화살을 통제하는

아르테미스시여, 당신을 부르고 있나이다.˙

여신께선 신들의 축복으로 항상

내가 선망의 대상이 되게 하며 찾아오신다네.˙   169

(유모가 등장하고, 파이드라는 시종들이 나르는 침상에 누워

  있다.)

자, 저기 늙은 유모가 문 앞에,   170

집 밖으로 여주인을 데리고 나오는구나.

그녀 이마에는 가증스러운 먹구름이 뒤덮여 있으니

대체 그게 무엇인지 내 영혼이 알고 싶구나,

어찌하여 왕비의 몸이 망가져서

그녀의 안색이 변했는지.   175

유모   오, 인간의 불행과 가증스러운 질병이여.

마님을 위해 내가 뭘 하고 뭘 하지 말아야 하나?

여기 마님에게 빛이 있어요, 빛나는 공기가 있어요.

궁전 바깥에는 이미 침대가,

병들어 누워 계신 침대가 있어요.   180

이곳에 오자고 계속 말씀하셨잖아요.

하지만 곧 집 안으로 드시겠지요.

곧장 절망하시며 어떤 것도 기뻐하지 않으시고
눈앞에 있는 것에 만족하지 못하시고
185 눈앞에 없는 것을 더 소중히 여기시니.
병에 걸린 것이 간병하는 일보다 더 나아요.
전자는 단순하지만, 후자에게는 정신적 고통과
손이 분주한 수고가 뒤따르니까요.
모든 삶은 고통스럽고
190 수고가 쉴 틈이 없어요.
그런데 삶보다 더 소중한 것은 무엇이든
어둠이 둘러싸며 구름 속에 감춰 버리네요.
정말로 우리는 미치도록 삶을 사랑하지요,
땅 위에 빛나는 이 삶이 무엇이든지.
195 다른 종류의 삶에 대해선 무지하고
하계의 일은 드러나지 않으니까요.
헛되이도, 우리는 이야기 따위에 휘둘리지요.

파이드라　내 몸을 일으키고 내 머리를 세워 다오.
내 사지가 느슨해졌구나.
200 여봐라, 내 아름다운 팔을 잡아라.
머리에 쓴 면사가 무거우니 벗겨라.
머리를 풀어 내 어깨에 펼쳐 다오.
유모　힘내세요, 아기씨.
힘들게 몸을 떨지 마세요.

평정심과 고귀한 정신을 가지시면   205

쉽게 병을 견디실 겁니다.

인간들에게 고역은 피할 수 없어요.

파이드라   아이아이(*aiai*),

신선한 샘에서

맑은 물 한 모금을 마시고는

무성한 초지, 흑양나무 아래   210

누워 쉬기를 간절히 열망하노라.

유모   아기씨, 무슨 말을 울부짖으시나요?

군중 앞에선 그런 말씀 하지 마세요,

광기에 사로잡힌 말을 하시다니요.

파이드라   날 산으로 데려가 다오.   215

숲으로, 소나무로 가고 싶다.

그곳에선 야수 잡는 개들이

점박이 사슴들 뒷발을 쫓아가 짓밟아 버린다.

신들의 이름으로 제발. 개들에게 소리 지르고 싶다.

손에는 날 선 무기를 들고   220

내 금발 머리 너머로

테살리아인의 창을 뿌리고 싶구나.

유모   아기씨, 대체 무엇에 그리도 마음의 병이 드셨나요?

왜 사냥에 관심을 보이세요?

왜 흐르는 샘물을 욕망하세요?   225

여기 도시 성벽 근처엔 산비탈이 있어요.

그곳에도 마님이 마실 물을 구할 수 있습니다.

파이드라   아르테미스여, 바다 호수와

말발굽 소리 울리는 경주장의 여주인이시여,

230   에네토이'인이 망아지를 길들이는

초원에 이 몸이 거하기를.

유모   왜 이런 말, 또다시 정신없이 내뱉으세요?

정말로 방금 사냥을 욕망하며

산에 가려 하시더니, 이제는 파도에 씻기지 않는

235   모래밭에서 망아지를 욕망하시다니요.

이런 일에는 많은 예지가 필요합니다.

대체 어떤 신이 당신의 고삐를 잡아당겨

제정신을 앗아 가 버렸나요? 아기씨!

파이드라   아, 불행한 나. 대체 내가 뭘 한 거지?

240   올바른 판단에서 벗어나 어디에서 헤맨 거지?

미쳤어, 어떤 신이 파멸을 보내 넘어진 거야.

페우 페우(pheu pheu), 불쌍한 인간.

존경하는 유모, 다시 내 머리를 덮어 주게.

내가 그런 말을 다 하다니 수치스럽네.

245   날 덮어 주게나. 두 눈에선 눈물이 나고

얼굴은 수치 그 자체로 바뀌고 말았어.

자신이 품은 생각을 바로잡는 건 고통스러워.

하지만 발광을 떠는 짓은 재앙이야.

알지도 못한 채 죽어 버리는 게 최선이야.

유모 지금 덮어 주고 있어요. 도대체   250
          언제쯤 죽음이 내 몸을 덮어 주려나?
          오래 살다 보니 나는 많은 걸 배웠지요.
          필멸하는 인간들은
          서로 적절한 우정을 섞어야 해요.
          영혼의 가장 깊숙한 골수까지는 말고요.   255
          마음의 애정이란 쉽게 풀릴 수 있으니
          밀어내는 것과 잡아당기는 것이 쉽지요.
          한 사람이 두 가지 일로 고생하면
          그 부담에 힘겨워지는 거죠,
          나도 그 일로 고통받고 있으니까요.   260
          사람들이 말하길, 인생에서
          너무 정확하게 살려고 하면
          즐겁기보다는 파멸하게 되고
          오히려 건강을 해치게 된다지요.
          그래서 과함보다는 "지나치지 말라"는 말을   265
          더 칭찬하니, 현자는 내 말에 동의할 겁니다.˙

코러스 연로한 이, 왕비의 믿음직한 유모여.
          파이드라 님의 이런 불행한 운명을 보고 있군요.
          무슨 병인지 분명하지가 않으니.
          당신에게서 그걸 들어 알고 싶어요.   270

유모 나도 몰라요, 탐문했지만 마님이 말하지 않으시니.

코러스 그 고통의 원천이 무엇인지도 말인가요?

유모　당신도 똑같은 처지랍니다. 마님이 모두 침묵하시니.

코러스　그녀는 얼마나 기력 없이 야위어 가시는 건가.

275　**유모**　왜 아니겠어요? 사흘째 아무것도 들지 않으시니.

코러스　무슨 광기인가요? 아니면 죽으려 하시나요?

유모　죽으려 하신다? 금식으로 마님은 돌아가시겠죠.

코러스　이상한 말이네요, 그녀의 부군이 그 말을 듣게 된다면.

유모　마님은 자기 질병을 숨기고 부정하신다오.

280　**코러스**　부군이 아내 얼굴을 보면 추측할 수 있지 않을까요?

유모　아니요. 그분은 이 땅에서 먼 외지에 계십니다.

코러스　그대는 마님의 질병과 정신의 방황을

　　　　알아내려고 그녀를 귀찮게 하지 않았나요?

유모　모든 방법을 동원했지만, 아무것도 알아내지 못했어요.

285　　　하지만 나는 포기하지 않아요. 지금 나의 목표를요.

　　　내가 불행한 여주인에게 어떤 하녀인지

　　　당신은 나를 위해 증언할 수 있을 겁니다.

　　　　　자, 사랑하는 따님, 우리 두 사람, 전에 했던 말은

　　　잊어버리세요. 마님은 즐거운 마음으로

290　　　어두운 눈살을 펴시고 생각의 길로 가 보세요.

　　　제가 마님을 잘 따라가지 못했던 곳의

　　　길을 포기하고, 더 좋은 말로 나아가려고 해요.

　　　만약 마님이 말 못 할 어떤 불행에 병들어 계시다면

　　　그 병의 치료를 도와줄 여인들이 여기에 있답니다.

295　　　그런데 남자들에게 마님의 불행이 알려져도 된다면

말해 주세요, 그러면 의사들에게 이 일을 알릴 수 있겠죠.
아니, 왜 침묵하시나요? 침묵하지 마시고, 따님이여,
만약 제가 틀린 말을 한다면 내 말을 반박하시고
그게 아니라면 제가 옳은 말을 했다고 동의해 주세요.
뭔가 말해 주시죠, 여기를 보세요. 오 가여운 나는,   300
여인들이여, 이런 노고에 헛되이 힘쓰고 있구나,
전과 똑같이 나는 멀리 떨어져 있구나. 마님은 결코
내 말에 좌우되지 않으셨고 지금은 설득되지도 않으시네.

　　하지만 이것은 아셔야 해요. 이런 일에 있어서는
바다보다 더 강해지셔야 해요. 마님이 돌아가시면, 아이들을   305
배반하는 것이니, 아이들은 부친의 집에 대한 몫을 갖지 못하죠.
안 돼요, 말의 여주인인 아마존의 이름을 두고 말하는데
아마존은 마님 아이들에게 주인 행세 할 자를 낳았고
그자는 서자임에도 적자 행세를 하니, 그자를 잘 아시죠,
힙폴뤼토스……. **파이드라** 참담하구나. **유모** 마님을 자극하는군요.   310

파이드라　임자가 날 망쳤구나. 신들의 이름으로
　　이 남자에 대해서는 입을 다물라고 또 부탁하네.

유모　보세요? 정신을 차리셨죠? 그런데도 목숨을 보존하여
　　아이들을 이롭게 하는 것을 원하지 않으시나요?

파이드라　아이들을 사랑하지. 난 다른 일로 휘둘리는 거야.   315

유모　오 따님, 양손이 피로 더럽혀진 것인가요?

파이드라　양손은 깨끗하나, 마음에는 뭔가 오염이 있다네.

유모　어느 적이 가한 해악 때문은 아니지요?

파이드라　날 파괴한 자, 가족이라네, 그도, 나도 원치 않지만.

320　**유모**　테세우스께서 마님께 무슨 잘못 저지르셨나요?

파이드라　내가 남편을 해치는 일은 발각되지 않기를.

유모　마님을 죽음으로 몰아가는 무서운 일이 무엇인지요?

파이드라　내 잘못은 그냥 두게. 그대에게 잘못하는 건 아니니.

유모　안 돼요. 저는 못 해요. 저는 마님 손에 달려 있어요.

325　**파이드라**　무슨 짓이냐? 내 손을 붙잡고 강요하는 것이냐?

유모　마님 무릎을 잡고 절대 물러나지 않을 겁니다.

파이드라　그건 나쁜, 나쁜 일이야, 오 가여운 이, 자네가 알게 되면.

유모　마님의 마음을 얻지 못하는 것보다 더 큰 불행이 있을까요?

파이드라　자네는 죽게 되겠지. 하지만 죽음은 나를 명예롭게 할 거네.

330　**유모**　그런데도 숨기시나요? 제가 더 나은 것을 조언하는데도요.

파이드라　수치스러운 일이지만 훌륭한 일을 고안하고 있으니까.

유모　말해 주시면 더 명예롭게 되지 않으실까요?

파이드라　제발 신들에 맹세코, 내 오른손을 놓고 가시게.

유모　절대 안 돼요, 주셔야 하는 것을 저에게 주지 않으시니.

335　**파이드라**　주겠네. 자네가 보여 준 탄원의 엄숙함을 존중하니까.

유모　이제 침묵할게요. 마님이 말씀하실 차례입니다.

파이드라　오 가여운 엄마, 당신은 무슨 욕정을 드러내셨는지요.

유모　그녀가 수컷 소를 욕망했는데,* 따님? 무슨 말인가요?

파이드라　당신, 오 불쌍한 언니,* 디오뉘소스의 아내라니.

340　**유모**　따님이여, 무슨 일인가요? 마님은 언니를 비난하시나요?

파이드라　세 번째로 나 불행한 여자도 죽어 가는구나.

유모   경악스럽네요. 이 이야기는 어디로 흘러가게 될까요?

파이드라   그곳으로부터, 최근이 아니라, 내 불행이 나온 곳.

유모   제가 듣고 싶은 게 무엇인지 더 이상 알 수가 없네요.

파이드라   페우(*pheu*),

내가 말해야 하는 걸 자네가 어떻게 말할 수 있을까?   345

유모   저는 불분명한 걸 분명하게 인식하는 예언자는 아니지요.

파이드라   사람들이 사랑에 빠졌다고 하는 것이 무엇일까?

유모   그것은 가장 즐겁지만, 따님이여, 동시에 고통스럽지요.

파이드라   내가 경험한 것은 두 번째 경우라네.

유모   무슨 말이세요? 인간들 중 누군가를 사랑하고 계신가요?   350

파이드라   그 사내가 누구이든 간에, 그는 아마존의…….

유모   힙폴뤼토스 말인가요?

파이드라   내가 아니라 자네가 그 이름 말했네.

유모   오이모이(*oimoi*), 무슨 말씀이세요? 따님. 어떻게 마님이 저를

해치셨나요. 여인들이여, 견딜 수 없는 일, 삶을 견딜 수 없습니다.

적대적인 하루를, 적대적인 빛을 보고 있어요.   355

내 몸을 던질 겁니다, 내 몸을 내동댕이칠 겁니다. 죽으면

삶에서 벗어나지. 작별을 고합니다, 나란 인간, 더는 없어요.

덕망 있는 분이 저 천한 것을 욕망하시다니.

그 의지를 거슬러 그렇게 되시다니. 그러면 퀴프리스는

신이 아니라 신보다도 훨씬 더 강력한 존재로군요.   360

저 여신이 여기 마님과 나와 가정 모두를 파괴했구나!

코러스   오, 주목했나요? 들어 보지 못한 것을   (좌)

들어 보았나요? 왕비님이

비참한 고통에 목 놓아 울고 계시니.

귀하신 분이여, 나는 죽고 싶어요,

365   당신과 마음을 나누기도 전에.

이오 모이(*iō moi*), 페우 페우(*pheu pheu*)

이런 불행으로 가여운 분!

필멸자를 키워 주는 고난이여!

망하셨구나. 당신이 불행을 빛으로 드러내셨으니.

무엇이, 이 하루라는 시간이 당신을 기다리고 있나요?

370   이 왕가에는 뭔가 망측한 일이 닥치리라.

퀴프리스가 가한 운명이 어디서 끝날지, 더는

희미하지 않네요, 크레타 출신의 가여운 따님이여.˙

파이드라   트로이젠의 여인들이여, 펠롭스 땅˙ 이곳에

가장 멀리 떨어진 앞뜰에 거주하는 이들이여,

375   밤새도록 기나긴 시간 동안 이미 나는

인간 삶이 어떻게 파괴되는지 숙고했습니다.

사람들이 더 나쁜 짓을 저지르는 것은 타고난

판단력 때문이 아닙니다. 많은 이가 올바른 판단력을

갖추고 있지요. 아니, 이렇게 바라봐야 합니다.

380   우리는 무엇이 옳은지 알고 그것을 인식하지만

실천하려고 애쓰지는 않아요. 어떤 이는 '태만' 때문이고

어떤 이는 올바름 대신에 어떤 쾌락을 선호하기 때문이지요.
삶의 쾌락은 여럿입니다. 이를테면 '오랜 수다'와 '여가',
이 둘은 즐거운 해악이고, 또한 '절제'가 있어요.
쾌락은 두 종류로 나뉘는데,˙ 하나는 나쁘지 않지만   385
하나는 가정에 부담이 됩니다. 적도(適度)란 말이 명백하다면
두 가지가 같은 문자로 표기될 수 없을 겁니다.
이것이 내가 지닌 견해이기 때문에
그 견해를 약하게 해서 정반대가 되게 만드는
그런 마법과 같은 것은 없습니다.   390
　내 생각의 경로도 그대에게 보여 줄게요.
애욕이 내게 상처를 입혔을 때, 어떻게 애욕을
가장 훌륭하게 견뎌 낼지 숙고했어요. 그래서 그때부터
이 질병을 침묵하고 숨기려 했습니다.
말은 결코 신뢰할 수 없으니까요.   395
말은 남의 생각을 충고할 줄 알지만
그로 인해 가장 큰 고통을 수확하게 되죠.
둘째로는 절제로 애욕을 이겨 내며
이 어리석음을 견뎌 내려고 노력했습니다.
그러나 이런 방법으로 애욕을 억제하지 못하면   400
셋째, 자결하는 것이 좋아 보입니다.
그것이 최선의 계획임을 아무도 부정하지 못하겠죠.
훌륭한 일을 할 때는 숨기는 걸 원하지 않지만
부끄러운 짓은 증인이 많은 걸 원치 않으니까요.

405   그 짓과 그 질병이 불명예라는 걸 알고 있고
      이에 덧붙여 내가 만인이 증오하는 여자라는
      사실을 알고 있어요. 처음으로 다른 사내와 함께
      침대를 더럽히려 했던 여자는 누구든
      가장 비참하게 죽어 버리길 바랍니다.
410   바로 고귀한 가문에서 이러한 악이 여자들에게 생겨나기
      시작했어요. 수치스러운 짓이 고귀한 자에게 좋게 보인다면
      사악한 인간에게는 그것이 아주 좋은 걸로 보일 겁니다.
      사악한 대담함에 비밀스럽게 관련하면서도
      말로는 순결한 여자들을 나는 증오합니다.
415   바다에서 나온 여주인, 퀴프리스여, 대체 어떻게
      그들이 남편의 두 눈을 바라볼 수 있을까요?
      또 어둠의 눈과 집의 기둥이 동지가 되어
      폭로하지 않을까 두려워 몸서리치지 않을까요?
         바로 이것이 나를 죽이고 있어요, 친구들이여,
420   나는 내 남편을 욕보이다가 발각되진 않을 거예요.
      내가 낳은 아이들도 부끄럽게 해선 안 되죠, 절대로요.
      아이들은 할 말 하는 자유인으로 어미 덕분에 좋은 명성 얻고
      번영을 누리며 유명한 도시 아테나이에서 살기 바랍니다.
      그러나 부모의 악행을 알게 된다면 제아무리 오장육부가
425   담대한 자라 하더라도 노예 신세로 추락하고 말 겁니다.
      인생의 경주에서 승리하기 위한 유일한 조건은
      바로 정의롭고 훌륭한 판단력을 갖는 것입니다.

시간은 조만간 사악한 자들을 드러내 보여 줍니다,

마치 젊은 처녀 앞에 거울을 들고 비춰 주는 것처럼요.

나는 이런 악녀의 부류에 속하지 않기를 소망합니다.   430

코러스 페우 페우(*pheu, pheu*), 절제는 얼마나 훌륭한가!

절제의 덕은 세상에서 얼마나 빛나는 명성을 성취했던가!

유모 여주인이시여, 방금 전, 마님의 곤경이 한순간에

저를 무서운 공포 속으로 몰아넣었답니다.

그러나 지금은, 제가 어리석었음을 깨달았어요.   435

살다 보면 두 번째 생각이 아무튼 더 현명하지요.

어떤 괴상한 것도, 심지어 어떤 해명 불가한 일을 경험한 것도

아니니까요. 여신의 분노가 어디선가 마님을 덮친 겁니다.

많은 이들처럼 사랑에 빠지신 거죠. 이게 뭐 놀랄 일인가요?

그런데도 애욕 때문에 목숨을 버리시다니요?   440

타인을 욕망하거나 그렇게 하려는 자들에게

아무 이득이 없답니다, 그들이 반드시 죽어야 한다면요.

퀴프리스가 거세게 몰아치시면 견뎌 낼 수 없지요.

여신은 복종하는 자에겐 부드럽게 다가가시지만

누가 이상하고 오만하다고 생각하시면 그자를 붙잡고   445

어떻게 그자를 모욕하실지, 상상조차 할 수 없어요.

   퀴프리스는 창공을 넘나드시고 바다의 놀 가운데

자리하시며 만물을 낳는 신성이시라.

여신은 씨를 뿌리시고 욕망을 심어 주시니

그로부터 땅 위에 사는 우리 모두가 태어난 것이죠.   450

그래서 고대인의 저술을 꿰고 있고

무사 여신들의 일을 항상

직접 돌보는 이들은 잘 알고 있답니다.

언젠가 제우스가 세멜레와 관계하길 열망했다는 것을!

455 언젠가 아름답게 빛나는 새벽의 여신 에오스가 애욕에

사로잡혀 케팔로스를 납치해 신들의 세계로 데려갔다는 것을!

신들은 여전히 창공에 살며 신들의 궁전을 떠나지 않고

불행에 제압된 것을 견디고 있다고 생각해요.

　　마님이 이 법을 인정하지 않으시면,

460 당신의 부친은 특별한 조건이나

다른 신들의 통치 아래 마님을 낳았어야 했지요.

마님 생각에, 얼마나 많은 양식 있는 자들이

결혼 침대가 병들어 있음을 보고도 보지 못한 척할까요?

또 얼마나 많은 아버지들이 방종한 아들이 애욕을

465 견딜 수 있도록 도움을 줄까요? 현자들 사이에선

이런 원칙이 통하지요. 수치스러운 짓은 감춰야 한다!

사람들은 지나치게 완벽하게 살아서는 안 돼요.

그럼, 마님은 집을 덮는 지붕을 너무 완벽하게

만들지는 않으시겠죠. 이런 불행에 빠진 마님은,

470 어떻게 헤엄쳐 나올 수 있다고 생각하시나요?

한데 마님이 가지신 것 중에 유용한 것이 무용한 것보다

우세하다면, 인간적으로 정말로 운이 좋으신 겁니다.

　　자, 사랑하는 아기씨, 나쁜 생각 하지 마시고

함부로 행동하지 마세요. 그건 난폭한 짓과 같으니까요.

신들보다 더 강력한 존재가 되려 하는 것 말입니다.　　　　　475

애욕을 견뎌 내세요. 신도 이것을 계획하셨지요.

병들어 계시지만 어떻게든 그 질병을 끝내세요.

주문들과 황홀케 하는 말들이 있답니다.

이 질병을 치유할 약이 있을 겁니다.

남자들은 늦게야 그런 장치를 고안할 게 분명하죠,　　　　　480

우리 여자들이 그것을 고안하지 못하게 된다면요.

코러스　파이드라 님, 이 여인이 현 상황에 더 도움이

되는 걸 말하네요. 그러나 우리는 바로 당신을 칭찬합니다.

이 칭찬은 이 여인의 말보다 더 어렵고

당신이 듣기에 훨씬 더 고통스러운 것이지요.　　　　　485

파이드라　너무 훌륭한 말은 잘 관리되는

도시와 가정을 파괴하는 것이지요.

귀에 듣기 좋은 것은 결코 말해선 안 돼.

하지만 이것으로 사람들은 유명해지지.

유모　왜 그런 고상한 말을 하시나요? 마님에게 필요한 것은　　　490

세련된 언어가 아니라 사내라고요. 직언하면 마님이

이 점을 가능한 한 빨리 이해하셔야만 해요.

만약 마님의 삶이 이런 곤경에 처하지 않고

또 실제로 마님이 정숙한 여인이시라면

침대의 쾌락을 위해 마님을 이곳까지 이끄는 일은　　　　　495

결코 없었겠죠. 지금은 실제로 커다란 노력이 절실한데

마님 목숨을 구하는 노력이오. 따라서 못마땅해하지 마세요.

파이드라　소름이 끼치는 말이군. 입 닫지 못할까.

그런 부끄러운 말을 다시는 입 밖에 꺼내지 말게.

500　**유모**　이 부끄러운 말이 마님의 고상한 생각들보다

더 나아요. 실천하는 것이 더 나아요. 말보다 실천이

마님을 구한다면. 마님은 그 말에 취해 죽게 되실 겁니다.

파이드라　아, 자네는 수치스러운 말을 잘도 하는군.

제발 선을 넘지 말게. 내 영혼은 애욕으로 잘 갈려 있으니까.

505　자네가 수치스러운 짓을 그럴싸하게 포장한다면

지금 내가 달아나고 있는 것을 쫓아가게 될 것이네.

유모　그것이 마님 마음에 든다면…… 실수하지 마셔야 해요.

하지만 이미 실수하셨다면, 다음은 제 요구에 응하는 것이죠.

집 안에 애욕을 부르는 약을 가지고 있어요.

510　그런데 방금 전, 제가 숙고하던 중에 떠올랐는데

그 약은 부끄러움도 정신적 해로움도 없이 마님을

이 질병에서 벗어나게 해 줄 겁니다, 피하지만 않으시면.

정말로 사랑받는 저자로부터 무언가 징표, 이를테면

옷이나 머리털에서 뭔가를 취하는 것이 필요해요.

515　그 둘을 가지고 축복 하나를 지어내는 것이지요.

파이드라　그 약은 바르는 것이냐, 아니면 마시는 것이냐?

유모　모릅니다. 아기씨, 지식이 아니라 이득을 바라세요.

파이드라　자네가 너무 영리한 것이 아닐지 두렵구나.

유모　아무거나 두려워하시네요. 두려운 게 뭐예요?

파이드라 제발, 테세우스의 아들에게는 아무것도 말하지 말게.   520

유모 아기씨, 신경 쓰지 마세요. 이 일은 제가 잘 처리할게요.

바다의 여주인 퀴프리스시여, 오롯이 조력자가 되어 주소서.

제가 심중에 품은 다른 일과 관련해서는

집 안의 친구에게 말해 주면 그걸로 족할 것입니다.

(유모가 궁전 안으로 퇴장한다.)

코러스 에로스여, 에로스여, 당신은   (좌 1)

당신과 싸우려는 자의 영혼에, 그 두 눈에   526

욕망의 방울을 떨구며 달콤한 쾌락의 세계로 인도하시니

나를 해치면서 나타나지 마시길,

적도(適度) 없이는 결코 나에게 다가오지 마시길.

불의 번개도 별들의 창도 더 막강하지 않구나,   530

제우스의 아들 에로스˙가

손에서 뿌리는 애욕의 화살보다는.

헛되이도, 헛되이도 알페우스강˙을 따라서   (우 1)

그리고 아폴론의 퓌토이˙ 성소에서   536

헬라스 땅은 많은 소를

제물로 바치고 바치지만

인간들의 폭군, 가장 욕망하는 신방(新房)의

열쇠 가진 에로스를 우리는 경배하지 않는다네,   540

에로스는 찾아오실 때마다

우리에게 달려들어 온갖 불행 가하며 파괴하시니.

오이칼리아*의 암망아지, (좌 2)

546 아직 결혼의 멍에를 쓰지 않은 소녀,

사내 모르고 결혼한 적 없는 이올레를

흐르는 물의 요정과 박코스 여신도처럼

550 에우뤼토스의 집에서 멍에를 씌워 이끌어 내어

피비린내 나고 연기 피어나는 유혈 낭자한

결혼식을 주재하시며, 퀴프리스 여신이

헤라클레스에게 신부로 주셨구나.

결혼 속에서 불행한 이여.

오, 테베의 신성한 성벽이여, (우 2)

556 디르케*강의 입이여, 너희는 퀴프리스 여신이

어떻게 임하는지, 내 말에 동의하리라.

양쪽에 불붙은 번개(제우스)에게,

560 두 번 태어난 박코스의 어미(세멜레)를

바치면서 치명적인 죽음 가운데

세멜레를 잠들게 하셨도다.

여신이 무서운 바람 불어 대시니 아무도

피할 수 없구나. 여신은 벌처럼 윙윙 날아다니시네.*

(파이드라가 궁전의 대문 옆에 서 있다.)

파이드라   쉿, 조용히, 여인들아, 나는 끝장났구나.   565

코러스   뭐라고요, 파이드라 님. 집 안 무엇이 두려우세요?

파이드라   잠깐. 집 안에서 들리는 소리의 정체를 자세히 알아야 하네.

코러스   침묵할게요. 하지만 그 소리는 불길한 전주곡이네요.

파이드라   *이오*(*iō*), 나는, *아이아이*(*aiai*).

나는 고통에 찬 불행한 여자.   570

코러스   무슨 말이에요? 무슨 말 외치시나요?

부인, 말해 주세요. 어떤 소식이 당신 마음에

달려들어 당신을 공포로 몰아가고 있나요?

파이드라   나는 망했네. 여기 대문 옆에 서서   575

어떠한 소란이 집을 덮쳤는지 들어 보게나.

코러스   당신이 문 옆에서, 집 안의

소식을 전달해 주셔야죠.

말해 주세요, 말해 주세요, 대체 무슨 재앙이 닥쳤는지요.   580

파이드라   말을 사랑하는 아마존의 아들 힙폴뤼토스가

무섭게 내 하녀를 꾸짖으며 다그치고 있다네.

코러스   목소리가 들리지만 분명하지는 않네요.   585

알려 주세요. 무슨 고함 소리가 대문을 지나

당신에게 도착했는지, 도착했는지.

파이드라   보게나. 분명하게 그가 외치고 있다네.

"재앙의 뚜쟁이", "그대 주인 침대의 배신자"라고.   590

코러스   오모이(*ōmoi*), 망했구나. 친구여, 배신 당하셨군요.

당신을 위해 무슨 대책을 세울 수 있을까요?

감춰진 것이 드러나고 말았으니. 망하셨군요.

595 아이아이(aiai) 에 에(e e), 친구에게 배신당하셨네.

파이드라 내 불행을 알리다가 그녀가 날 해치고 말았어,

친구로서, 그러나 부적절하게 내 질병을 고치려다가.

코러스 이제 어쩌지요? 뭘 하려 하시나요? 대책 없는 상황에.

파이드라 하나 빼고는 모르네. 빨리 죽어야지.

600 지금, 재앙의 유일한 치료약이야.˙

(파이드라가 궁전 대문에서 물러나지만, 퇴장하지는 않는다.
힙폴뤼토스가 궁전에서 등장하는데, 유모가 뒤따르고 있다.)

힙폴뤼토스 어머니 대지여, 빛이 충만한 하늘이여,

들어선 안 되는 말을 내가 듣고 말았구나!

유모 침묵하게나, 젊은이여, 누군가 그대의 외침을 듣기 전에.

힙폴뤼토스 침묵할 수가 없소, 끔찍한 말을 들었으니.

(유모가 힙폴뤼토스 앞에 탄원자로서 무릎을 꿇고 그의 손을
만지려고 한다.)

605 **유모** 여기 그대 멋진 오른팔을 두고 그대에게 간청합니다.

힙폴뤼토스 내게 손을 들이밀지 말고, 내 옷도 잡지 마시오.

유모 그대 무릎을 잡고 그대에게 간청하니 날 해치지 마시오.

힙폴뤼토스 왜 그런 말을, 당신 말대로 올바른 걸 말했다면.

유모 그 말은, 젊은이여, 결코 모두를 위하는 게 아니지.

610 **힙폴뤼토스** 올바른 것은 많은 이에게 말하면 더 좋겠지.

유모 젊은이여, 그대가 했던 맹세를 무시하지 마시오.

힙폴뤼토스   내 혀가 맹세했지만 내 마음은 하지 않았다고.

유모   젊은이여, 뭘 하려고? 당신 가족을 죽일 셈인가.

힙폴뤼토스   이걸 토해 내겠소. 부정한 자는 누구든 친구가 아니다.

유모   용서하시게. 젊은이, 인간은 실수하기 마련이니.　　　　　615

힙폴뤼토스   오 제우스여, 왜 당신은 위조된 여자들을

햇빛 안에 살게 하여 인간에게 재앙이 되게 하셨나요?

인간 종족을 퍼뜨리길 원하셨다면

꼭 여자를 빌려 종족을 낳을 필요는 없었겠죠.

당신의 성전에 사람들이 청동이나 무쇠나　　　　　620

무게 나가는 황금을 바치고, 그 가치에 따라

아이들의 종자를 구매하면 끝이거늘.

각자가 가격에 맞게 구매하여 여자들 없이

자유로운 집에서 살아가야 한다고요.

[하지만 실제로는, 우선 집 안에 재앙을　　　　　625

들이려고 하면 집의 재산을 지불하게 되지.]

그러니 여자가 커다란 재앙인 것이 분명하구나.

낳아 주고 길러 준 아버지는 거기에다 지참금을

더해 딸을 떠나보내는데, 재앙에서 벗어나기 위함이지.

혼인한 사내는 이 해로운 피조물을 집 안에 들이고는　　　　　630

가장 해로운 형상에 예쁜 장신구를 붙여 주며 기뻐하고

불쌍한 사내, 그녀를 의복으로 감싸 주려 생고생하네

집의 재산을 점점 탕진하면서 말이다.

[이렇게 될 수밖에 없다. 즉 결혼을 잘해서

635 처가 식구들에게 기뻐하며 쓰디쓴 결혼 침대를 지키거나
     유익한 아내와 해로운 처가 식구를 얻고 나서
     주어진 행운을 활용하며 불운을 억누르는 것이다.]
        아무것도 소유하지 않은 자가 가장 간단해. 하지만
     여자가 어리석게 집에 앉아 있는 것은 해롭지.
640 또 나는 영리한 여자를 증오하지. 내 집 안에는
     필요 이상으로 생각이 많은 여자가 거주하지 않기를.
     퀴프리스는 영리한 여자들이 더 심한 해악을
     낳도록 하니까. 그러나 대책 없는 여자는 짧은
     지력 때문에 어리석은 부정에서 벗어나게 되지.
645   어떤 노예도 아내 옆에 다가가게 해선 안 되고
     그녀들에겐 말하지 못하는 야수들만 함께
     거주하게 해야 해. 그래서 그녀들은 누구한테도
     말을 걸 수 없고 저 야수들에게선 전혀 들을 수 없겠지.
     그러나 지금 사정이 말해 주듯, 집 안의 사악한 여자들이
650 사악한 계략을 꾸미고 하인들은 그것을 바깥으로 퍼 나르지.
        사악한 머리여, 당신도 부친의 오염 안 된 침상을 두고
     뚜쟁이질이나 하려고 나를 찾아왔구나.
     이런 것들, 나는 흐르는 강물을 내 귀에 뿌려
     씻어 낼 것이다. 어떻게 내가 천박할 수 있단 말인가?
655 이런 말을 듣고 정화되었다고 생각지 않는 내가 말이다.
     잘 알아 둬라, 여편네여! 내 경건함이 당신을 구한다는 것을!
     신들에게 맹세하면서 방심하지 않았더라면

이 사실을 아버님께 낱낱이 고하는 걸 참지 않았을 텐데.

지금은 집을 떠나 있겠다, 부친 테세우스가 출타 중인 동안.

그리고 내 입을 닫은 채 침묵하겠다.   660

그러나 부친이 돌아오시면 내가 돌아와 살펴볼 것이다.

당신이 부친을 어떻게 쳐다보는지, 당신과 당신 여주인 말이다.

[내가 알게 될 것이다, 당신의 무모함을 맛보았으니.]

파멸하기를. 여자를 증오하는 일이 물리지 않을 것이다,

내가 늘 그런다고 누가 지적하더라도 말이다.   665

정말로 여자들은 항상 사악한 존재니까.

누가 순결할 줄 아는 방법을 저들에게 가르치게 하거나

아니면 내가 항상 저들을 짓밟아 버리는 걸 허락하여라.

(힙폴뤼토스가 자신이 등장했던 옆길을 통해 퇴장한다.)

파이드라　　오 비참하고   (우)

불운한 여인의 운명이여!

어떤 방책 있고 무슨 할 말이 있는가,   670

말로 묶은 매듭을 풀다가 고꾸라졌구나.

나는 응징을 당한 거야. 이오(*iō*), 빛과 대지여.

어디로 내가 이러한 불운을 피할 수 있을까?

친구들이여, 어떻게 내 고통을 덮을 수 있을까?

어떤 신께서 조력자로 나타나실까?   675

어떤 사람이 부정한 일의 동맹자나 공범자로 나타날까?

나의 고통, 피할 수 없는 고통이

내가 삶의 경계를 넘어가게 하는구나.

나는 가장 불행한 여인이로구나.˙

680 **코러스**　페우 페우(*pheu pheu*), 끝장났어요.

하녀의 계략은 실패했어요, 여주인이여. 상황이 나빠요.

파이드라　오, 가장 사악한 인간이며 친구들의 파괴자,

너는 무슨 짓을 했는가? 나의 선조인 제우스˙께서

너를 화염으로 가격하여 뿌리째 태워 버리시길.

685 내가 말하지 않았더냐? 지금 비난받는 상황에 대해

침묵하라고 말이다. 네 의도를 내가 미리 알지 못했다니.

하지만 너는 참지 못했지. 그래서 나는

좋은 명성 남기며 죽지도 못하겠네. 그러니 나는

정말 어떤 묘책이 필요해. 이 사내가 분노에

690 날 선 마음으로 아비에게 내 잘못을 고하며 비난하겠지,

게다가 핏테우스 어르신에게도 이 상황을 알리겠지.

온 대지가 가장 수치스러운 말들로 가득 찰 것이다.

너는 파멸해 버리기를, 원치도 않는 친구를

부적절하게 도와주려 열성인 자는 누구든지.

695 **유모**　마님, 제 잘못을 비난하셔도 됩니다.

이 물어뜯는 고통이 마님의 판단력을 지배하고 있으니까요.

하지만 이 일에 대해선 저도 할 말이 있어요, 들어주신다면요.

제가 마님을 키웠고 항상 헌신적이죠. 마님의 질병을

치료할 처방을 찾다가 원했던 것을 찾지 못했을 뿐이죠.

만약 성공했더라면 저는 정말로 현자가 되었겠지요.　　　　700

성과에 걸맞게 총명하다는 명성을 얻었을 테고요.

파이드라　　이것이 나에게 올바르고 만족스러운 것이더냐?

나를 해치고 나서 그렇게 했다고 인정하는 것 말이다.

유모　　제가 말이 많았군요. 삼가지 못하고.

따님, 이런 상황에도 구원받는 것은 가능해요.　　　　705

파이드라　　말을 삼가라. 전에도 너는 좋은 조언을 하지 못했고

나에게 오히려 나쁜 짓을 하려 했으니까.

그러니 가거라, 저리 비키라고. 너는 너 자신이나

염려하여라. 내 일은 내가 돌볼 것이다.

(유모가 궁전 안으로 퇴장한다.)

너희, 트로이젠의 고귀한 후손이여　　　　710

내가 부탁하니 이 정도는 들어주시오.

여기서 너희가 들었던 것은 침묵으로 감추어 주오.

코러스　　제우스 따님, 정결한 아르테미스의 이름으로 맹세합니다,

당신 불행을 결코 햇빛 아래 드러내지 않겠다고요.

파이드라　　좋아. 고맙네. 내 그대에게 한 가지 더 말하겠네.　　　　715

이 불행에 대한 한 가지 치유책을 갖고 있지,

그래서 아이들에게는 영예로운 삶을 남겨 주고

나 자신은 지금의 결과를 고려하며 이익을 얻을 것이네.

크레타의 집이 부끄럽게 하지 않을 테니까,

또한 수치스러운 일로 테세우스 앞에　　　　720

나타나진 않을 거라네, 내 목숨 하나 구하자고.

코러스 정말, 무슨 치유할 수 없는 불행을 낳으시려고?

파이드라 죽는 것. 그리고 어떻게 할지는 계획을 세워야지.

코러스 불길한 말씀 마세요.

파이드라 나쁘지 않은 조언을 해 주게.

725 나는 날 파괴하시려는 퀴프리스 여신을

기쁘게 할 것이네, 오늘 이날, 내 목숨을 끊어서 말이지.

쓰디쓴 애욕에 패배하고 마는 것이지.

하지만 내가 죽으면 어떤 이에게는

재앙이 되겠지. 내 불행에 교만하게 굴어서는

730 안 된다는 걸 그자가 배우도록 말이야.

이런 질병을 나누면 절제하는 법을 배우겠지.

(파이드라가 궁전 안으로 퇴장한다.)

코러스 숨겨진 은신처에 내가 거주하게 되기를, (좌 1)

신께서는, 날아다니는 무리 가운데

나를 날갯짓하는 새로 만들어 주시기를.

날아가게 되기를,

735 아드리아 해안의 바다 파도와

에리다노스˙의 물을 넘어서.

그곳에는

불행한 소녀들이

호박 빛깔로 반짝이는 눈물을

740 검게 굽이치는 파도에 흩뿌리며

파에톤˙을 애도하고 있다네.

노래하는 헤스페리데스˙의   (우 1)
사과 심어진 바닷가에 내가 도달하기를.
그곳에는 바다의 거뭇한 연못을
   다스리는 주인˙이 선원들에게
항로를 더는 보여 주지 않고   745
하늘의 신성한 경계를 정해 준다는데,
그곳은 아틀라스가 하늘 기둥을 떠받치는 곳.
그리고 제우스가 누웠던 곳에는
신들의 샘물이 흘러 지나가고
그곳에 신성한 대지, 번성 약속하는   750
대지가 신들의 축복을 키워 주고 있다네.

오, 하얀 날개 달린 크레타의 배여,   (좌 2)
너는 저 번영하는 집에서, 소금물 바다의
으르렁거리는 파도를 지나 내 여주인을 모셔 왔지만   755
가장 무익한 결혼을 위한 여정이었구나.
정말로, 여정의 양쪽에는 불길한 전조가 있었구나.
파이드라가 크레타 땅에서 영광스러운 아테나이로
날아갔을 때, 그리고 선원들이   760
무니키아˙ 해안에 꼬인 밧줄의 끝을 묶고 나서
육지에 발을 디뎠을 때 말이네.

그리하여 그녀의 마음은, (우 2)

765 불경한 애욕이라는, 아프로디테 여신의
무시무시한 질병에 파괴되고 말았구나.
이런 힘겨운 불행의 무게에 짓눌려
결혼 침실에서 올가미를 매달아
770 자기 하얀 목 주위에 감으려 하는구나.
저 가증스러운 운명이 치욕스러우니
좋은 명성의 소문을 선택하며 심중에서
775 고통스러운 애욕을 지우려고 말이네.

유모 (안에서) 이우 이우(iou iou)
너희 모두 도와 달라 소리치며 궁전 주위를 돌아다니는구나.
목을 매달았다고요, 여주인, 테세우스의 아내가.

코러스 페우 페우(pheu pheu). 끝장났구나. 왕비님은 이제
안 계세요. 주인의 아내는 당겨진 올가미에 매달리셨답니다.

780 유모 (안에서) 서두르지 않느냐? 누가 양날 검을 가져오지
않느냐? 그걸로 마님의 목에서 올가미를 풀어야 하는데.

코러스 친구들이여, 어찌해야 하지? 집 안에 들어가
왕비님의 목에서, 단단히 당겨진 올가미를 풀어야 하지 않나?
── 뭐라고? 젊은 하녀들이 옆에 없단 말인가?
785 쓸데없이 참견하면 인생의 안전이 보장되지 않는 법.

유모 (안에서) 매장을 위해 가여운 시체를 펴서 세워라.
이것이 내 주인님을 위한 괴로운 가사일이구나.

176

코러스 불행한 그녀가 죽었다고 들었습니다.

이미 하녀들이 그녀의 시체를 매장하려 준비하고 있군요.

(테세우스가 등장한다.)

테세우스 여인들, 알고 있느냐, 대체 집 안에서 무슨 고함 소리가,   790

†하녀들의 깊은 메아리†가 귓전을 울리는지?

이 집이 문을 활짝 열고, 신탁 구하러 다녀온 나를

친절하게 반기는 것을 합당하게 여기지 않다니.

핏테우스의 노령에 무슨 일이 생긴 건 아니겠지?

이미 그분의 인생이 많이 지나갔지만, 그럼에도   795

그분이 이 집을 떠나면 고통스러운 일이다.

코러스 당신께 일어난 일은 노인장과 관련 없지요,

테세우스여. 새로운 죽음이 당신에게 고통을 줄 겁니다.

테세우스 오이모이(oimoi), 아이들 목숨이 약탈된 것일까 두렵다.

코러스 살아 있지요, 아이들 모친의 죽음이 가장 고통스럽겠죠.   800

테세우스 무슨 말이냐? 아내가 죽었다고? 무슨 사건에 의해서냐?

코러스 목을 매려고 그녀가 올가미를 걸어 고정했습니다.

테세우스 슬픔에 마음이 얼어붙어서냐, 아님 무슨 불행한 사건에?

코러스 그만큼만 알 뿐. 저도 방금 집에 도착했답니다.

테세우스여, 당신의 불행에 애통해하려고요.   805

테세우스 아이아이(aiai), 대체 왜 내가 꼬인 나뭇잎 화관을

머리에 씌웠단 말인가? 신탁을 구하다가 재앙을 낳고 말았으니.

빗장을 풀어라, 하인들아, 대문의 빗장을,

잠금장치를 풀어 버려라, 내 아내의 끔찍한 장면을

810   볼 수 있게, 그녀가 죽어서 날 파괴하고 말았구나.

(궁전 안에서 굴러 나온 이동식 무대 장치 위에 파이드라의
시체가 보인다.)

코러스   이오 이오(iō iō), 불쌍한 사람, 비참한 불행을.

그대가 겪었다니. 그런 엄청난 일을

　하시다니, 이 집이 혼란에 빠졌습니다.

아이아이(aiai), 이 무슨 대담함인가.

격렬하고 불경한 행동으로 끝장내시다니,

815   자신의 비참한 손을 던져 씨름하면서.

불쌍한 사람, 누가 생명의 빛을 어둡게 한단 말인가?

테세우스   오모이(ōmoi), 나는 고통에. 비참한 나, 내가 겪었구나, (좌)

가장 커다란 불행을. 오 운명이여,

어떻게 나와 내 가정을 덮쳤단 말인가.

820   어떤 악령이 보낸, 말할 수 없는 오염인가.

결국 내 삶이 파괴되어 삶 아닌 삶이 되었구나.

오 불쌍한 이, 재앙의 바다가 보인다.

다시는 결코 헤엄쳐 나올 수 없고

824   이 불행의 파도를 통과할 수 없는 그런 바다를!

826   무슨 말로, 불쌍한 이, 내가 무슨 말로,

부인, 무겁게 짓눌린 당신의 운명에 말을 건단 말이오?

마치 어떤 새처럼 당신은 내 손에서 사라지더니

나로부터 하데스 향해 잽싸게 날아올라 가 버렸구려.

아이아이(aiai), 이 처참한, 처참한 재앙이여.　　　　　　　830

어디선가 오래전에, 선조가 범죄를 저질러

신들이 보냈던 재앙을

내가 다시 일깨우고 있구나.

코러스　주인님, 이런 불행이 당신에게만 닥친 건 아닙니다.

많은 이들이 그러하듯 당신은 소중한 아내를 잃으신 겁니다.　　835

테세우스　땅 아래, 땅 아래 어둠에, 죽어서 내려가고 싶구나, （우）

그곳 암흑 속에서 살고 싶다, 불쌍한 나는,

당신과의 가장 친밀한 교제를 잃고 말았으니.

당신이 파괴된 게 아니라 당신이 날 파괴한 거요.

†누구에게서 듣고 있는가† 어디서 치명적인 불운이　　　840

불쌍한 이, 부인이여, 그대의 마음에 닥쳤던가?

무슨 일이 일어났는지 누가 말할 수 있을까?

이 왕가는 왜 헛되이도 하인 무리를 거느리고 있는가?

아, 나는, 나는 〈불쌍한 나는〉 그대 불쌍한

여인으로 인해, 집 안에서 무슨 재앙을 보고 있는가,　　845

견딜 수도 없고 말할 수도 없구나.

나는 끝장났어.

이 집은 텅 비었고 아이들은 고아가 되고 말았구나.

〈*아이아이(aiai)* *아이아이(aiai)*〉 당신이 떠났구려, 떠났어,

850 가장 사랑스럽고 가장 뛰어난 여인이여, 햇빛과

별 빛나는 밤의 밝은 얼굴이 수많은 여인을 알고 있지만.'

코러스 오 불쌍한 사람, 얼마나 많은 재앙을

이 집이 품고 있는가. 당신의 불행에

내 두 눈, 눈물로 가득 차 젖었습니다.

855 여기에 더해질 재앙에 이미 몸서리쳤지요.

테세우스 에아, 에아(*ea ea*)

여기 이 서판은 도대체 무엇인가? 그녀의 손에

꼭 쥐어져 있는 서판, 뭔가 놀라운 걸 알려 주려 하는가?

불쌍한 여인이 뭔가 요구하면서

결혼과 아이들에 대한 서신을 나에게 남겼을까?

860 안심하게, 불쌍한 여인이여. 테세우스의 침대와 궁전에

다가올 수 있는 여인은 존재하지 않으니까.

보라, 더는 존재하지 않는 여인의 금박 인장,

여기 이 자국이 나에게 꼬리 치고 있구나.

자, 봉인의 실들을 풀어서 봐야겠다,

865 여기 이 서판이 내게 뭘 말하고자 하는지.

코러스 페우 페우(*pheu pheu*), 어떤 신이 여기에

새로운 재앙을 계속 더하는구나. †나는 이미

일어난 사건에 더해 무슨 끔찍한 일과 만나게 될까? †

파괴되었어요. 내 주인의 가정이, 내가 말하지만,

870 페우 페우(*pheu pheu*), 더는 존재하지 않아요.

[오, 어떤 신이시여, 가능하면, 집을 무너뜨리지 마세요.

제가 이렇게 간청하오니 들어주세요.

마치 예언자처럼 뭔가에서 흉조의 새를 보고 있으니까요.]

테세우스　　오이 모이(*oi moi*), 재앙에 재앙이, 무슨 다른 것이,

참을 수도 말할 수도 없는 것이. 오, 비참한 나.　　　　　　875

코러스　　무슨 일인가요? 말해 주세요, 말해 줄 수 있으시면.

테세우스　　서판이 외치네, 외치고 있어.참을 수 없는 일을!

재앙의 무게를 어떻게 피할까? 나는 망했고, 끝장났다고.

불쌍한 내가 글자로 증언하는

그러한, 그러한 노래를 보았구나.　　　　　　880

코러스　　아이아이(*aiai*), 당신은 불행을 낳는 말을 하시네요.

테세우스　　그것을 더는 입의 대문 안에

붙잡아 두지 않으리, 피할 수 없는 파괴적인

재앙을 말이네. 이오(*iō*), 도시여!

힙폴뤼토스가 감히 나의 결혼 침대를 건드렸다고.　　　　　　885

그것도 강제로, 제우스의 존경받는 눈을 무시하다니.

그러면 아버지 포세이돈이시여,

과거에 당신께서 나에게 약속하신 세 가지 저주들 중 하나로

내 아들놈을 끝장내 주소서. 그자가 이 하루를

피하지 못하길, 내게 저주의 실현을 약속하셨다면.　　　　　　890

코러스　　주인님, 신들에 맹세코 그런 일 없도록 기도하세요.

나중에 실수했다는 걸 아실 테니까요. 제 말을 들으세요.

테세우스　　그건 불가능해. 또한 이 땅에서 그자를

추방할 것이다. 두 가지 운명 중 하나가 그자를 덮치겠지.

895 포세이돈께서 나의 저주를 존중하시어

그자를 죽여 하데스의 집으로 보내시든지

아니면 그자가 이 땅에서 쫓겨나 이방의 땅을

떠돌고 전전하면서 고통스러운 삶을 끌고 다닐 것이다.

코러스 보세요. 여기 당신의 아들, 스스로 때마침

900 여기에 힙폴뤼토스가 오네요. 당신은 사나운 분노를 푸시고

테세우스 주인님, 당신 가정을 위해 최선책을 숙고하십시오.

(힙폴뤼토스가 몇몇 시종들과 함께 등장한다.)

힙폴뤼토스 아버님, 당신의 울음소리를 듣고 왔습니다,

급히 왔어요, 아버님이 신음하시는 문제가 무엇인지

알지 못하니 직접 듣고 싶습니다.

905   *에아(ea)*, 이게 뭔가요? 당신의 부인이 죽어 있는 걸,

아버님, 제가 보고 있어요. 이 일은 가장 놀라운 것이네요.

방금 내가 두고 떠났던 그녀인데, 그녀가

이 빛을 얼마 되지 않은 시간에 보고 있었는데요.

그녀에게 무슨 일이 일어났나요? 어떻게 죽었나요?

910 아버님, 당신 곁에서 그것을 알고 싶어요.

아무 말씀 안 하세요? 고난 가운데 침묵의 자리는 없습니다.

[고난에도 모든 걸 듣기를 원하는 마음은

게걸스럽다는 욕을 먹겠지요.]

아버님, 당신의 불행을 가족 앞에서, 아니

가족 이상인 사람 앞에서 감추시는 것은 옳지 않습니다.　　915

테세우스　헛되이도 많은 잘못 저지르는 인간들이여,

왜 너희들은 수많은 기술을 가르치고 있는가,

그리고 모든 것을 발견하고 고안하고 있는가?

너희가 알지 못하거나 아직도 탐구하지 않은 하나는,

바로 양식 없는 자에게 양식을 가지라고 가르치는 것이다.　　920

힙폴뤼토스　무섭도록 영특한 자에 대해 말씀하시는군요.

양식 없는 자에게 양식을 가지라고 강요할 수 있는 자 말이죠.

하지만 그것은 시의에 맞지 않는 교묘한 말입니다, 아버님.

현재 닥친 고난 탓에 지나치게 말하시는 것이 두렵습니다.

테세우스　페우(*pheu*), 인간들에겐 친구의 어떤 명백한 징표가　　925

있어야 하고, 그들 마음을 꿰뚫어 보는 방법이 있어야지,

누가 참된 친구이고, 누가 그렇지 않은지 꿰뚫는 것,

모든 이는 두 가지 목소리를 가져야 한다.

하나는 진실하고, 또 하나는 진실처럼 보이는 것,

거짓 꾸미는 목소리가 진실의 목소리에　　930

반박당하게 되면 우리는 기만당하지 않을 것이다.

힙폴뤼토스　무슨 말씀인가요? 어느 친구가 아버님에게

저를 모략했나요? 아무 잘못 없는 제가 그러한 질병에

얽인 건가요? 저는 충격을 받았습니다. 아버님 말씀은

분별에서 벗어나 저를 당혹하게 합니다.　　935

테세우스　페우(*pheu*), 인간의 마음이여. 어디로 향해 가는가?

대담함과 무모함의 끝은 어디에 있단 말인가?

만약 세대를 거치며 그것들이 쌓이게 된다면
후손은 그 이전 세대보다 더 엄청나게
940 악한 자가 될 것이니, 신들이 지금의 땅에
다른 땅을 덧붙여 주셔야 하는데, 그 땅에는
불의하고 사악한 자들이 거주하게 될 것이다.

　이 사내를 보아라, 나로부터 태어난 자이지만
나의 결혼 침대를 욕보이고 죽은 여인에게서
945 명백하게 가장 사악한 자라는 선고를 받았구나.
그런데 내가 오염과 접촉하고 말았으니
여기 아비 앞에 네 낯짝을 보여 주어라.
너는 탁월한 인간으로 신들과 교제하고 있는가?
너는 덕성 있고 악함이 없이 정결한가?
950 네놈의 허풍에 넘어가 잘못 판단한 나머지
어리석음을 신들의 탓으로 돌리지 않을 것이다.
이제는 우쭐거리고 영혼 없는 음식(채식)으로
음식 파는 소매상을 하고 오르페우스를 주인으로 모시고
연기 같은 문헌을 숭배하며 박코스 여신도 놀이나 하여라.
955 네놈은 붙잡혔으니까. 이러한 종류의 인간은
피하라고 모두에게 공표하는 바이다. 그들은
부끄러운 짓 꾀하고 엄숙한 말을 하며 너를 찾아다니겠지.

　여기 이 여인이 죽어 있다. 이것이 널 구할 거라 믿고 있느냐?
여기에서 너는 유죄 선고를 받은 것이다, 가장 사악한 자여.
960 어떤 종류의 맹세가, 그리고 어떤 논거가 여기 이 여인보다

더 강력할 수 있을까? 네가 기소를 피할 정도로 말이다.

그녀가 널 증오한다고 말할 테냐?

서자는 정말 적자와 다투기 마련이라고 말할 테야?

그녀가 널 적대하며 가장 소중한 자기 목숨을 파괴했는데도

너는 그녀가 자기 목숨을 잘못 거래했다고 말하고 있다.   965

아니면 무분별한 성욕은 남자가 아니라

여자가 타고난 것이라고 말할 테냐? 젊은 사내들이

여자들 못지않게 유혹에 잘 빠진다는 걸 잘 알고 있다,

퀴프리스가 젊은 사내의 마음을 어지럽힐 때마다.

더구나 사내라는 사실이 젊은 사내에게 유리한 법이지.   970

    지금은 여기 이 시체가 가장 명백한 증거인데

왜 내가 그걸 두고 너와 말씨름을 해야 하지?

가능한 한 빠르게 여기 이 땅에서 떠나라.

그리고 신에 의해 건설된 아테나이로 오지 말아라.

또한 나의 창이 다스리는 땅의 경계 안으로도.   975

이런 일을 겪고 나서도 내가 네놈에게 유린당한다면

내가 이스트모스의 시니스˚를 죽였다는 것을

전혀 입증하지 못하고 헛되이 자랑한 꼴이 될 거다.

바다에 접한 스키론의 바위˚도 내가

악한들에게 가혹하다는 것을 부정할 것이다.   980

코러스   인간들 중에 누가 행복하다고 말할 수 있을지

    모르겠네. 가장 고귀한 것이 완전히 몰락하고 말았구나.

힙폴뤼토스   아버님, 마음의 광포함과 긴장감이

무시무시하군요. 이 문제는, 비록 그럴듯하게 말해도
985   누군가 그것을 드러내는 것은 좋은 일이 아닙니다.
저는 군중 앞에서 연설하는 일에는 솜씨가 없지만,
동년배와 소수 앞에선 더 잘할 수 있습니다.
이것도 자연스러운 일입니다. 즉 현자들 앞에선 말이
모자라는 자라도 군중 앞에선 더 설득력 있게 말하니까요.
990   이런 재앙이 닥쳤으니, 제가 발언을 해야겠습니다.
우선 저는 변호를 시작합니다, 아버님이 저에게
답변할 기회도 주지 않고 절 해치려고 하시던 곳에서요.
이 빛과 대지를 아버님은 보고 계십니다.
이곳에는 저보다 더 덕성 있는 어떤 사내도
995   존재하지 않아요, 아버님은 인정하지 않으시겠지만.
왜냐하면 저는 우선 신들을 경배할 줄 압니다.
그리고 해악을 끼치려 하지 않고, 친구들에게
악행을 요구하거나 수치스러운 일로 되갚는 것을
꺼리는 친구들과 교제할 줄도 압니다.
1000   아버님, 저는 동료들을 비웃는 사람이 아니고
친구와 떨어져 있거나 가까이 있거나 모두 한결같은 사람이죠.
제가 그 일에 연루된 듯 보이지만, 그 일의 단 한 점에도
닿은 적 없습니다. 지금 이날까지도 제 몸은 성교를 모르고
순결합니다. 저는 이런 일을 전혀 알지 못합니다.
1005   말로 듣거나 춘화를 보는 것 이외에는요. 그런 걸 들여다볼
생각조차 없습니다. 저는 순결한 영혼을 갖고 있으니까요.

제 순결함은 아버님을 설득하지 못하죠. 그럼 관두세요.
정말 어떤 방법으로 제가 타락했는지 밝혀 주셔야 합니다.
이 여자의 육체가 모든 여자의 육체보다
더 아름다웠나요? 또는 결혼에 몫을 가진 다른 여자를   1010
데려와 당신 집에서 주인으로 사는 것을 제가 기대했나요?
그렇다면 저는 어리석은 자였겠죠, 아니, 정신이 나간 거겠죠.
또는 통치 행위가 현명한 자에게도 달콤한 것이라고
말하시나요? 절대 아닙니다. 그것이 왕권을
사랑하는 자들의 마음을 파괴했기 때문입니다.   1015
저는 헬라스의 경기에서 승리하여 최고가
되길 원합니다. 그런데 도시에선 이인자로
가장 뛰어난 친구들과 함께 번영을 누리면서요.
권력 행사가 가능하면서도, 또 위험 요소가 없으니
〈직접〉 통치하는 것보다도 더 큰 이득이 되지요.   1020
　　내 논거들 중 하나가 빠졌네요, 나머지는 이미 말했지만.
만약 나와 같은 종류의 증인이 나에게 있다면
그 여자가 빛을 보고 있는 동안에 재판을 받게 된다면
당신은 사실들을 점검하여 악한 자를 알아보실 겁니다.
그러나 지금은 제우스와 땅바닥을 두고 맹세하노니   1025
당신의 결혼을 결코 건드린 적이 없고
또 그걸 원한 적도 없고, 마음에 품은 적도 없습니다.
그랬다면 제가 아무 영광 없이 아무 이름 없이 죽어 버리길
[도시에서 쫓겨나 집도 없이 추방자로 대지를 유랑하기를]

1030   그리고 바다와 대지는 제가 죽더라도 제 육신을

받아 주지 말기를 바랍니다, 제가 정말 사악하다면요.

그녀가 무엇을 두려워하여 자신의 삶을 파괴했는지

알지 못합니다, 그 이상을 말하는 것은 옳지 않으니까요.

그녀는 순결할 수 없었으나 순결하게 되었고

1035   나는 순결했지만 그 순결을 잘 활용하지 못했구나.

코러스   당신은 혐의를 충분히 반박했습니다.

신들에게 맹세까지 했으니 작지 않은 선언입니다.

테세우스   이 작자는 본래 마법사와 마술사가 아니냐?

그는 유순한 기질로 나의 영혼을 사로잡으려

1040   설득했지, 낳아 준 부모를 욕보였음에도.

힙폴뤼토스   아버님, 저는 당신에게 똑같이 놀라고 있습니다.

만약 당신이 내 아들이고 내가 당신의 아버지라면,

나는 필시 당신을 죽였을 테니 추방의 처벌은 아니었겠죠.

당신이 감히 내 아내를 건드렸다면요.

1045   **테세우스**   정말로 너답게 말하는구나! 넌 그렇게 죽지는 않을 거다,

네가 스스로에게 이러한 법을 세웠던 것처럼.

즉사야말로 불운한 인간에게 가장 쉬운 일,

그러나 조국 땅에서 쫓겨난 추방자로 떠돌다가

이방의 땅에 가서는 고통의 삶을 질질 끌고 다닐 것이다.

1050   [이것들이 바로 불경한 자가 받게 될 급여이다.]

힙폴뤼토스   오이모이(*oimoi*), 무슨 일을 하시려고요? 제가

해명할 시간도 허락하지 않고 저를 이 땅에서 추방하려 하시나요?

테세우스   폰토스와 아틀라스의 경계 바깥으로다,

내가 할 수만 있다면, 그렇게 네놈의 머리를 증오하고 있다.

힙폴뤼토스   맹세와 선서와 예언자의 말을 검토하지도 않으시고   1055

재판도 받지 않은 저를 이 땅에서 몰아내실 건가요?

테세우스   여기 이 서판이 어떤 예언의 몫도 인정하지 않고

설득력 있게 너를 고발하고 있지. 머리 위로 떠도는

새들의 점도 나는 절대 인정하지 않을 것이다.

힙폴뤼토스   신들이시여, 왜 저는 입도 열지 못하나요?   1060

제가 경배하는 신들에 의해 제가 파멸하게 되었는데요.

아니, 절대로 안 됩니다. 설득해야 하는 자를 설득할 수 없네요.

헛되이도, 제가 했던 맹세를 위반하고 말 겁니다.

테세우스   오이모이(oimoi), 네놈의 경건함이 날 죽일 것이다.

가능한 한 빨리 조국 땅 바깥으로 가지 못할까?   1065

힙폴뤼토스   대체 어디로, 이 불쌍한 자가 가야 할까? 어느 이방인

친구의 집에 가야 할까? 이런 고발에 쫓겨난 신세가 되다니.

테세우스   누구든지, 아내들을 타락시키고 집에서 악행을

모의하는 자를 손님으로 받아들이는 걸 즐기는 자는 누구든.

힙폴뤼토스   *아이아이(aiai)*, 간장을 찌른다. 눈물이 터져 나올 것 같구나.   1070

만약 제가 악한으로 나타나고, 또 아버님에게 그리 보인다면.

테세우스   그러면 눈물을 흘리며 먼저 알았어야만 했다,

아버지의 아내를 감히 범하려 했을 때 말이다.

힙폴뤼토스 오 집이여, 나를 위해 목소리를 내어 주시고

내가 본성적으로 사악한지 아닌지 증언해 주시길.   1075

테세우스 교활하게도, 목소리 없는 증인에게로 도망치는구나.

하지만 그 행위는, 비록 말이 없지만 너의 사악함을 드러내지.

힙폴뤼토스 페·우(*pheu*)

내가 마주 서서 나 자신을 바라보게 되기를,

그러면 내가 겪는 불행을 두고 울게 되리라.

1080 **테세우스** 훨씬 더, 너는 너 자신을 공경하는 훈련을 했구나,

정의로운 자가 하듯이 부모를 공경하는 훈련은 하지 않고.

힙폴뤼토스 비참한 어머니! 쓰디쓴 출생이여!

내 친구들 중 그 누구도 결코 서자가 되지 말기를.

테세우스 그를 끌어내지 못할까, 하인들아. 듣지 못했느냐?

1085 내가 이미 그의 추방을 명령하고 있다는 것을!

힙폴뤼토스 하인들 중 누군가 울면서 저에게 손을 대겠죠.

아버님께서 그걸 바라신다면, 이 땅에서 저를 몰아내세요.

테세우스 그리하겠다, 네가 내 말을 듣지 않는다 해도.

너의 추방에 대해 나는 아무 동정심도 없다.

1090 **힙폴뤼토스** 정해졌군요. 그렇게 보입니다. 오, 비참한 나,

알고 있으니. 그런데 뭐라 말해야 할지 모르겠구나.

신들 중 내게 가장 소중한 레토의 따님(아르테미스)이시여,

협력자이고 동료 사냥꾼이여, 영광된 아테나이에서

저는 쫓겨나게 됩니다. 그렇게 에렉테우스의 땅,˙ 이 도시에

1095 작별을 고합니다. 또 트로이젠의 평원이여,

너는 그 안에 얼마나 젊디젊은 축복을 누리고 있는가,

안녕. 마지막으로 내가 너를 바라보며 말을 건네마.

다가오너라, 이 땅의 젊은 동료들이여,
내게 말을 걸고 이 땅에서 나를 배웅해 주게나.
너희들은 결코, 나보다 더 순결한 사내를   1100
보지 못하리라, 내 부친에겐 그렇게 보이지 않겠지만.

(힙폴뤼토스가 옆길로 퇴장한다. 그리고 테세우스는 궁전
  안으로 들어간다.)

코러스 신들의 염려와 배려가 내 마음속에 떠오를 때   (좌 1)
나의 고통을 크게 덜어 내 준다네.   1105
마음속 깊이 통찰력 가지기를 희망하지만
나에게 통찰력이 생기지는 않는구나,
인간 행위와 운수를 관조해 보지만. 인간사는
서로 다르게 여기저기에서 찾아오니
인생이란 언제나 떠돌며 바뀌는 법이라네.   1110

이렇게 기도드리니 나에게 신들께서는   (우 1)
행운이 번영과 함께하고 마음에는 고통 없는
그러한 운명을 주시기를,
내 의견이 고지식하지 않고,   1115
또 거짓으로 위조되지 않기를.
내일을 위하여 항상 내 성격을 적절하게
바꾸어 행운이 깃든 삶을 누리기를.   1119

내 마음이 더는 정결하지 않구나. (좌 2)

내가 목격한 것은 내 기대를 저버린 것이라네.

1123 보았구나. 그리스 땅의 가장 빛나는 별이

그 아비의 분노로 인해

1125 다른 땅으로 돌진하는 것을!

오, 도시 해변의 모래들과 산속 수풀이여,

그곳에서 그는 발 빠른 개들과 함께

경건한 딕튄나(아르테미스) 주위에서

1130 짐승들을 따라잡곤 했었지.

그대는 에네토이족의 멍에를 맨 (우 2)

말들의 마차에 오르지 못하니, 말들을 조련하며

호수 주위 경주로를 달리지도 못하는구나.

1135 그러나 수금 현 가로대 아래, 잠들지 않던

음악은 그대 부친의 집에서 멈추리라.

녹음(綠陰) 속, 레토 따님(아르테미스)의 쉼터는

화관으로 장식되지 않으리라.

1140 그대의 추방으로, 처녀 신부들은

그대 침대 향한 경주로에서 길을 잃고 말았구나.

나는 그대의 불행에 (종가)

눈물 흘리며 행운 없는 운명을

참아 내리라. 오, 불쌍한 어머니,

당신은 헛되이 낳았구나.   1145

페우(*pheu*), 신들에게 분노합니다.

이오 이오(*iō iō*),

짝지은 우미(優美)의 여신들이여,

여러분은 왜 이 불쌍한 사내를,

아무 잘못 없이 파멸을 맞이한 사내를

그의 집에서, 조국 땅에서 먼 곳으로 몰아내시나요?*   1150

(힙폴뤼토스의 동료들이 등장한다.)

코러스   보세요. 힙폴뤼토스의 동료 한 명이 찡그린 얼굴로

궁전 쪽으로 서둘러 다가오는 것이 보입니다.

전령   이 땅의 어디에서 테세우스왕을 뵐 수 있소?

여인들이여, 당신들이 알고 있다면

내게 알려 주시오. 궁전 안에 계시오?   1155

(테세우스가 궁전에서 입장하고 있다.)

코러스   여기 이분이 직접 집에서 나오십니다.

전령   테세우스여, 걱정스러운 소식을 당신에게

전합니다. 그리고 아테나이 도시와 트로이젠 땅의

경계에 거주하는 시민들에게도요.

테세우스   무엇이냐? 어떤 새로운 불행이   1160

두 인접한 도시에 떨어진 것은 아니겠지?

전령   한마디로 말해서, 힙폴뤼토스가 더는 존재하지 않습니다.

아직은 빛을 보고 있습니다, 저울이 간신히 균형 잡고 있지만.

테세우스　누구에 의해서냐? 그자가 강제로 모욕한 아내의 남편이

1165　그에게 분노한 것은 아니겠지? 그자가 제 아비에게 했듯이.

전령　한 조를 이룬 말들이 그를 해쳤습니다,

당신이 아들에게 저주를 퍼부었으니,

바다 지배하는 부친이 저주를 이루신 것이죠.

테세우스　오, 신들이여, 포세이돈이시여. 당신은 진정

1170　나의 아버님이시군요, 나의 기도를 들어주셨으니.

그자가 어떻게 죽었느냐? 말해 보아라, 어떤 방법으로

정의의 덫이, 날 욕보인 그자를 사로잡았나?

전령　우리는 파도 부딪히는 해변 근처에 머무르며

빗으로 말들의 털을 손질하며 울고 있었습니다.

1175　어떤 전령이 도착하여 우리에게 말하기를

힙폴뤼토스가 이 땅에서 더 이상 거주하지 않는다고

했지요, 당신에 의해 비참한 추방을 당하고 나서.

그는 눈물 젖은 곡조를 읊조리며

바닷가, 우리에게 왔습니다. 많은 친구들과

1180　동년배의 무리가 그를 뒤따르며 함께 걸었습니다.

마침내 그는 신음을 멈추더니 말했습니다.

"왜 내가 이렇게 동요하는가? 부친의 말에 복종해야 한다.

전차에다 멍에 나르는 말들을 붙여라,

하인들아, 이 도시는 이제 나의 도시가 아니다."

1185　그러고 나서 모든 사내가 서두르고 있었으니

누가 말하는 것보다 더 빠르게 우리는

준비된 말들을 바로 그 주인 곁에 세웠습니다.

그는 손으로 가로대에서 고삐를 잡았는데

말 등자(鐙子)에 양발을 디디고 나서였습니다.

우선 양손을 뻗고 나서 신들에게 말했습니다. 1190

"제우스여, 만약 본성이 악한이라면 저는 더는 살지 않기를.

그리고 부친이 저의 명예를 어떻게 해쳤는지 아시기를,

제가 죽어 있거나 빛을 보고 있든지 간에."

　　바로 그때, 그는 제 손에 몰이 막대기를

쥐고 말들을 자극했습니다. 우리 시종들은 1195

고삐 근처 마차 아래에서 주인님을 따르고 있었는데

그 길은 아르고스와 에피다우로스로 곧장 이어졌습니다.

　　우리가 인적 없는 장소에 다가갔을 때

이 땅 너머에 곶이 보였는데

그 곶은 사로니스만'을 향해 뻗어 있었죠. 1200

그 땅에서는 마치 제우스의 천둥처럼 메아리가 울리며 깊이

으르렁대는 소리가 분출되었는데, 듣자니 소름이 돋았습니다.

말들이 제 머리를 들고 창공 향해 귀를 쫑긋 세우자

우리 사이에서는 생생한 공포가 일어났는데

그곳에서 그러한 소리가 터져 나왔죠. 1205

으르렁거리는 바다의 곶을 향해 시선을 던지자

초자연적인 파도, 그 물마루가 하늘을 찌르는 것이 보여

두 눈으로 스키론 해안을 바라보지 못했고

이스트모스'와 아스클레피오스 바위'도 시야에서 사라졌습니다.

1210	또 파도가 부풀어 올라 그 주위에 많은 거품을
	일으키더니 바다의 돌풍과 함께 바닷가로 돌진했는데
	그곳에는 네 마리 말이 이끄는 전차가 있었습니다.
	파도는 크나큰 너울이 되고 세 겹의 물마루를 이루며
	황소 한 마리를 토해 냈는데, 사나운 괴물이었습니다.
1215	온 대지가 파도 소리로 가득 부풀어
	소름 끼치게 으르렁대는 소리를 되울렸습니다.
	우리가 바라보고 있을 때 더 놀라운 광경이 나타났습니다.
	곧장, 엄청난 공포가 말들을 엄습하자
	나의 주인은 말들의 습성에 익숙하여
1220	손으로 고삐를 낚아채고는
	고삐에 의지하여 자신의 몸을 뒤로 젖히며
	마치 선원이 노를 당기듯 고삐를 잡아당겼습니다.
	말들은 화염으로 불린 재갈을 주둥이로 꽉 물고서
	주인의 뜻에 복종하지 않고 내달렸는데
1225	키잡이의 손도, 마구도, 잘 만든 전차도 신경 쓰지 않았죠.
	내 주인이 조종 장치를 쥐고는 말랑한 땅의
	주로(走路)를 향해 몰아가면, 황소가 전면에 튀어나와
	말들을 물러서게 하고 네 마리 말의 한 조를
	공포로 광분하여 날뛰게 하며 몰아갔습니다.
1230	말들이 광분하여 바위들 향해 달려갈 때마다
	괴물은 살며시 가로대를 지나
	따라왔는데, 전차 바퀴를 바위에

부딪히게 하여 전차를 넘어뜨리고
뒤집어 버릴 때까지 따라왔습니다.
모든 것이 뒤죽박죽이었습니다. 바퀴통과 차축 핀들이   1235
튀어 나갔으니, 그 불쌍한 주인은 직접 고삐 결박을
풀지 못하고 결박에 얽힌 채 질질 끌려가며
머리가 바위에 부딪히고 살갗이 갈기갈기 찢어져
듣기에 섬뜩한 비명을 지르고 있었습니다.
"멈춰라, 내 마구간에서 양육한 말들아,   1240
날 지우지 마라! 오, 아버지의 비참한 저주여.
누가 곁에 다가와 이 탁월한 사내를 구하길 원할까?"
    한편 우리 대다수가 그러길 원했지만, 늦어 버린 발걸음 탓에
뒤처지고 말았습니다. 그는 결박에서, 잘려 나간
가죽 고삐에서 풀려났는데, 어떤 방법인지는 모릅니다.   1245
그는 쓰러져서 짧은 생명의 숨을 몰아쉬고 있습니다.
한편 말들과, 불길한 전조의 황소가 사라졌는데
바위투성이 땅의 어디에선지 나는 모릅니다.
    나는 단지 당신 집의 노예에 불과합니다, 주인님,
하지만 당신의 아드님을 악한이라고 믿는 것,   1250
그것은 내가 절대 할 수 없는 일입니다.
여자의 모든 종족이 목을 매단다고 해도
누군가가 이다산' 속의 소나무 숲을 문자들로
가득 채운다고 해도요. 그의 고결함을 확신하니까요.

코러스   아이 아이(*ai ai*), 재앙이 또다시 일어나고 말았구나,   1255

운명과 필연에서 벗어나는 것은 가능하지 않네.

테세우스　죽은 사내를 증오하니, 나는 그 소식에

기뻐했다. 하지만 지금은 신들과 저 사내를

존중해야 하고, 또 그는 내 아들이기도 하니

1260　이러한 재앙에 기뻐하지도 슬퍼하지도 않는다.

전령　어떻게 해야 하나요? 이 불쌍한 자를 데려올까요?

무엇을 해야 당신 마음에 들까요?

숙고해 보세요. 저의 조언에 귀 기울이신다면

불운에 빠진 아드님을 잔인하게 대하지 않으시겠죠.

1265　**테세우스**　이리 데려오너라. 내 직접 대면하며 여러 근거들을

제시하고 신들이 보낸 재앙을 들어 반박할 것이다.

그자가 내 침대를 욕보였다는 걸 부인하니 말이다.

(힙폴뤼토스의 동료들이 퇴장한다.)

코러스　퀴프리스여, 당신은 신과 인간의

굴하지 않는 마음을 생포하여 끌고 가십니다.

1270　함께 현란한 날개를 가진 에로스는

가장 빠른 날개로 모두를 감싸고 있네요.

에로스는 대지 위와, 메아리치는

소금물 바다 위를 날아다닙니다.

날개 치고 황금빛으로 빛나며

1275　광기 어린 마음 가진 인간을 매혹합니다.

산속의 어린 본성, 바다의 어린 것,

대지가 양육하는 것이라면 무엇이든,

빛 발하는 태양이 바라보는 것이라면

무엇이든 매혹합니다.

똑같이 인간을 매혹합니다. 이들 모두 위에서, 1280

퀴프리스여, 당신만이 홀을 휘두르며 왕권을 행사하십니다.*

(아르테미스 여신이 공중에 나타난다.)

아르테미스   그대, 아이게우스의 고귀한 아들에게

명령하노니 내 말에 귀 기울여라.

나, 레토의 딸 아르테미스가 그대를 부르고 있다. 1285

테세우스여, 그대는 불행한데도 왜 이런 일에 기뻐하느냐?

불경하게도 아들을 살해했구나,

아내가 지어낸 분명치 않은 거짓말에 넘어가.

명백하게도 그대는 파멸하고 말았구나.

그대는 수치스러운데도 1290

어째서 육신을 타르타로스*에 숨기지 않느냐?

어째서 새들로 변신하여

이 재앙 밖으로 발을 높이 들어 올리지 않느냐?

훌륭한 인간이 가질 수 있는

삶의 부분은 그대에게는 없거늘. 1295

테세우스여, 재앙의 상황을 직시하라.

나는 그대에게 고통을 줄 뿐 아무것도 할 수 없구나.

하지만 내가 온 이유는 그대 아들의 정의로운

마음을 밝혀내 그가 좋은 명성을 지닌 채 죽도록 하고

1300 그대 아내의 미친 욕망과 약간의 고귀함을

밝히려고 한다. 그녀는, 순결에서 쾌락 찾는

우리 신들을 가장 적대하는 한 여신의

몰이 막대기에 찔려 그대 아들을 욕망하게 되었다.

그녀는 절제하면서 애욕을 극복하려 애쓰다가

1305 유모의 섣부른 계략 탓에 파멸하고 말았지.

유모는 그대 아들을 맹세로 묶고 나서 사랑의 열병을 알렸지.

그러자 그는 진정 정의로운 자라서 그런 유혹에

흔들리지 않았고 그대에게 해를 입으면서도

맹세의 선서를 어기지 않았지, 본성이 경건한 자이니까.

1310 그대의 아내는 비난을 받게 될까 두려워

거짓 서신을 적었고, 이러한 계략으로 그대 아들을

파괴했던 것이다. 그런데도 그녀가 그대를 설득하고 있다니.

테세우스　오이모이(*oimoi*).

아르테미스　이 말에 그대 마음이 동요하겠지만 조용히 하라.

다음에 무슨 일이 일어났는지 알고 나서 더 탄식하도록.

1315 아비로부터 세 가지의 확실한 저주권을 받았다는 걸 알고 있겠지?

그대 아들을 저주하려고 이것들 중 하나를 취했으니,

오 가장 사악한 자여, 적을 저주하는 것이 마땅한데도.

지금은 바다의 아버지가 그대에게 호의를 갖고

주어야 했던 것을 준 것이네, 그가 동의했으니.

내게는 물론 그 신에게도 그대는 못난 자로 나타났구나,　　1320

증거를 찾지도 않고, 예언자의 말을 듣지도 않고

시험해 보지도 않고, 여유를 갖고 조사하지도 않았으니까.

그대가 마땅히 해야 했던 일보다도 더 성급하게

아들에게 저주를 퍼부어 그를 죽였던 게야.

테세우스　　여주인님, 저는 망했습니다.

아르테미스　무시무시한 짓을 저질렀네,　　1325

그럼에도 이런 짓이 용서받을 가능성은 아직 있지.

이 재앙은 퀴프리스가 자신의 욕망을 채우려고

일어나게 의도한 것이니까. 신들의 관습이 그러하네.

어떤 신도, 뭔가를 바라는 다른 신의 욕망에 반대하고

싶어 하지 않으니 우리는 서로 항상 멀리 떨어져 있다네.　　1330

이 점 잘 알아 두어라. 만약 제우스 신이 두렵지 않았다면

나는 이토록 모욕을 당하지는 않았을 것이야.

내가 가장 친애하는 사내가 죽게 내버려 두어

모욕을 당하게 되는 것 말이지.

그러나 우선 무지함은 잘못에서 사악함을 덜어 내고　　1335

또한 그대 아내가 죽으면서 반박의 기회를

없앴으니 그대 마음이 설득되고 만 것이지.

지금, 이러한 재앙이 특히 그대를 덮쳤으니

그것은 내게도 고통이네. 신들은 가장 경건한 자가

죽는 것을 결코 반기지 않지만, 사악한 자는　　1340

자식들과 가정과 함께 모두 파괴해 버리지.

(들것에 실린 힙폴뤼토스가 등장한다.)

코러스   보세요. 여기에 이 불쌍한 사내가 다가오고 있네요.

젊은 살갗과 노란 머리가 갈기갈기 찢어졌습니다.

1345   왕가의 고난이여, 이중의 고통이 이 왕가를 덮쳤구나.

신의 계획에 사로잡혔구나.

힙폴뤼토스   *아이아이 아이아이(aiai aiai).*

불행한 나는, 불의한 아버지가

퍼부었던 불의한 저주에 망가졌구나.

1350   불쌍한 나는, 파멸했구나. *오이모이 모이(oimoi moi).*

통증이 내 머리를 관통하는구나,

내 머리에서 쥐가 나고 있구나.

멈춰라, 그리 말했으니 내 몸을 누이도록 하여라.

에 에(e e)

1355   혐오스러운 말들과 수레여,

내 손으로 양육한 말들.

너희가 날 완전히 파괴했다, 완전히 죽였다고.

페우 페우(pheu pheu). 신들의 이름으로, 하인들아,

손으로 상처 난 살갗을 부드럽게 잡아라.

1360   내 옆구리 오른쪽에는 누가 서 있느냐?

적당히 나를 들어 올려라. 주의 깊게

나를 옮겨 다오, 이 불행하고 저주받은 자를,

부친의 과실로 인해. 제우스여, 제우스여, 보고 계시나요?

여기 이 사람, 나는 경건하고 경외하는 자입니다,

여기 이 사람은 절제에서 모두를 능가하는 자입니다,　　　　　1365
분명하게도 나는 하데스로 내려갑니다,
내 생명을 완전히 파괴하고 나서.
헛되이도,
인간 세상에서 경건하려 애썼구나.

아이아이 아이아이(aiai aiai)　　　　　　　　　　　　　1370
지금도 고통이, 고통이 나를 덮치는구나.
불쌍한 나를 놓아주어라,
나에게 치유자 죽음이 다가오기를.
†고통에 죽음을 더하여라, 불행한
나를 위하여.† 양날의 무기를 욕망하노라.　　　　　　　1375
날 갈기갈기 찢어 놓고 내 생명을 잠재우도록.
오, 나의 부친의 불행한 저주여,
피로 얼룩진 악,
오래전 선조에서 생겨나
이어진 악이 머물러 있지 않고　　　　　　　　　　　　1380
나에게 닥쳐왔구나. 왜 도대체,
죄를 지은 적 없는 나에게.
이오(iō), 나는, 나는.
무슨 말을 할까? 어떻게
생명에서 이 고통을 제거하여　　　　　　　　　　　　1385
고통 없게 할 수 있을까?

죽음이란 밤의 거뭇한 필연이

나를, 불운한 자를 잠재워 주길.˙

아르테미스   오 불쌍한 자여, 어떤 불행에 묶였느냐.

1390   그대의 고결함이 그대를 파괴하고 말았도다.

힙폴뤼토스   에아(*ea*),

오, 여신의 향기와 숨결이여. 고난 중에도

내가 당신을 알아보았으니 내 육신이 가벼워집니다.

여기에 아르테미스 여신이 계십니다.

아르테미스   오 불쌍한 이여, 신들 중에 그 여신이 그대와 가장 친하지.

1395 **힙폴뤼토스**   여주인이여, 저를 보고 계신가요? 가여운 제가 어떤 상태인지.

아르테미스   보고 있지만, 눈에서 눈물을 뿌리는 것은 법도가 아니지.

힙폴뤼토스   당신에겐 사냥꾼도 없고 시종도 없습니다.

아르테미스   없지. 하지만 나와 친밀했던 그대가 지금 죽어 가고 있다.

힙폴뤼토스   당신의 마부도 당신의 신상 지킴이도 없습니다.

1400 **아르테미스**   퀴프리스, 저 못 할 짓 없는 여신이 이렇게 꾸몄던 것이다.

힙폴뤼토스   오이모이(*oimoi*), 저를 파멸로 몰아간 여신을 알고 있답니다.

아르테미스   그대의 무시에 화가 나고, 그대의 순결을 증오한 것이지.

힙폴뤼토스   우리 셋 모두를 한 번에 해쳤군요, 이제 알겠습니다.

아르테미스   아버지와 그대와 세 번째로 아버지의 아내를.

1405 **힙폴뤼토스**   아버지의 불운도 탄식했습니다.

아르테미스   그는 신의 계획에 기만당하고 말았다.

힙폴뤼토스   오, 아버지, 이러한 불행으로 가장 불쌍하신 분.

테세우스   나는 망했다, 아들아, 내게 삶의 기쁨이란 없구나.

힙폴뤼토스 저는 저 자신보다 이런 잘못 한 아버지를 위해 탄식합니다.

테세우스   아들아, 너 대신 내가 주검이라도 된다면.   1410

힙폴뤼토스 아버지 포세이돈이 주신 쓰디쓴 선물이여.

테세우스   그 저주가 결코 내 입에서 나오지 말아야 했거늘.

힙폴뤼토스 무슨 말씀인가요? 아버지가 격노하여 절 죽이셨겠죠.

테세우스   신들에 의해 올바른 판단을 하지 못하게 된 것이지.

힙폴뤼토스 페우(*pheu*),

인간 종족이 신들에게 어떤 저주가 될 수 있다면.   1415

아르테미스 어쩔 도리가 없다. 대지의 어둠 아래에서도

퀴프리스 여신의 분노, 욕망에서 분출한 분노가

너의 몸을 덮쳐 복수하게 될 것이다,

너는 경건하고 고결한 마음씨를 가졌으니.

나는 인간들 중 저 여신과 가장 친밀한   1420

어떤 자를, 그가 누구든 간에,

여기 이 피할 수 없는 화살들로 보복할 것이다.

그대에게, 오 불쌍한 이, 이런 재앙의 보상으로

트로이젠 도시에서 가장 큰 명예를 줄 것이다.

미혼의 처녀들이 결혼하기 전에   1425

그대를 위해 머리카락을 자를 것이다, 그대는 아주

오랫동안 눈물의 가장 큰 애도의 열매를 누리게 되리라.

항상 처녀들은 영감을 받아 그대를 위해

노래하게 되리라, 너를 겨냥한 파이드라의 애욕은

1430	이름 없이 사라지진 않지만, 침묵 속에 놓이리라.
	그대, 연로한 아이게우스의 아들이여,
	그대의 아들을 양팔로 잡고 껴안거라.
	그대가 무지한 나머지 아들을 죽인 것인데
	신들이 정하면 인간은 과오를 저지르기 마련.
1435	그리고 힙폴뤼토스, 그대는 부친을 증오하지 말라.
	그대는 파멸하고 말 운명이었으니까.
	안녕, 내게는 죽어 가는 인간을 보는 것도
	치명적인 날숨에 이 두 눈을 더럽히는 것도 옳지 않다.
	이미 그대가 죽음의 재앙에 가까이 있음을 보고 있네.
	(아르테미스 여신이 사라진다.)

힙폴뤼토스 1440 작별을 고합니다. 안녕히. 지복의 처녀 여신이여.

당신은 오랫동안의 교제를 손쉽게 저버리시네요.

당신이 바라시니 아버지와의 불화를 끝내렵니다.

과거에도 당신의 말이라면 복종했으니까요.

아이아이(aiai), 내 두 눈에는 이미 어둠이 다가오고 있어요.

1445 아버지, 저를 붙잡아 주시고 제 몸을 반듯이 펴 주세요.

테세우스 오이모이(*oimoi*), 아들아, 불운한 내게 어떻게 하려느냐?

힙폴뤼토스 저는 죽어 갑니다. 정말로 망자들의 대문을 보고 있어요.

테세우스 정결치 못한 나의 손을 떠나면서?

힙폴뤼토스 아닙니다, 이 유혈의 죄에서 아버님을 풀어 드릴게요.

1450 **테세우스** 무슨 말이냐? 네가 살인죄를 면하게 해 주겠다고?

힙폴뤼토스 화살로 제압하는 아르테미스 여신을 증인으로 부릅니다.

테세우스 오 가장 소중한 아들, 네 아비에게 얼마나 고귀한 아들인가.

힙폴뤼토스 아버지, 작별을 고합니다, 기나긴 작별을 고합니다.

테세우스 오이모이(*oimoi*), 경건하고 고귀한 마음이 사라지고 있구나.

힙폴뤼토스 적자인 아들이 나와 같기를 바랍니다.   1455

테세우스 나를 두고 떠나지 말고, 아들아, 견뎌라.

힙폴뤼토스 인내의 시간은 지나갔답니다. 죽어 가니까요.

　　아버지. 제 얼굴을 가려 주세요, 어서, 제 옷으로요.

테세우스 오, 유명한 아테나이와 팔라스의 경계들이여,

　　너희는 어떤 사내를 잃은 것이냐? 불운한 나는,   1460

　　퀴프리스여, 얼마나 자주 이 재앙을 상기하게 될까요!

　　(테세우스가 궁전 안으로 퇴장하고, 시종들이 힙폴뤼토스의

　　시신을 나른다.)

코러스 예기치 않은 고통이 찾아와

　　모든 시민이 공유하게 되었구나.

　　많은 눈물의 소나기가 쏟아지리라.

　　위대한 자에 대한 슬픈 이야기가   1465

　　엄청난 감동을 주고 있구나.

　　(코러스가 퇴장한다.)

12 **오염을 피하려고** 시체를 바라보거나 접촉하는 것은 신들에게도 오염이 된다.

포이보스 Phoibos. '빛의 신'이란 뜻의 아폴론의 별칭.

14 **에우뤼스테우스** Eurystheus. 미케네의 왕으로 헤라클레스에게 열두 가지 과업을 명령했다.

말들 트라키아 왕 디오메데스 소유의 인육을 먹는 말들이다.

하계의 신들에게 제물로 바쳐지면 이마 위 고수머리를 잘라 바치는 축성으로 제사가 시작한다.

15 **파이안** Paian. 아폴론 신의 별칭으로 치유자라는 뜻이다.

16 **망자들의 대문 위에 뿌려져 있는 물을** 조문하러 온 사람은 시체에서 생겨난 오염을 정화하기 위해 자신의 몸에 물을 뿌린다.

뤼키아 Lykia. 소아시아의 남서쪽 해변가, 뤼키아의 파타라에는 신탁으로 유명한 아폴론의 신전이 있다.

암몬 Ammon. 이집트에 위치한 제우스 암몬(Zeus Ammon)의 유명한 신탁소를 말한다.

17 **아스클레피오스** 원문에는 "포이보스의 아들이".

77~135 파로도스 코러스는 오케스트라를 향해 행진하며 아나파이

스토스 운율(vv-)로 노래한다. 알케스티스가 아직 살아 있는지, 아니면 이미 죽었는지 궁금해한다. 여러 부분으로 나뉜 코러스가 서로 대화하면서 알케스티스의 현 상황을 숙고하는 것이다. 알케스티스가 남편 아드메토스를 대신해 죽기를 감행한 일을 이미 인지하고 있다. 특히 좌 1과 우 1(86~111)에서 코러스의 숙고 과정이 잘 나타나 있다. 좌 2와 우 2(112~130)의 좌 2에서 코러스는 알케스티스의 구원을 열망한다. 알케스티스를 구하기 위해 뤼키아나 이집트에 위치한 신탁소에 사절단을 파견하는 것을 상상한다. 이처럼 알케스티스를 구원하려는 열망으로 가득 차 있다. 마침내 코러스는 접근 가능한 사제를 염두에 둔다. 우 2(121~130)에서는 알케스티스의 목숨을 구할 수 있다는 가정을 더욱 발전시키며 아폴론의 아들 아스클레피오스를 언급한다. 하지만 아스클레피오스는 제우스의 번개에 맞아 이미 죽었다. 이는 프롤로고스에서 아스클레피오스를 언급한 것을 떠올리게 된다. 요컨대 코러스는 알케스티스의 현 상황을 숙고하면서도 알케스티스 구원에 대한 희망과 절망 사이를 오락가락한다.

18　**부군이 함께 마님을 묻으실 겁니다**　루더스(Lueders)의 의견에 따라 146~149행을 144행 앞으로 옮겼다.

22　**213~237 제1스타시몬**　앞 장면에서 코러스는 하녀의 보고를 들었다. 알케스티스가 의연하고 용기 있게 죽을 준비를 마쳤다는 것이다. 그래서 코러스는 여기에서 제우스과 아폴론을 부르며 알케스티스의 죽음을 막아 주기를 소망한다. 하지만 아무 일도 일어나지 않는다. 코러스는 하녀의 보고를 듣고 알케스티스의 용기에 대해 알게 되었다. 그래서 우 1에서는 아내를 잃게 될 아드메토스에게 여러 자살의 방법을 암시한다는 점이 아이러니하다. 그가 아내를 잃고 살아가려는 욕망을 비판하는 것 같다. 또 치유자 아폴론에게 기도하는 것도 아이러니하다. 아폴론이 현재 곤경의 원인을 제공했기 때문이다. 제우스에 대한 기도도 그러하다. 제우스가, 알케

스티스를 살릴 수 있는 아스클레피오스를 번갯불로 살해했기 때문이다. 무엇보다도 제1에페이소디온과 제1스타시몬에서 알케스티스와 아드메토스의 대조가 두드러진다. 남편을 대신해 죽음을 선택한 아내 알케스티스와, 아내가 대신 죽음으로써 목숨을 보전한 남편 아드메토스가 서로 대조되기 때문이다. 알케스티스의 용기는 돋보이되 아드메토스의 비겁함은 부각되어 있다.

23 **호수** 아케론(Acheron) 호수를 말하는데, 이 호수를 지나 하계의 뱃사공 카론이 망자를 옮긴다.

25 **244~279 아모이바이온-콤모스** 230쪽 참조. 알케스티스의 독창과 아드메토스의 이암보스 대사가 교환된다.

28 **플루톤의 개** 하데스의 문을 지키는 개 케르베로스를 말한다.

31 **393~415 아모이바이온-콤모스**

32 **산 거북 등딱지** 칠현금의 울림통으로 사용된다.
   카르네이오스 달 8월이나 9월에 해당하는 달로, 스파르타에서는 카르네이오스 아폴론(Carneus Apollon)을 경배하는 축제가 열렸다.

33 **435~475 제2스타시몬** 이전 장면에서 마침내 알케스티스는 남편과 아이들이 보는 앞에서 죽음을 맞이했다. 코러스는 이전 장면에서 나타난 주제를 반복하고 변주한다. 알케스티스의 부덕을 칭송하고, 아드메토스의 부모를 비난하며, 아드메토스의 재혼을 경고한다. 또한 알케스티스의 구원을 열망한다. 코러스 자신은 오르페우스로 빙의한 듯(455~459) 알케스티스를 구원하고 싶어 한다. 그러나 실제로 알케스티스를 구원하게 될 자는 음악성이 전혀 없는 헤라클레스다. 코러스는 음악의 특별한 용도에 주목한다. 음악은 인간을 설득하고 위로해 주는 매체다. 게다가 음악은 영웅의 뛰어난 행적을 칭송하는 수단이기도 하다. 가인들은 알케스티스의 부덕을 칭송하게 될 것이다. 이러한 칭송을 통해 기억되는 알케스티스는 일종의 불멸성을 획득한다. 이 노래를 마치면서 코러스는 아드메토스와 같은 남자의 입장에서 알케스티스와 같은 아내를 얻기를

소망한다.

34 **비스토네스(Bistones)족** 에게해에 접한, 트라키아의 주요 종족들 중
하나다.

35 **싸우고 나서** 신화에 따르면, 아레스의 아들 뤼카온(Lykaon)과 퀴크
노스(Kyknos)는 헤라클레스와 결투하다가 모두 죽임을 당했다고
한다. 특히 퀴크노스는 아버지 아레스의 도움을 받았지만 헤라클
레스에게 살해되었다.

페르세우스 혈통 헤라클레스의 어머니 알크메네는 페르세우스의
손녀다.

38 **퓌토이** Pythoi. 아폴론의 신탁소가 위치한 델포이의 옛 이름.

39 **보이비아 호수** 도시 페라이(Pherai)의 북동쪽에 위치한 큰 호
수다.

몰롯소스산맥 몰롯소이족이 거주하는 에피루스(Epirus) 지방에 위
치한 산맥이다.

태양의 어두운 마구간이 있구나 아드메토스가 통치하는 서쪽의 경계
를 말한다. 그곳에는 아폴론 헬리오스가 저녁에 태양의 말들을 풀
어 쉬게 하는 마구간이 있다.

펠리온산 테살리아 지방의 동쪽에 위치한 산. 신화에 따르면, 두
거인 오토스(Otos)와 에피알테스(Ephialtes)가 창공에 도달하기 위
해서 올륌포스(Olympos)산 위에는 옷사(Ossa)산을 올려놓고 옷사
산 위에는 펠리온산을 올려놓았다고 한다.

40 **568~605 제3스타시몬** 앞 장면에서 코로스는 아드메토스의 결정을
비판했다(551~552). 그러나 이 노래에서는 아드메토스의 결정을
정당화하려고 한다. 한편 그의 결정은 매우 놀라운 것이다. 그래서
코로스는 현실에서 벗어나 목가적 세계로 도피하게 된다. 이 목가
적 세계에 등장한 캐릭터가 바로 아폴론이다. 아폴론은 마치 오르
페우스가 된 듯 뤼라 연주를 하면서 가축과 야생 동물을 매혹한다.
이러한 사례에서 아드메토스가 과거에 아폴론을 환대했다는 사실

을 떠올리게 한다. 이처럼 과거 사례를 제시하며 아드메토스의 환대 결정을 정당화하는 것이다. 게다가 과거에 아폴론을 환대했기 때문에 아드메토스가 번영을 구가하게 되었음을 부각한다. 이는 아드메토스가 관대하고 경건한 인물임을 알려 준다. 고귀한 본성을 타고나 손님 공경의 극단으로 이끌리고 말았다는 것이다(601). 이 노래는 알케스티스를 칭송하는 제2스타시몬과 균형을 맞추고 있다. 알케스티스가 남편 대신 죽어서 부덕을 보여 주었다면, 아드메토스는 환대의 덕을 실천함으로써 왕가를 번영하게 할 것이다. 따라서 아드메토스의 비상한 결정으로 관객이나 독자는 프롤로고스에서 아폴론이 예언했듯이, 알케스티스가 헤라클레스에게 구원될 거라고 확신하게 된다.

43 네놈의 뤼디아나 프뤼기아 노예라도 역사 시대에 소아시아의 뤼디아(Lydia)와 프뤼기아(Phrygia)에서 그리스로 많은 노예들이 유입되었다고 한다.

46 하계의 헤르메스 헤르메스는 혼백을 하데스로 인도하는 신이다.

50 라리사 Larisa. 페라이 북서쪽에 위치한 테살리아 지방의 도시다.
엘렉트뤼온 Elektryon. 헤라클레스의 어머니 알크메온의 아버지.

55 861~934 아모이바이온-콤모스

57 필연의 여신 죽음이란 운명의 환유법이고 의인화이다.
오르페우스의 가르침 오르페우스 종교의 가장 중요한 교리는 환생이다.
칼뤼베스 Kalybes. 흑해 남동쪽 해안에 거주하는 종족의 이름인데, 무쇠를 만드는 기술로 유명했다.

58 신들의 아들 죽은 자를 살려 냈다가 제우스의 번개에 맞아 죽은 아 아스클레피오스를 떠올리게 된다.
962~1005 제4스타시몬 앞 장면에서 아드메토스는 알케스티스를 매장하고 귀가하면서 깨달았다. 자신을 대신해 아내를 죽게 하여 불명예에 사로잡히고 이러한 행위가 행복보다는 더 큰 불행을 가

져왔음을 발견한 것이다. 이러한 각성에 대한 반응으로 코러스의 노래가 시작된다. 코러스는 피할 수 없는 죽음이란 비극적인 주제를 천착한다. 좌 1과 우 1에서 코러스는 이미 노래했던 주제를 반복한다(112~121). 즉 죽음은 피할 수 없다는 운명이다. 노래와 주문과 약초로도 죽음은 피할 수 없다. 그만큼 '필연의 여신[아낭케(Ananke)]'은 너무나 강력하다. 이 필연의 여신이 제우스의 계획을 이루어 준다. 좌 2와 우 2에선 아드메토스의 상황이 부각되어 있다. 아드메토스도 필연의 여신에게 결박당해 붙잡힌 것이다. 그는 가장 고귀한 여인과 결혼했고, 그런 여인을 잃고 말았다. 비록 필연의 여신, 즉 죽음 앞에서 인간은 너무 무기력하지만, 우리 인생길의 나그네는 알케스티스에게 축복받고 싶어 한다. 지금은 알케스티스가 선의 품은 신성이 되었다. 이처럼 알케스티스의 현현은 우리가 절망에서 벗어나게 하며 다시 구원의 희망을 품게 한다. 이렇게 살아난 희망의 불씨는 다음 장면에서 헤라클레스가 알케스티스를 구원하여 데려오며 불타오르게 된다.

63 **고르곤의 머리를 자르는 것처럼**　고르곤(Gorgōn)을 바라보면 돌로 변하기 때문에 페르세우스(Perseus)는 고르곤의 뒤에서 그것의 머리를 잘랐다.

65 **1159~1163**　에우리피데스 비극의 상투적인 종결부다. 이 종결부는 「메데이아」, 「안드로마케」, 「헬레네」, 「박코스의 여신도들」의 종결부와 매우 유사하다.

71 **아르고호**　이아손이 여러 영웅들과 함께 콜키스 땅으로 황금 양피를 찾으러 떠날 때 타고 갔던 배의 이름.

쉼플레가데스　Symplegades. 흑해 입구 앞 보스포로스 해협에 있는 두 개의 작은 섬을 말한다.

콜키스　Kolchis. 흑해의 동쪽 해안가에 위치한, 메데이아의 고향이다.

이올코스　Iolkos. 테살리아 지방의 남쪽 해안가에 위치한, 이아손의 고향이다.

살고 있지도 않을 텐데 이올코스의 왕 펠리아스는 조카 이아손에게 죽임을 당할 운명이라는 신탁을 들은 뒤, 이아손에게 황금 양피를 구해 오라고 명령했다. 아르고호를 타고 모험을 떠난 이아손이 황금 양피를 구해 왔지만, 펠리아스는 이아손에게 왕권을 물려주지 않았다. 그래서 이아손의 아내 메데이아는 계략을 꾸며 펠리아스의 딸들이 그들의 아버지를 죽이게 했다. 이에 분노한 아들 아카스토스는 메데이아와 이아손을 이올코스 땅에서 추방했다. 그래서 메데이아와 이아손은 코린토스에 망명했다. 코린토스가 바로 비극 「메데이아」의 무대 배경이다.

73 **가정 교사** 그리스어로 파이다고고스(paidagogos)라고 하는데, 주로 아이들을 학교에 데려다주고 데려오는 일을 한다.

74 **수염 잡고** 고대 그리스에서 간청할 때 한 손으로는 무릎을 잡고 다른 손으로는 수염을 잡는다.

이 가정 이아손이 메데이아와 함께 만든 가정을 말한다.

78 **저 다가갈 수 없는 침대** 하데스 또는 죽음과의 결혼을 비유적으로 표현한 것.

내 남동생 압쉬로토스(Apsyrtos).

80 **흑해의 짜디짠 대문** 보스포로스(Bosporos) 해협으로 보인다.

131~213 파로도스 코러스는 코린토스의 여인들로 이루어져 있다. 파로도스는 앞 장면과 밀접하게 연관된 노래다. 코린토스 여인들은 메데이아가 처한 상태를 확인하고 그녀를 위로하기 위해 온 것이다. 이러한 질문과 공감이 코러스의 전형적인 극 행동이다. 여기에서 코러스 집단의 절제나 중용은 강한 영웅적 개인의 열정과 분노와 대조된다. 이렇게 등장한 코러스는 여전히 무대에 남아 있는 유모와 대화하는데, 서정시 운율과 아나파이스토스 운율(vv-)로 이루어진다. 앞 장면에서 집 안에서 들려오던 메데이아의 통곡과 저주가 또다시 들려온다. 메데이아의 노래는 다양하게 상호 작용

한다. 코러스는 처음부터 마음이 동요되어 있지만, 유모는 더 많은 정보를 갖고 있어 숙고하는 모습을 보여 주며 차분한 태도를 유지한다.

84 **나태함** 지식인들이 나태하게 보인다는 말이다.

89 **헤카테** Hekate. 마법과 마법사를 돌보는 막강한 여신이다.

코린토스 계집 공주 글라우케를 말한다.

헬리오스 메데이아의 아버지 아이에테스의 아버지이다.

90 **쌍둥이 바위** 쉼플레가데스를 말한다.

91 **410~445 제1스타시몬** 코러스는 메데이아의 복수 계획을 들었고 내밀하게 협력했지만, 그 계획에 대해서는 전혀 반응하지 않는다. 대신 결혼 맹세를 위반한 이아손의 배신으로 생겨난 도덕의 위기를 부각한다. 또한 남성과 여성의 차별에서 어떤 변화가 일어나게 됨을 암시한다. 이는 코러스가 남성과 여성의 지위가 불평등하다는 메데이아의 견해를 수용하여 확장한 결과다. 이처럼 성차별에 대한 새로운 담론이 도래할 거라고 선언한다. 이렇게 코러스가 메데이아의 견해를 되울리지만, 이전 장면에서 목격했던 복수의 계략은 시야에서 사라져 버린다. 이러한 코러스의 반응은 두 가지 극석인 기능을 수행한다. (1) 이아손의 배신행위에 주목하게 한다. (2) 복수 계획으로 생겨난 극적 긴장이 지연된다. 각 연의 내용을 요약해 보자. 좌 1에서는 남성의 속임수와 불충함이 전도된 세계의 징후로 나타나는데, 이는 여성 혐오의 전통 담론이 뒤집힌 세계를 말한다. 우 1에서는 여성 혐오 담론의 근원으로 남성 중심 전통의 시 문학을 특정한다. 여인들은 시 문학의 재능을 박탈당했지만, 앞으로는 여성 시인이 새로운 담론을 만들어 낼 것이다. 좌 2에서는 코러스가 메데이아에게 말을 걸면서 그녀의 불행을 반복한다. 좌 1에서 나타난 도덕적 비판이 우 2의 첫 두 행에서 다시 등장한다. 여기에서는 염치와 응보가 타락한 인간 세계를 떠난다고 노래했던 헤시오도스의 작품 「일과 날」(197~201)를 떠올리게 한다.

이처럼 우 2는 앞선 주제를 간략하게 요약한 것이다.

92 신들과 나와 인간 모든 종족에게 말이다　1324행과 똑같은 내용인데, 이곳에 삽입된 것으로 보인다.

99 퀴프리스　Kypris. 아프로디테 여신의 별칭.

100 627~662 제2스타시몬　제1스타시몬과 마찬가지로 여기서도 코러스는 메데이아의 불행에 공감하고, 이아손의 배신을 혐오하는 입장이다. 이 노래는 이아손과 메데이아의 아곤(agon)을 적절히 마무리하고 또다시 복수의 계획과 그 실행에 대한 언급을 회피하고 있다. 여기에서는 사랑에 대한 격언을 소개하고 일인칭의 소망을 이어 가게 된다. 이러한 소망의 기도는 그리스 비극의 코러스 노래에 자주 나타나는데, 영웅 개인의 극단적 경험과, 일반 대중의 안정이 서로 대조를 이룬다. 좌 1과 우 1에서 안전한 결혼과 적절한 애욕을 소망했는데, 좌 2와 우 2에서는 추방자의 곤경에 관심을 돌리고 코러스 자신은 그러한 불행을 당하지 않기를 소망한다. 크레온이 메데이아에게 추방 명령을 내렸고, 메데이아는 이아손의 도움을 거절했다. 현재 메데이아는 안전한 피난처가 필요한 상황인데, 바로 다음 장면에서 메데이아는 아이게우스에게서 피난처를 확보하게 된다. 이 노래의 마지막에서는 메데이아가 불충한 친구와 가족을 비난했던 것을 다시 떠올리게 한다. 다음 장면에서는 아이게우스가 곤경에 처한 메데이아의 친구로 나타나 도움을 준다. 하지만 메데이아는 속임수로 아이게우스를 조종하게 되니, 그녀 자신은 그의 불충한 친구로 드러난다.

101 신탁소　델포이에 있는 아폴론 신전.

대지의 배꼽　옴팔로스(omphalos)라고 한다.

결혼 침대에 묶이지 않았던 건 아니오　고대 주석에 의하면 아이게우스는 두 명의 아내, 즉 메타와 칼키오페를 가졌다고 한다.

가죽 부대의 튀어나온 발을 풀지 말라나　아테나이 집으로 돌아가기 전에는 여자와 관계하지 말라는 말이다. 아이게우스는 이 신탁의 의미를 이해하지 못했다. 그래서 트로이젠의 친구 핏테우스에게 가서 신탁의 의미를 물어보려고 한다. 이 신탁의 의미를 알게 된 핏테우스는 아이게우스에게 술을 대접하고 잠자리에 자신의 딸 아이트라를 들여보내 동침하게 한다. 그래서 아이게우스는 테세우스라는 아들을 갖는다.

101 **트로이젠** Troizen. 펠로폰네소스반도 동북 지역 끝에 있다.

105 **마이아** Maia. 헤르메스의 어머니 이름이다.

팔라스의 도시 아테나이. 팔라스는 아테네 여신의 별칭이다.

108 **에렉테우스의 아들들** 아테나이 사람들을 말한다. 에렉테우스 (Erechtheus)는 아테나이의 전설적인 왕으로 헤파이스토스와 가이아의 아들이다.

적의 약탈 없는 이방인들이 점령한 적이 없다는 말이다.

피에리아 Pieria. 현재 마케도니아의 남쪽 지역이다. 오르페우스와 무사 여신들의 고향으로, 이곳에 올림포스산이 있다.

하르모니아 Harmonia. 일반적인 신화 전통에 따르면, 하르모니아는 아레스와 아프로디테의 딸이나 카드모스의 아내로 나타난다.

지혜의 곁에 앉아 있게 하시네 플라톤의 『향연』에서와 마찬가지로 에로스의 소크라테스적인 이상화이다.

109 **824~865 제3스타시몬** 이 코러스의 노래는 바로 앞 장면과 연관되어 있지 않다. 대신에 도시 국가 아테나이의 평정과 이상적인 아름다움을 상기하게 한다. 이러한 찬양은 축복의 기도를 떠올리게 하고 그러한 기도는 탄원자를 수용하고 보호하는 것과 연결된다. 아프로디테 여신의 긍정적인 영향력이 미치는 아테나이 상황은 무대 배경인 코린토스의 상황, 즉 음악 전통(415~430), 과도한 애욕(627~644), 위험한 지혜(294~305, 580~583), 오염된 신뢰(410~414, 439~440, 659~662)에서의 전도된 상황과 대조되며 하나의 대안으로 제시된다. 또한 아테나이의 이상적인 순수와 그곳에서 환대받을 살인자(메데이아)의 오염 사이에 미묘한 대조가 있다.

아이게우스왕이 메데이아의 계략에 속아 그녀를 환대하는 주인이
되기 때문이다.

115 **976~1001 제4스타시몬** 이전 코러스의 노래에서는 메데이아가 계
획한 살인을 실행할 수 없다는 판단을 내렸다. 하지만 그러한 판단
은 제4스타시몬의 첫 시행에서부터 기각된다. 따라서 관객은 아이
들의 임박한 죽음을 예상할 것이다. 이어지는 장면에서 공주의 독
살이 알려지고 아이들의 살해가 뒤따르게 된다. 이처럼 코러스는
아이들의 죽음이 불가피하다는 분위기를 전달한다. 이 노래에선
연마다 초점의 이동이 나타난다. 좌 1에서 아이들의 죽음과 공주의
선물이 부각되고, 우 1에서 공주의 독살이 부각된다. 좌 2와 우 2에
서는 각각 이아손과 메데이아에 대해 이야기하며 관심을 보여 주
고 똑같이 동정한다. 이처럼 코러스는 현재 상황을 체념하는 듯하
다. 이아손과 관련해서는 앞으로 닥칠 재앙에 대한 그의 무지를 강
조하고 또한 이아손의 휘브리스(hybris)를 부각한다.

118 **그곳에서** 즉 아테나이에서.

119 **분노의 마음이 복수 계획을 다스리며 이끌고 있구나** 이 구절은 많은 해
석과 논쟁을 낳았다. 위 번역과 다른 번역은 다음과 같다. "(비이성
적인) 격분이 (윤리적인) 숙고보다 더 강력하구나." 이 번역은 비이
성적인 감정과 윤리적인 이성 사이의 대립과 갈등을 주목한다. 하
지만 이 번역에서 숙고는 중성 복수인 희랍어 bouleumata(불레우
마타)를 옮긴 것인데, 이 단어는 본래 '계획'이라는 뜻이다.

분노야말로 인간에게 가장 큰 재앙을 낳는 근원이다 1056~1080행은 삭
제해야 한다는 주장이 있다. 이를테면 베르크(Bergk)라는 학자에
따르면, 1056~1080행은 기원전 431년에 공연될 당시에는 없었는
데, 같은 연설의 앞부분을 대신하는 부분이라고 한다. 이 주장은 많
은 고전학자의 지지를 얻었지만, 최근에는 이 부분이 원래 텍스트
의 부분이라는 주장이 더 우세한 편이다.

121 **1081~1115 간주곡** 이 아나파이스토스(vv-) 운율의 간주곡은 대체

로 사자의 등장에 앞서서 스타시몬(stasimon)을 대신하는 역할을 한다. 앞 장면의 메데이아 독백에서는 극적 긴장이 증폭되고 그녀의 고뇌가 깊어졌는데, 이러한 상황은, 코러스가 거리를 두고 평정을 유지하는 이 간주곡과는 대조가 된다. 코러스는 특정한 것보다는 일반적인 것에, 개인보다는 집단에 주의를 돌리고 있다. 또한 코러스는 메데이아의 마음속에서 일어났던 두 가지 목소리의 긴장과 충돌에 반응하지도 않고, 복수의 목소리가 모성의 목소리를 압도하는 상황을 반박하지도 않는다. 대신에 체념의 정조로 부모가 처한 일반적인 조건을 천착하고 부모가 된 것에 대한 후회의 감정을 토로한다. 따라서 관객은 아이들의 죽음이 불가피함을 느끼게 된다.

123 **판 신** 아르카디아 지방의 목동 신.

124 **플레트론** plethron. 1플레트론은 대략 30.8미터에 해당한다. 스타디온(stadion)은 6플레트론 정도다.

129 **바다에 뛰어들었다네** 이노(Ino)는 테살리아 왕 아타마스(Athamas)의 아내로 두 아들 레아르코스와 멜레케르테스를 낳았다. 아타마스는 아내 이노가 죽었다고 믿고는 테미스토와 결혼해 두 자식을 얻었다. 이노가 살아 있다는 걸 알게 된 아타마스는 비밀스럽게 이노를 궁전 안으로 끌어들였다. 테미스토가 이 사실을 알고 이노의 두 아이를 죽이려 했지만, 제 꾀에 속아 넘어가 자기 아이들을 살해하고 만다. 그래서 절망한 나머지 자결한다. 한편 아타마스는 사냥을 갔다가 실수로 아들 레아르코스를 살해한다. 이노는 아들 멜레케르테스와 함께 바다에 뛰어들어 자결했으나, 나중에는 여신이 되었다.

1251~1292 제5스타시몬 메데이아가 끔찍한 짓을 하려고 들어가자 코러스는 그 상황에 굴복한다. 이 절망적인 상황은 코러스 노래의 주된 도크미오스(dochmios) 운율($v--v-$)로 부각되어 있다. 좌 1에서는 코러스가 신성한 힘들, 특히 메데이아의 할아버지 헬리오스에게 호소한다. 메데이아의 자식 살해를 막아 줄 권능을 상상하는

것이다. 우 1에서는 메데이아를 직접 부르면서 그녀의 자식 살해의 결과를 상상한다. 좌 2의 구성은 이상해 보인다. 여기에 아이들의 이암보스(iambos) 운율(∨-)의 대사를 삽입하기 때문이다. 아이들의 말소리가 집 안에서 들려오는데, 이는 살인의 폭력을 연출하는 연극의 관습이다. 또 코러스가 비극의 사건에 개입하려 하지만 결국 개입하지 않고 중립을 유지하는 것도 연극의 관습이다. 우 2에서는 신화적 사례를 제시한다. 이노의 신화 사례는 부적합해 보인다. 지금 일어나고 있는 사건과 어울리지 않기 때문이다.

131   **튀르레니아**   Tyrrhenia. 이탈리아 서쪽과 시칠리아 북쪽에 있는 바다인데, 메세네 해협으로 이어진다. 이 해협에 괴물 스퀼라가 서식하고 있다고 한다.

133   **아크라이아 헤라 여신의 성지**   헤라 여신에게 봉헌된 곳으로 쉬키온(Sykion) 맞은편의 곳에 위치한다. 여기에 있는 헤라 여신의 신전은 코린토스에서 대략 10킬로미터 정도 떨어져 있다.

135   **1415~1419**   상투적인 종결부다. 「메데이아」의 플롯과는 잘 부합하지 않는다. 이 종결부는 「알케스티스」, 「안드로마케」, 「헬레네」, 「박코스의 여신도들」의 종결부와 매우 흡사하다.

141   **폰토스**   Pontos. 세상의 동쪽 끝 흑해를 말한다.

아틀라스의 경계   지브롤터의 바위들로 헤라클레스의 기둥이 있다고 한다. 세상의 서쪽 끝을 말한다.

아마존의 자식   테세우스는 아마조네스족과 전쟁을 치른 뒤 그 종족의 여인을 배우자로 선택했다. 신화에서 그녀는 안티오페(Antiope) 또는 힙폴뤼테(Hippolyte)로 알려져 있다.

핏테우스   핏테우스의 딸 아이트라(Aithra)는 아이게우스(Aegeus)에게 테세우스를 낳아 주었다. 하지만 테세우스는 어머니의 고향 트로이젠(Troizen)에서 핏테우스와 아이트라의 손에 양육되었다. 장성하고 나서 아버지 아이게우스를 찾아 아테나이에 도착했다. 테세우스는 힙폴뤼토스를 트로이젠으로 보내서 그가 핏테우스의 손에 양육되게 했다.

142 **판디온의 땅** 아테나이를 말한다. 판디온(Pandion)은 에릭토니오스의 아들로 아테나이의 전설적인 왕이었다.

신성한 비밀 의식 아테나이 바깥에 위치한 엘레우시스(Eleusis)에서 열렸던 비밀 의식으로 데메테르 여신과 딸 페르세포네를 경배하는 의식이다.

팔라스의 바위 아테나이의 아크로폴리스. 팔라스(Pallas)는 아테네 여신의 제의적인 이름이다.

퀴프리스를 위한 신전을 세웠는데 아크로폴리스에 있는 아프로디테의 신전을 말하는데, 그 근처에 힙폴뤼토스의 사당이 있다.

팔라스의 아들들 이 팔라스는 아테나 여신의 별칭이 아니다. 팔라스(Pallas)는 아이게우스왕의 형제였다. 아이게우스가 죽은 후 팔라스의 아들들이 테세우스와 왕권을 다투었고, 테세우스가 그들 모두를 살해했다.

143 **케크롭스의 땅** 아테나이를 말한다. 케크롭스(Kekrops)는 아테나이의 전설적인 왕으로, 대지에서 태어났다고 한다.

세 가지 소원 테세우스는 아이게우스왕의 아들이지만, 포세이돈의 아들이기도 하다. 포세이돈은 아들 테세우스에게 세 가지 소원을 선물로 주었다고 한다.

144 **경외의 여신** 경외(aidos)를 인격화하여 표현한 것이다. 파우사니아스에 따르면, 아크로폴리스에 경외의 여신 아이도스(Aidos)의 제단이 있었다고 한다.

146 **필요한 판단력을 갖고 계시니까요** 곰페르츠(Gomperz)의 제안대로 104~105행을 107행 뒤로 옮겼다.

147 **데메테르 여신의 곡물** 대지의 여신 데메테르는 마른 곡물의 생육을 주관하는 여신이다.

148 **코뤼반테스** Korybantes. 산속에 거주하는 지모신 퀴벨레(Kybele)를 모시는 시종들이다.

딕튄나 Diktynna. 크레타의 여신이었지만 아르테미스 여신과 동일시되었다. 야생 짐승들의 여주인이다.

호수 사로니스 석호를 말한다.

에렉테우스 후손 아테나이인들을 말한다. 에렉테우스는 아테나이의 왕이었다.

149 **당신을 부르고 있나이다** 아르테미스 여신은 산모를 보호하는 신이다.

121~169 파로도스 15명의 코러스가 무대 건물의 옆길을 통해 오케스트라로 등장한다. 코러스는 트로이젠에서 가문 좋은 집안의 결혼한 여인들로 이루어져 있다. 이 여인들의 코러스는 작품 속에서 여주인공 파이드라와 교감하고 공감하는 캐릭터다. 코러스는 파이드라의 울음소리를 듣거나 그녀의 곤경을 알고 나서 그녀의 현재 상태가 궁금하고 그녀의 안녕이 걱정되어 등장한 것이다. 그런데 코러스는 파이드라의 질병의 원인에 대해서는 알지 못한다. 하지만 관객이나 독자는 그 원인을 이미 알고 있다. 이러한 정보의 차이 때문에 극적인 아이러니가 생겨난다. 좌 1과 우 1에서는 코러스가 파이드라의 질병에 대해 들은 소문이 무슨 내용이고, 그 소문을 어떻게 듣게 되었는지 알 수 있다. 좌 2와 우 2에서는 코러스가 여주인의 질병을 추측한다. 그 질병이 어떤 신이 그녀에게 가한 것인지, 또는 어떤 인간적인 원인에 의한 것인지 말이다.

152 **에네토이** Enetoi. 아드리아해 북부에 거주하는 종족인데, 그 종족이 기르는 준마들이 유명하다.

153 **지나치지 말라** 이 말은 델포이의 아폴론 신전에 새겨져 있는 지혜의 경구다.

176~266 제1에페이소디온의 시작 부분인데, 파이드라와 유모가 아나파이스토스 운율(vv-)로 서로 대화를 나눈다.

156 **수컷 소를 욕망했는데** 미노스왕이 포세이돈을 분노하게 하자 포세이돈은 미노스의 아내 파시파에가 황소를 사랑하게 한다. 파시파에는 황소와 함께 미노타우로스라는 괴수를 낳는다. 그래서 미노스

왕은 미궁을 만들어 그곳에 미노타우로스를 가두었다. 영웅 테세우스가 아리아드네의 도움을 받아 이 식인 괴수를 제거했다.

156   **불쌍한 언니**   파이드라의 언니 아리아드네를 말한다. 아리아드네는 첫눈에 테세우스를 사랑하여 그가 미노타우로스를 제거하는 데 도움을 준다. 하지만 테세우스에게 배신을 당해 낙소스(Naxos)섬에 버려졌다가 그곳에서 디오뉘소스에게 구원받는다.

158   **362~372**   이 부분에 상응하는 부분은 669~679행이다. 이 서정시 부분은 제1에페이소디온(170~524)을 두 부분으로 나눈다. 앞부분에서는 발견이 이루어지고, 뒷부분에서는 해명과 계획이 전개된다.

  펠롭스 땅   펠로폰네소스반도를 말한다.

159   **쾌락은 두 종류로 나뉘는데**   학자들에 따라서, 이 문장의 주어는 '쾌락'이 아니라 '수치심'이나 '경외'가 되기도 한다.

165   **에로스**   Eros. 원래는 아프로디테의 아들이지만 여기에선 제우스의 아들로 나타난다.

  알페우스강   올림픽 경기가 열리고 제우스의 주요 신전이 위치한 올륌피아(Olympia)를 관통하며 흐르는 강이다.

  퓌토이   Pythoi. 아폴론의 신탁으로 유명한 델포이의 옛 이름이다.

166   **오이칼리아**   Oichalia. 에우보이아섬 북부에 위치한 도시.

  디르케   Dirke. 테베를 관통하여 흐르는 두 강 중 하나다.

  525~564 제1스타시몬   코러스는 이전 장면에서 목격한 사건을 두고 성찰하는 기회를 갖는다. 이 노래는 플롯의 핵심 부분과 연결된다. 여주인의 질병 원인이 밝혀지자 유모는 그녀의 질병을 치료하기 위한 계획을 암시하고 그녀의 애욕을 힙폴뤼토스에게 밝히기 직전이다. 코러스가 노래를 부르는 동안, 유모는 힙폴뤼토스를 찾아가 비밀을 드러내고 파이드라는 대문 앞에서 초조하게 기다릴 것이다. 코러스는 에로스의 권능에 대해 일반론을 이야기하고 나서 아프로디테 여신의 파괴적인 권능을 보여 주는 두 가지 신화 사례를 소개한다. 좌 1과 우 1에서는 에로스의 권능과 폭력을 노래한다. 그

런데 에로스가 제의에서 무시되는 것이 어리석다고 경고한다. 이러한 경고는 힙폴뤼토스가 아프로디테 여신을 경배하기를 거부했던 장면을 떠올리게 한다. 이어 좌 2와 우 2에서는 두 가지 신화 사례가 소개된다. 1) 이올레에 대한 애욕에 사로잡힌 헤라클레스가 그녀의 조국 오이칼리아를 정복하고 그녀와 결혼한다. 2) 제우스는 세멜레에 대한 애욕에 사로잡혀 번개의 모습으로 그녀 앞에 나타나 그녀를 태워 죽인다. 관객은 이올레와 세멜레의 사례가 파이드라의 경우와 어떤 연관성이 있는지 질문하게 된다. 애욕 때문에 파이드라는 파멸에 이르고, 테세우스와 힙폴뤼토스도 애욕의 파괴적인 결과를 피하지 못할 것이다.

168 565~600 **아모이바이온-콤모스**

172 669~679 좌(362~372)에 상응하는 부분인데, 파이드라의 독창이다.

나의 선조인 제우스 파이드라의 부친 미노스는 제우스와 에우로페의 아들이다.

174 **에리다노스** Eridanos. 서쪽에 있는 전설상의 강인데, 오늘날의 포(Po)강이다.

175 **파에톤** Phaethon. 헬리오스의 아들임을 입증하려고 무모하게 태양의 마차를 몰다가 떨어져 죽었다. 그로 인해 온 세상이 불바다가 되었다.

헤스페리데스 Hesperides. '서쪽의 여인들'이라는 뜻이며, 황금 사과의 정원을 관리한다.

주인 프로테우스나 네레우스나 글라우코스 등으로 보인다.

무니키아 Munichia. 영웅 무니코스의 이름을 딴 아테나이의 오래된 포구다.

176 732~775 **제2스타시몬** 파이드라의 마지막 대사를 듣고 코러스는 현재 상황을 회피하려는 욕망을 표출한다. 이 노래는 극의 중심에 위치하며, 파이드라의 극 행동이 중심이 되는 비극의 첫 절반을 마무

리한다. 제1스타시몬에서처럼 이 노래는 네 개의 연으로 이루어져 있다. 좌 1과 우 1에서는 임박한 죽음, 신화 속 여러 장소, 상상 속 여행, 그리고 제우스와 헤라의 신성한 결혼을 이야기한다. 좌 2와 우 2에서는 과거의 특정한 사건에 초점을 맞춘다. 크레타, 아테나이, 트로이젠, 테세우스와 파이드라의 결혼을 떠올리고 파이드라의 자결을 암시한다. 코러스가 도피하고자 하는 욕망은 죽음의 소망을 표현하는 것인데, 파이드라 자신의 죽음의 소망을 반영하는 것이다. 이처럼 코러스는 새가 되어 서쪽으로 날아가길 소망하는데, 서쪽은 신과 인간은 물론 삶과 죽음을 나누는 경계다.

180 **817~851 제2아모이바이온-콤모스**

185 **이스트모스의 시니스** 테세우스가 트로이젠에서 아테나이로 가는 길에 강도 시니스(Sinis)를 죽였다.

스키론의 바위 메가라의 남서쪽, 이스트모스의 사로니스 해변에 있는 절벽을 말한다.

190 **에렉테우스의 땅** 아테나이를 말한다.

193 **1102~1150 제3스타시몬** 이 노래는 힙폴뤼토스의 추방에 대한 감정적인 반응이 주를 이루고 있다. 전령이 힙폴뤼토스의 파멸을 보고하기 위해 등장하기 직전이다. 좌 1과 우 1에서는 인간 조건에 대한 고뇌를 토로하고 있다. 좌 2와 우 2에서는 힙폴뤼토스가 이전에 자주 사냥하던 장소를 떠올리고, 그의 추방이 낳은 공허함과 상실감을 노래한다. 이는 그가 부당하게 추방된 데에 슬픔과 공감을 표현하는 것이다. 종가에서는 앞선 네 연에서 생겨난 효과를 더욱 확장한다. 여기에서 코러스는 그의 추방을 슬퍼하고 그의 결백함을 믿고 신들에게 분노를 표출한다. 하지만 테세우스의 저주에 대해서는 침묵한다.

195 **사로니스만** 아티카반도와 아르골리스반도 사이에 있으며, 에게해의 한 부분을 이룬다.

이스트모스 Isthmos. 너비가 6킬로미터에 불과한, 중부 그리스와 펠로폰네소스를 이어 주는 땅이다.

아스클레피오스 바위 에피다우로스(Epidauros) 근처에 위치한 바위로 보인다. 에피다우로스는 아스클레피오스의 성소로 유명하다.

197 **이다산** 두 산 중 하나로 보인다. 하나는 유명한 산으로 소아시아 북서쪽, 트로야 근처의 산맥을 말한다. 또 다른 하나는 파이드라의 고향 크레타섬에 있는 산이다.

199 **1268~1282 제4스타시몬** 이 코러스의 노래는 유난히 짧은 편이고 상응하는 연이 없다. 앞 장면에서는 전령이 테세우스의 저주가 낳은 파괴적인 결과에 초점을 두었지만, 여기에서는 아프로디테 여신의 파괴적인 권능에 대해 넓은 관점에서 노래한다. 아프로디테의 파괴적인 권능이 파이드라의 죽음과 힙폴뤼토스의 죽음을 낳았고 테세우스의 과오를 이끌었다. 이 코러스의 노래는 아프로디테 여신의 권능에 대한 주석인데, 이어지는 장면에서 아르테미스 여신이 등장해 작품을 마무리하는 부분과 강한 대조를 이룬다. 프롤로고스에서는 아프로디테의 연설에 이어 곧장 아르테미스 여신을 칭송하며 노래하는 힙폴뤼토스와 그의 동료들이 뒤따랐다. 이제는 아프로디테와 에로스의 권능에 대한 노래에 이어 곧장 아르테미스 여신의 등장이 뒤따른다. 이 코러스의 노래는 힙폴뤼토스의 파멸을 동정하지 않고 아프로디테 여신의 권능을 부각한다. 이 노래는 형식적인 면에서 찬가로 분류된다. 제1스타시몬에서도 아프로디테 여신이 칭송되었다. 그곳에서는 아프로디테 여신이 주로 파괴적인 신성으로 나타났지만, 여기에서는 여신의 보편적이고 독보적인 권능을 강조한다.

타르타로스 Tartaros. 하계에서 항상 어둡고 가장 깊숙한 영역을 말한다.

204 **1347~1388** 힙폴뤼토스의 독창.

206　　**아버님을 풀어 드릴게요**　　아테나이 법에 따르면, 죽어 가는 사람이 그 죽음에 책임 있는 살인자가 지게 될 처벌을 면제해 줄 수 있다.

그리스 비극의 구성 요소

『시학』 제12장에서 아리스토텔레스가 양적인 관점에서 정의한 비극의 구성 요소는 다음과 같다.

프롤로고스(prologos)

등장인물이 이암보스(iambos, 短長格) 3보격으로 대사를 말하면서 극이 시작하는데, 프롤로고스는 여기서부터 코러스가 오케스트라에 등장하기 전 부분까지를 말한다. 등장인물은 대사를 통해 극이 전제하는 신화의 전사(前事)를 이야기하고, 다른 등장인물들을 소개하여 성격을 묘사하며, 극 행동의 시간과 장소를 알려 준다.

파로도스(parodos)

코러스가 오케스트라로 입장하면서 아나파이스토스(anapaistos, 短短長格) 운율로 노래하는 부분이다. 파로도스도 극이 전제하는 신화의 전사를 이야기하는 경우가 많다.

에페이소디온(epeisodion)

두 개의 코러스 노래 사이에 끼어들어 간 부분으로, 연극의 막(act)에 해당한다. 따라서 짤막한 토막 이야기인 에피소드(episode)나 삽화(挿話)와 같은 용어와 혼동하지 말아야 한다. 에페이소디온은 등장인물의 입장이나 퇴장으로 등장인물들 사이의 관계 설정(figure configuration)이 바뀌는 것을 기준으로 여러 부분으로 나누어지는데, 이 부분들이 장면(scene)에 해당한다.

스타시몬(stasimon)

파로도스를 제외한 모든 코러스의 노래를 지칭하는 용어로, 코러스가 오케스트라에 자리를 잡고 춤을 추면서 서정시 운율로 부르는 노래를 말한다.

엑소도스(exodos)

좁은 의미로는 코러스가 오케스트라에서 퇴장하면서 부르는 노래다. 그런데 아리스토텔레스의 『시학』에 따르면 코러스의 노래가 더 이상 뒤따르지 않는, 극의 마지막 부분을 통칭해 부르는 용어이기도 하다.

아모이바이온–콤모스(amoibaion-kommos)

코러스와 배우 또는 배우들끼리 대사를 교환하는 부분으로, 두 등장인물 모두 또는 적어도 한 등장인물이 서정시 운율로 노래한다. 콤모스(kommos)라고 줄여 부르기도 하는데, 이 용어는 어원에 따르면, 제의적 성격이 강한 비탄과 통곡의 노래를 말한다.

대부분의 비극 작품은 위와 같은 형식 요소들이 다음과 같은 순서로 구성되어 있다.

프롤로고스 → 파로도스 → 제1에페이소디온 → 제1스타시몬 → 제2에페이소디온 → 제2스타시몬…… → 제5에페이소디온 → 제5스타시몬 → 엑소도스

또 다른 구성 요소로는 아곤(agōn)을 꼽을 수 있다. 아곤은 '경연'이나 '투쟁'을 뜻하는데, 비극이나 희극에서는 두 등장인물이 논쟁에 참여한 부분을 말한다. 갑의 연설(rhēsis)-코러스의 대사-을의 연설(rhēsis)-코러스의 대사-갑과 을 사이의 스티코뮈티아(stichomythia)로 구성되는 것이 아곤의 기본 형식이다.

레시스(rhēsis)

배우의 연설로 긴 대사를 말한다. 레시스는 '말한 것'을 뜻하는 레마(rhēma)와는 다르게 '말하는 행위'를 강조한다. 비극에서 레시스의 극적 기능은 세 가지로 나뉜다. 사자(使者)가 무대 바깥에서 일어난 사건을 보고하는 형식으로 정보를 제공하거나, 다른 등장인물을 설득하거나 명령하거나, 독백하면서 주로 자신이 처한 불행한 상황을 숙고하는 경우다.

스티코뮈티아(stichomythia)

비극이나 희극의 대사 부분으로 두 명의 대화자 또는 드물게 세 명의 대화자가 규칙적으로 서로 번갈아 가면서 한 행 혹은 두 행의 대사로 대화하는 부분을 말한다.

각 극의 구성

알케스티스

(페라이의 아드메토스 궁전)

(i) **238~392** 알케스티스+아드메토스: 아모이바이
온-콤모스(244~279)

(ii) **393~415** 아이+아드메토스(아모이바이온-콤모스)

(iii) **416~434** 코러스+아드메토스

435~475 제2스타시몬

메데이아

214~409	제1에페이소디온: 탄원 1 + 계략
	(i) 214~270　　메데이아 + 코러스
	(ii) 271~356　　메데이아 + 크레온
	(iii) 357~409　　메데이아 + 코러스
410~445	제1스타시몬
446~626	제2에페이소디온: 논쟁
	메데이아 + 이아손
627~662	제2스타시몬
663~823	제3에페이소디온: 탄원 2 + 계략
	(i) 663~763　　메데이아 + 아이게우스
	(ii) 764~823　　메데이아 + 코러스
824~865	제3스타시몬
866~975	제4에페이소디온: 계략
	메데이아 + 이아손
976~1001	제4스타시몬
1002~1080	제5에페이소디온: 숙고와 결단
	(i) 1001~1020　　가정 교사 + 메데이아
	(ii) 1021~1080　　메데이아의 연설(독백)
1081~1115	간주곡(아나파이스토스 운율)
1116~1250	제6에페이소디온: 복수
	(i) 1136~1230　　사자의 보고
	(ii) 1236~1250　　메데이아의 연설
1251~1292	제5스타시몬
1293~1419	엑소도스: 데우스 엑스 마키나(deus ex machina)
	(i) 1293~1316　　이아손 + 코러스
	(ii) 1317~1414　　메데이아 + 이아손

(iii) 1415~1419   코러스의 결어

힙폴뤼토스

(펠로폰네소스 북부 트로이젠의 궁전)

1~120	프롤로고스: 예언

      (i) 1~57   아프로디테의 연설

      (ii) 58~120   힙폴뤼토스+시종들+하인

121~169   파로도스

170~524   제1에페이소디온: 발견 1

      (i) 170~266   코러스+유모+파이드라

      (ii) 310~352   코러스+유모+파이드라

      (iii) 362~372   코러스의 노래(좌) (=669~679)

      (iv) 373~524   파이드라+유모+코러스

525~564   제1스타시몬

565~731   제2에페이소디온: 발견 2+계략과 복수

      (i) 565~600   파이드라+코러스(아모이바이온 – 콤
모스)

      (ii) 601~668   힙폴뤼토스+유모

      (iii) 669~731   파이드라+유모+코러스
                     파이드라의 독창가(우)(669~679)

가장 비극적인 극작가 에우리피데스

김기영(정암학당 연구원)

에우리피데스의 생애와 작품

에우리피데스는 기원전 485년과 480년 사이에 아테나이 동쪽 근교에 위치한 퓔라(Phlya)의 한 마을에서 므네사르코스의 아들로 태어났다. 에우리피데스의 개인 삶에 대해서는 잘 알려져 있지 않다. 그는 비천한 출신이었고 특히 그의 어머니가 채소 장수였다고 한다. 하지만 그가 도시 국가의 공적인 행사와 관련된 논쟁에 참여했다는 전거가 있는데, 이는 그가 부유한 시민이었음을 암시한다. 게다가 그는 살라미스섬에서 외부와 단절된 생활을 하면서 개인 도서관을 소유했다고 한다. 그의 결혼 생활은 순조롭지 않았는데, 아내가 그의 친구와 불륜을 저질러 그녀와 이혼했기 때문이다. 또한 그는 아낙사고라스의 제자로 불렸고 극장의 철학자란 별칭도 가졌으니 당시 철학자들과 교류했음이 틀림없다. 누구보다도 소크라테스와 친구 사이였다고 하는데, 두 인물은 비판 정신을 구현하며 전통과 맞섰다는 점에서 유사하다. 기원전 408/407년에 에우리피데스는 마케도니아 왕 아르켈라오스의 초청을 받아 그곳 궁정에서 환대를 받았다. 이 환대에 대한 보답으로「아르켈라오스」라는 작품을 집필했다. 407/406년에 에우리피데스는 마케도니아에서 살해되었다고 한다.

극작가 에우리피데스의 경력은 좀 더 많이 알려져 있다. 기원전 456/455년에 연극 경연에 참여했고, 441년에는 처음으로 우승을 차지했다. 연극 경연에서 총 다섯 번 우승했다고 전한다. 그의 작품 수는 전거에 따라 상이하지만 모두 74편이라는 가설이 가장 믿을 만하다. 현재 19편의 작품이 온전하게 전승되고 있는데, 이들 작품 중에서「레소스」는 위작으로 보이고,「아울리스의 이피게네이아」는 작가의 사망으로 완성되지 않았지만, 다른 작가가 미완의 작품을 완성하여 기원전 405년경 연극 무대에 올렸다. 공연된 순서대로 나머지 작품들을 열거하면 다음과 같다.「알케스티스」(기원전 438),「메데이아」(431),「헤라클레스의 아이들」(430~428),「힙폴뤼토스」(428),「안드로마케」(425),「헤카베」(424),「탄원하는 여인들」(423~421),「엘렉트라」(417?),「헤라클레스」(417?),「트로이아의 여인들」(415),「이온」(414),「타우리케의 이피게네이아」(414),「헬레네」(412),「페니키아의 여인들」(410?),「오레스테스」(408),「퀴클롭스」(408),「박코스의 여신도들」(405?). 이 작품들 가운데

「퀴클롭스」는 사튀로스극이고 「박코스의 여신도들」은 작가 사후에 공연되었다.

　고대 그리스 3대 비극 작가 중 하나인 아이스퀼로스는 3부작이란 거대한 형식으로 우주적 힘들의 갈등과 화해, 가문에 내린 저주의 실현, 왕가의 멸망과 도시 국가의 구원, 문명적 제도의 설립 등 주로 거대 담론을 극화했다. 이러한 맥락에서 비극 주인공은 딜레마 상황에서 갈등을 겪다가 마침내 결단을 내려 행위하고 그 행위의 결과로 고통을 겪는다(아가멤논, 오레스테스, 펠라스고스, 다나오스의 딸들, 에테오클레스). 비록 초월적 존재의 영향을 받지만 인간은 사건의 중심에서 행위하고 그에 따른 책임을 지는 존재로 부각되어 있다.

　거대 담론을 극화했던 아이스퀼로스와는 다르게 소포클레스는 영웅의 개인적 운명에 집중한다. 따라서 소포클레스는 비극 주인공의 창시자라 할 수 있다. 이들 비극 주인공은 대체로 작가가 그리스 상고기 시대의 유명하고 탁월한 영웅을 재해석하여 만들어 낸 캐릭터들이다. 이러한 상황에서 비극 주인공은 인간 지식의 한계를 잘 보여 준다(데이아네이라와 헤라클레스, 안티고네, 오이디푸스). 하지만 파멸하는 가운데 비극 주인공은 고귀한 본성을 드러내며 자기 운명을 결정하는 모범을 구현한다. 그리하여 신의 계획과 인간 지식의 괴리를 극복하는 것이다. 후기 작품의 비극 주인공, 즉 엘렉트라, 필록테테스, 오이디푸스(「콜로노스의 오이디푸스」)는 지식의 한계를 보여 주지 않고 신의 계획에 대해 어느 정도 예지가 있는 인물로 나타난다. 이러한 변화로 인간 지식과 신의 계획의 괴리가 극복되어 둘의 화해가 생겨났음을 알 수 있다. 이 경우에 예지가 있는 비극 주인공은 주변 세계의 무지와 권력에 저항하고 신의 계획에 따라 행동하는 모범을 구현한다.

아이스퀼로스의 비극과 소포클레스의 비극과 비교하면 에우리피데스의 비극에서는 대체로 제우스의 섭리에 대한 믿음이 부족하고, 아폴론의 신탁도 의심스러운 것으로 나타난다. 후기 작품에서는 신의 섭리보다 우연[튀케(tyche)]이 인간사에서 결정적 역할을 한다(「이온」, 「타우리케의 이피게네이아」, 「헬레네」). 게다가 신들도 이성적인 섭리와 질서를 구현하기보다는 인간의 모습을 하고 분노하며 복수심에 불타는 파괴적 힘으로 현현하기도 한다(「힙폴뤼토스」, 「헤라클레스」, 「박코스의 여신도들」 등). 이들 신과 마찬가지로 비극 주인공도 분노나 애욕과 같은 감정에 사로잡힌 나머지 마땅히 어떻게 행위해야 하는지 잘 알면서도 실천하지 못하는 모습을 보여 준다.

에우리피데스는 두 선배 비극 시인과는 다르게 자기 내면의 갈등을 인식하는 비극 주인공을 형상화하여 행위의 심리적인 동기와 논리적인 의사 결정을 잘 묘사했다. 비극 주인공의 행위를 작품별로 분석해 보면 그 전형성의 다채로움이 두드러진다. 이를테면 복수의 전형(메데이아, 파이드라, 헤카베, 엘렉트라, 오레스테스), 휘브리스(hybris)를 범해 징벌을 당하는 전형(힙폴뤼토스, 헤라클레스, 펜테우스), 자기 목숨을 희생하는 전형(알케스티스, 마카리아, 폴뤽세네, 메노이케오스, 이피게네이아), 계략을 사용해 귀향의 목적을 달성하는 전형(이피게네이아, 헬레네), 권력 추구로 파멸하는 전형(폴뤼네이케스와 에테오클레스), 전쟁으로 인해 고통받는 전형(캇산드라, 안드로마케, 헤카베)으로 분류할 수 있다. 그런데 이들 비극 주인공은 대체로 가치들이 충돌하는 상황에서 특정한 가치를 선택하여 행위하는 모범을 보여 주지만 다른 가치는 부정하여 경고의 모델이 되는 역설적인 캐릭터다.

작품 해설[1]

그리스 비극에서는 이야기 유형들이 반복하여 변주되는데, 가장 기본적인 이야기 유형은 '갈등'이다. 이 '갈등'을 중심으로 여러 이야기 유형들이 전개된다. 대표적인 예로는 귀향, 탄원, 계략, 징벌, 복수, 발견, 희생, 자살, 구원, 추방, 예언/신탁/전조, 전쟁, 매장 금지, 논쟁, 설득, 변모, 저주 등을 꼽을 수 있다. 이러한 이야기 유형들이 유기적으로 결합한 결과가 바로 비극의 플롯이다. 그런데 한 이야기 유형에서 다른 이야기 유형으로 넘어가면서 상황의 변화가 일어난다. 이러한 상황의 변화는 아리스토텔레스의 『시학』에서 전환/변화[메타바시스(metabasis)]로 규정되어 있다. 이 전환/변화는 파토스(pathos), 반전[페리

---

1 작품 해설은 김기영, 『그리스 비극의 영웅 세계』(서울: 도서출판 길, 2015)의 내용을 일부 수정하여 작성했다.

페테이아(peripeteia)], 발견[아나그노리시스(anagnorisis)]의 세 가지 방식으로 나눌 수 있다. (1) '파토스'는 파괴적이거나 고통을 주는 극 행동으로 무대 위의 죽음, 육체적 고통, 부상 등을 말한다. (2) '반전'은 사태가 반대 방향으로 바뀌는 것으로 개연성이나 필연성이 동반되어야 한다. (3) '발견'은 무지(無知)의 상태에서 앎의 상태로 바뀌는 것이다. 이러한 비극의 플롯 형성 이론을 바탕으로 「알케스티스」, 「메데이아」, 「힙폴뤼토스」를 분석하여 비극 주인공 알케스티스, 메데이아, 파이드라와 힙폴뤼토스가 어떤 캐릭터로 형상화되는지 살펴보려고 한다.

「알케스티스」

기원전 438년에 공연된 「알케스티스」는 「크레타의 여자들」, 「프소피스의 알크마이온」, 「텔레포스」 3부작에 이어 네 번째 작품으로 공연되었다. 대(大)디오뉘시아 제전에서는 사튀로스극이 네 번째 작품으로 공연되는 법인데, 「알케스티스」는 사튀로스극이 아니었다.

「알케스티스」는 아폴론 신이 아드메토스의 집에서 종살이하고 아드메토스와 친구가 된다는 신화를 소재로 극화되었다. 프뤼니코스의 「알케스티스」와 소포클레스의 「아드메토스」도 알케스티스가 죽을 운명에 놓인 남편 아드메토스를 대신해 죽는다는 신화를 극화한 작품이다. 이 두 작품은 전해지지 않는데, 프뤼니코스의 「알케스티스」에서는 죽음의 신 타나토스의 등장을 확인할 수 있다. 타나토스가 알케스티스의 머리털을 잘라 내고 그녀의 장례식을 준비한다는 내용이 남아 있다. 또한 아이스퀼로스의 「자비로운 여신들」에서는 아폴론 신이 운명의 여신들에게 술을 먹여 페레스 집안 사람을 살렸다고 복수의 여신들이 비난하는 구절을 읽을 수 있다(723~728). 여기서 알케스티스가 아드메토스를 대신하여 죽었음을 짐작할 수 있다. 신부(알케스티스)가 신랑(아드메토스)을 대신해 죽는다는 이야기는 영웅 신화가 아니라 민담에서 차용한 소재로 보인다. 고전학자 레스키(Lesky)에 의하면, 「알케스티스」의 바탕이 된 민담은 다음과 같다. 먼 옛날 어떤 왕이 살았는데, 결혼식 날에 죽음의 신이 찾아와 그를 데려가려 한다. 왕은 자신을 대신해 죽을 사람을 찾아야 한다. 부모는 아들 대신 죽으려 하지 않는다. 그러자 신부가 신랑의 목숨을 구하려고 죽음의 신을 따라나선다.

「알케스티스」는 알케스티스가 아드메토스를 대신해 죽기로 한 날에 극 행동이 시작된다. 아폴론 신은 알케스티스의 목숨을 구하기 위해 죽음의 신을 설득하지만 실패한다. 그런데 누군가 손님으로 환대받고 나서 알케스티스를 구할 거라고 예언한다. 마침내 알케스티스가 죽음을 맞이한다. 아드메토스는 아내가 당부한 대로 새장가를 들지 않겠다고 약속한다. 이때 헤라클레스가 아드메토스의 집에 도착한다. 아드메토스는 아내의 죽음을 숨긴 채 헤라클레스를 환대한다. 알케스티스의 죽음을 발견한 헤라클레스는 친구의 환대에 보답하기 위해 죽은 알케스티스를 구하려고 퇴장한다. 한편 아드메토스는 아내의 시신을 매장하고 나서 돌아오는 길에 아내를 대신 죽게 하여 자기 삶이 더 불행해졌음을 뒤늦게 발견한다. 헤라클레스가 갑자기 등장하며 베일 쓴 어떤 여인을 데려온다. 헤라클레스는 환대의 보답으로 아드메토스에게 이 낯선 여인을 선사하려 한다. 아드메토스는 그 제안을 거절한다. 그러나 결국 헤라클레스에게 설득당해 그 여인을 받아들인다. 그녀의 베일을 벗기자 죽은 아내가 드러난다.

이 줄거리에서 볼 수 있듯이 「알케스티스」는 예언, 희생, 환대, 논쟁, 발견 1, 발견 2, 구원의 이야기 유형이 결합하여 플롯이 구성되었음을 알 수 있다. 알케스티스의 죽음에서 파토스를, 아드메토스의 발견과 알케스티스의 구원에서 상황의 반전을 볼 수 있다. 여기서 알케스티스의 구원은 아이러니한데, 그 이유는 아드메토스가 아내의 죽음을 숨기고 친구를 환대하기로 결정함으로써 아내의 목숨을 구하기 때문이다.

이야기 유형의 결합을 바탕으로 아드메토스와 알케스티스 캐릭터를 자세히 살펴보자.

예언

아폴론 신이 무대에 등장해 과거사를 이야기하는데, 특히 아드메토스와 맺은 우정을 강조하여 아드메토스의 경건함을 부각한다.

나 자신 경건한 자로서 경건한 사내를 만났으니 그가 바로 페레스의 아들인데, 내가 운명의 여신들을 속여 그를 죽음에서 구해 낸 것이다. 이들 여신은 내게 허락했지, 다른 시체와 바꿔치기해 하계의 권력에 그것을 주면 그가 임박한 죽음을 피할 수 있을 거라고. (10~14)

아폴론이 제우스에게 벌을 받아 아드메토스의 집에서 종살이할 때 아드메토스가 아폴론을 환대했다. 그 보답으로 아폴론은 아드메토스가 정해진 수명을 넘어 살 수 있게 했다. 하지만 아드메토스는 자기 죽음을 대신할 사람을 찾아야 한다. 아드메토스의 부모는 그를 대신해 죽기를 거절했지만, 유일하게 그의 아내 알케스티스가 죽기로 했다. 오늘이 알케스티스가 죽는 날이다. 그래서 아폴론 신은 죽음의 신 타나토스를 설득하여 알케스티스의 목숨을 구하려고 시도한다. 설득에 실패하자 이제는 알케스티스의 구원을 예언한다.

바로 그 사내가 여기 아드메토스의 집에서 환대받고 여기 여인을 당신에게서 강제로 빼앗게 될 것이다. 내가 당신에게 감사하는 일은 없을 것이고 당신은 그러고도 내게 미움받게 될 것이다. (68~71)

이 첫 장면에서 아폴론의 말을 통해 아드메토스의 성격이 잘 드러나 있다. 아폴론 신을 환대한 아드메토스는 환대의 법도를 실천하는 모범이다. 게다가 아폴론 신의 예언에 의하면, 아드메토스에게 환대받는 손님이 알케스티스를 구한다고 하는데,

아드메토스가 환대의 법도를 실천함으로써 알케스티스의 목숨을 구하게 된다는 것을 미리 알 수 있다.

희생

알케스티스가 등장하기 전에 페라이의 장로들로 이루어진 코러스는 알케스티스의 죽음이 임박했음을 알고 그녀의 현 상황에 대해 궁금해하며 알케스티스의 희생을 칭찬한다.

> 나와 모두가 보기에도 그녀는 자신의 남편에게 가장 훌륭한 아내가 되었구나. (83~85)

> 고귀한 자의 생명이 시들어 갈 때 고귀하게 태어난 자는 누구든 애도를 받아야만 하네. (109~111)

하녀가 등장하자 코러스는 알케스티스 마님의 상황에 대해 물어보는데, 여기서도 알케스티스의 부덕(婦德)을 강조한다. 알케스티스가 "그녀가 영광스럽게 죽어 가고 있다"(150)고 코러스가 말하자, 이에 하녀도 그녀가 가장 훌륭한 아내임을 인정한다.

> **하녀** 이토록 탁월한 여인을 어떤 이름으로 불러야만 할까요? 어느 여자가 남편을 공경한다는 것을 어떻게 이보다 더 잘 보여 줄 수 있을까요? 남편 대신 자진해 죽는 것보다! (153~155)

이제 하녀는 알케스티스가 집 안에서 어떻게 죽음을 맞이하는지 보고한다. 알케스티스는 몸을 정결하게 하고, 제단 앞에서 아이들의 행복을 비는 기도를 올린다. 이어 결혼 생활을 상징하는 침대와 작별한다. 침대와 남편을 배신하지 않기 위해 죽음을 선택했다고 말하며 정숙함을 강조한다(180~182). 침대에 입을 맞추자 아이들이 그녀의 옷자락에 매달려 울고 있다. 그녀의 죽음을 동정하며 하인들도 울음을 터뜨린다. 하녀가 보고를 마치고 나자 이제는 알케스티스와 아드메토스가 두 아이와 함께 궁전에서 등장한다. 코러스는 페라이 땅을 부르며 가장 훌륭한 여인을 위해 통곡하라고 요구한다. 그런데 코러스가 아드메토스의 불행을 예견하는 것은 의미심장하다.

가장 뛰어난 아내를 잃은 그는 이 시간 이후에 살아도 살 가치 없는 삶을 살게 되리라. (241~243)

죽기 전에 알케스티스는 아드메토스에게 몇 가지를 당부한다. 그녀의 연설을 분석해 보면 그녀가 남편 대신 죽으려 하는 동기가 무엇인지 알 수 있다.

허나 당신을 잃고 나서 아빠 없는 아이들과 함께 살고 싶지 않았어요. 또한 나의 젊음도 아끼지 않았어요, 내가 젊음을 누리기는 했지만. 정작 당신을 낳고 길러 준 부모가 배신했어요, 두 사람은 인생에서 훌륭하게 죽을 수 있는, 훌륭하게 아들을

구하고 영광스럽게 죽을 수 있는 나이인데도. (287~292)

위 대사를 읽어 보면 아이들이 아버지 없는 고아가 되는 것을 가장 염려하는 등 가정의 안녕을 위해 알케스티스가 자신을 희생하는 것임을 알 수 있다. 시부모가 대신 죽는 것이 가장 최선이지만 그들이 희생을 거부하기 때문에 자신을 희생하는 것이다. 알케스티스가 가정의 안녕과 자식의 행복을 염려하는 마음은 다음 대사에서도 잘 드러난다.

당신이 동의할 만한 정당한 것을 요구해요. 나 못지않게 당신은 이 아이들을 사랑하니까요, 당신이 제정신이라면. 아이들을 우리 집의 주인으로 지켜 주되 재혼하여 이 아이들에게 새엄마를 주지 마세요. 그 여자가 누구든 나보다는 못났겠지만 질투심에 나와 당신의 아이들에게 손을 댈 겁니다. (302~307)

알케스티스는 자신이 죽은 뒤, 이 집에서 아이들이 행복하게 계속 살아가도록 재혼하지 말고 아이들을 잘 돌봐 달라면서 남편에게 희생에 대한 보답을 요구하는 것이다. 연설의 마지막은 남편을 대신해 죽으므로 자신이 훌륭한 여인이라는 자의식을 보여 준다.

안녕, 그리고 행복하게 살기를. 여보, 당신은 가장 탁월한 아내를 얻었다고, 아이들아, 너희는 가장 탁월한 어머니에게서 태어났다고 자랑할 수 있을 게다. (323~325)

이에 아드메토스는 아내 알케스티스의 당부를 들어주겠다고 약속한다. 어떤 여인도 그의 아내로 불리지 않을 것이다(330~331). 그녀보다 고귀한 아버지에게서 태어난 여자도, 그녀보다 미모가 빼어난 여인도 없다(331~333). 아드메토스는 잔치와 풍악을 모두 금지하겠다고 엄숙하게 맹세한다(343~344). 알케스티스야말로 유일하게 그를 대신해서 자기 목숨을 바쳤기 때문이다(368).

알케스티스가 무대 위에서 죽음을 맞이하며 쓰러진다. 코러스는 아드메토스에게 고귀한 아내를 잃었지만(417) 불행을 참고 견뎌야 한다고 조언한다. 이 장면에 이어지는 두 번째 스타시몬(435~475)은 알케스티스의 부덕(婦德)을 칭송한다.

키 조종하는 노인장 카론, 혼백들의 안내자도 아셔야 합니다. 정말로, 정말로 엄청나게 탁월한 여인을, 당신이 노가 두 개인 소나무 배로 아케론의 호수 너머로 호송했다는 것을!
(440~444)

수없는 가인들이 당신의 부덕(婦德)을 노래하리라, 칠현의 산 거북 등딱지와 뤼라 반주 없는 찬가로 찬양하며.
(445~447)

당신은 홀로, 가장 소중한 여인이여, 대담하게, 대담하게 자기 목숨을 주고는 하데스에서 남편을 되찾아 오셨구나. 부인이여, 흙덩이가 가뿐하게 뿌려지기를. 만약 부군이 무슨 괴상한 재혼을 하게 된다면 정말로 나와 당신 아이들에게 내내 미움받게 되리라. (460~465)

이러한 코러스의 칭송에도 잘 나타나듯이 알케스티스는 훌륭한 아내이자 어머니로서 남편을 진심으로 사랑하고 자식의 행복과 가정의 안녕을 위해 자기를 희생하는 모범을 구현한 것이다.

환대

알케스티스가 죽은 뒤 아드메토스의 집은 슬픔과 통곡에 빠져 있다. 이 집에 헤라클레스가 마치 생명을 불어넣듯 들이닥친다. 여덟 번째 과업으로 디오메데스의 식인(食人) 암말 네 마리를 잡으러 트라키아로 가는 도중에 영웅 아드메토스를 방문한 것이다. 헤라클레스의 등장은 이미 아폴론이 헤라클레스의 도착을 예언한 바 있다. 아드메토스가 아내를 잃고 상중인데, 헤라클레스가 방문한 것이다.

집 안에 누군가가 죽었음을 알게 된 헤라클레스는 다른 친구의 집으로 발걸음을 돌리려 한다. 하지만 아드메토스는 이방의 여인(532)이 죽었다고 둘러대며 헤라클레스를 집 안으로 들여 접대하게 한다. 헤라클레스가 하인과 함께 퇴장하자, 코러스는 아드메토스의 어리석음을 비난한다. 아내가 죽었는데 어떻게 손님을 환대할 수 있느냐는 것이다. 이에 아드메토스는 자신의 행동을 정당화한다.

절대 아니지, 오히려 내게는 작지 않은 불행이 생길 것이네, 환대에 인색한 자라는 비난을 듣겠지. (555~556)

내가 그리하면 누구에겐 제정신이 아닌 걸로 보일 거고 또한 나를 칭찬하지도 않겠지. 나의 집은 찾아온 친구를 무시하고 쫓아내는 법을 모른다네. (565~567)

이처럼 아드메토스는 헤라클레스를 환대하지 않을 수 없다. 이미 아폴론 신이 아드메토스를 "경건한 주인"(10)이라고 불렀듯이, 지금도 환대의 덕을 실천하는 모범으로 나타난 것이다. 이어지는 코러스의 노래도 주인 아드메토스의 덕을 칭찬한다. 언제나 관대한(569) 주인의 덕을 칭송하는 것이다.

고귀한 본성은 손님 공경의 길로 내달리는 법. 고귀한 자에겐 모든 것이 가능하구나. 당신의 지혜를 경탄하게 되노라. 경건한 자가 번영하리라는 확신이 내 영혼 한가운데 서 있구나. (601~605)

코러스의 노래처럼 아드메토스는 손님을 존경하는 마음과 평범한 자가 이해할 수 없는 지혜(603)를 가진 인물이다.

아드메토스는 헤라클레스를 환대하여 상주의 의무를 저버리는 행동을 한 것이다. 하지만 어떠한 경우라도 환대를 실천하는 행동에서 아드메토스가 고귀하고 경건하며 지혜 있는 영웅이라는 사실이 부각되어 있다. 따라서 아드메토스는 환대의 법도를 구현하는 모범이라 할 수 있다.

논쟁

이제 알케스티스를 매장하려고 길을 떠나려 하는 아드메토스 앞에 페레스가 며느리의 마지막 길에 조의를 표하기 위해 조화를 들고 등장한다. 하지만 페레스의 등장은 부자의 격렬한 논쟁을 낳는다.

아드메토스가 분노를 터뜨리고, 페레스는 아드메토스의 행동을 격렬하게 비난한다. 아드메토스가 알케스티스를 대신 죽게 한 것은 운명을 기만한 것이어서 수치를 모르는 행동이고(695), 알케스티스의 용기에 비하면 매우 비겁한 행동이다(697). 아울러 페레스는 그 무엇으로도 사람의 목숨을 대체할 수 없다는 논거를 제시하며(691~693, 703~704, 712, 722), 죽음을 대신한 알케스티스의 행동에 의문을 제기하며 아들 대신 자기가 죽지 않은 행동을 정당화한다.

그런데 페레스의 이런 비난은 설득력이 부족해 보인다. 페레스는 자신의 이익과 안녕만을 생각하고 가정 구원이나 국가 안녕은 전혀 신경 쓰지 않기 때문이다. 따라서 알케스티스와 코러스의 관점에서 바라볼 때, 연로한 페레스가 생에 집착하는 것은 아드메토스와 그의 가정을 배신하는 행위로 나타난다(290~292, 468~470). 게다가 페레스는 부자 관계를 관습과 재화의 관점에서 호의의 교환(659~661) 정도로 여기고 사후의 명성도 중요하게 여기지 않는다(726).

물론 누가 누구의 죽음을 대체하는 행동은 문제가 있다. 하지만 페레스의 비난을 모두 정당화하기는 어려워 보인다. 알케스티스의 희생은 아드메토스의 이기심과 비겁함을 드러내기보다는 가정 구원과 국가 안녕을 위한 행위라는 점을 부각한다. 따라서 페레스의 비난은 역설적으로 알케스티스의 탁월함, 즉 자기희생의 모범을 더욱 돋보이게 한다. 그런데 아드메토스의 모범적 태도, 즉 경건함과 지혜로움은 페레스가 씌운 비겁함의 오명으로 굴절되는 듯하다.

발견

알케스티스의 죽음을 알지 못한 채 헤라클레스는 접대를 누리며 혼자 여흥을 돋운다. 헤라클레스의 행동을 묘사하는 하인의 대사를 들어 보면 헤라클레스는 사튀로스극에 등장하는 희극적 인물의 전형임을 알 수 있다. 무지한 상태에서 헤라클레스는 혼자서 술을 마시고 음정에도 맞지 않는 노래를 부르며 주연을 만끽하는 중이다. 이런 모습에 못마땅한 하인에게는 인생철학을 가르치기도 한다.

모든 인간은 죽어야만 하는 빚을 지고 있지. 인간들 중 누구도 자신이 내일 살아 있을지 정확히 알고 있는 자는 없단 말이야. 운수가 어느 방향으로 돌아갈지 분명치 않으니까. 어떤 기술로 배울 수도 없고 파악할 수도 없지. 그러니 내 말을 듣고 나에게서 배운 뒤에 기운 차리고 마시게나, 하루하루 자네의 인생만을 헤아리게. 모든 게 운수에 달려 있으니까. (782~789)

마침내 헤라클레스는 알케스티스의 죽음을 알아차린다. 아드메토스는 '너무나 손님을 환대한'(809, cf. 830) 친구인 것이다. 상중임에도 아드메토스가 환대한 것에 대한 보답(842)으로 헤라클레스는 죽은 알케스티스를 살려 내겠다고 결심한다.

가서는 시체들의 주인, 검은 날개를 가진 타나토스를 지켜야겠다, 그자가 무덤 근처에서 제주를 들이켜는 걸 발견할 수 있을 테니까. 매복 장소에서 달려들어 양손으로 에워싸 타나토스를 사로잡게 된다면 나에게 부인을 놓아주기 전까진 그 누구도 옆구리 눌린 타나토스를 떼어 내지 못할 것이다. (843~849)

아드메토스의 환대는 비록 알케스티스와 맺은 약속을 어긴 것이지만 역설적으로 알케스티스를 구원하는 결과를 낳는다. 이렇게 상황이 반전으로 선회한다.

헤라클레스가 퇴장한 후 무대가 텅 비었다. 알케스티스를 매장하고 나서 아드메토스가 다시 무대에 등장한다. 아드메토스가 아내를 잃으면 엄청난 고통을 당할 것이라고 코러스가 이미 예견했다(180~181, 242~243). 아내가 없는 집에 도착한 아드메토스는 슬퍼하며 탄식한다. 성실한 아내를 잃은 것은 남자에게 가장 커다란 불행이다(879~880).

> 친구들이여, 내 아내의 운명이 내 운명보다 더 행복하다고 생각하네, 그렇게 보이진 않겠지만. 어떤 고통도 더는 그녀를 공격하지 않으니 영광스럽게, 그녀는 많은 고통을 끝냈구나. 그러나 나는, 살아선 안 되었던 나는 운명을 피했지만 비참한 삶을 잇게 되었구나. 이제야, 깨달았다. (935~940)

이처럼 아드메토스는 아내를 대신 죽게 하여 자기 목숨은 구했지만 그렇게 함으로써 아내는 명성을 얻고 자신은 불명예로 살게 됨을 발견한 것이다(940). 이제는 죽을 용기도 없는 비겁자란 악평에 쫓기게 될 것이다.

> "보라. 저 수치스럽게 사는 자를! 죽을 용기가 없어 자신과 결혼한 여인을 대신 바치다니, 비겁하게도 하데스를 회피하다니. 그럼에도 사내대장부란 말인가? 게다가 부모를 증오하다니, 자신은 죽길 원치 않았으면서." 불행에 더해 이런 평판이나 듣게 되겠지. 내 삶에 무슨 더 큰 이득 있을까? 친구들이여, 비난받으며 불행하게 살아가는 나에게. (955~961)

여기서 아드메토스는 페레스가 비난하듯이 자신이 비겁한 인간임을 깨닫게 된 것이다. 이러한 점에서 아드메토스는 뒤늦은 발견의 전형이라 하겠다.

구원

헤라클레스가 베일을 쓴 여인을 이끌고 등장한다. 좌절과 절망 위로 생명의 물결이 흘러넘쳐 죽음의 기운이 가시는 듯하다. 이 여인은 헤라클레스가 경기에서 우승해 받은 상이라고 한다. 아드메토스가 아내의 죽음에도 자신을 환대한 행위에 보답하려는 것이다. 하지만 아드메토스는 거절한다.

> 그리고 이 여인을 죽은 아내의 침대에 내 어찌 들일 수 있겠나? 이중의 비난이 두렵다네, 백성들의 비난 말일세, 누군가 나에게 욕을 퍼붓겠지, 자신을 구해 준 여자를 배신하고는 젊은 여자의 침상에 빠졌다고. 죽은 아내에 대해서 (그녀는 나의 존경을 받을 만하니까) 나는 많은 것을 유념해야 하네. (1056~1061)

다음 대화에서도 아드메토스는 헤라클레스가 선사하는 여인을 계속해서 거절한다(1090, 1092, 1096, 1104, 1116). 하지만 계속 거절할 수 없는 노릇이다. 친구의 보답을 거절하는 것은 환대의 법도에 어긋나기 때문이다. 결국 아드메토스는 그 여인의 손을 잡는다. 베일을 벗겨 보니 죽은 아내의 모습이 나타난다. 헤라클레스가 죽음의 신과 싸워 이겨서 그녀를 구해 내어 데려온 것이다. 이렇게 극이 해피엔드로 마무리된다.

「알케스티스」는 아폴론이 아드메토스의 집에서 종살이하여 아드메토스와 친구가 된 신화와, 신부(알케스티스)가 신랑(아드메토스)을 대신해 죽는 민담이 서로 결합하여 극화된 작품이다. 알케스티스는 구원받는 전형에 속하는데, 가정을 구하고 국가 안녕을 도모하기 위해 자기를 희생한 전형이자 모범이라 하겠다. 한편 아드메토스는 아내를 대신 죽게 함으로써 자기 목숨을 보전했으니 이기적이고 비겁한 자라고 볼 수 있다. 하지만 알케스티스가 어떤 강요로 죽음을 선택한 것도 아니고, 아드메토스의 죽음이 가정의 불행과 국가의 붕괴를 야기하기에 왕 대신 죽을 사람이 절실했다는 정황을 외면하기 어렵다. 아울러 아내를 대신 죽게 하여 비겁자란 오명을 쓰고 더 큰 불행을 겪게 됨을 발견하며 정신적 성장을 경험한다. 아드메토스는 고귀하고 경건하며 지혜 있는 영웅으로 어떤 경우에도 환대의 법도를 실천하는 모범으로 주조되었다.

「메데이아」

기원전 431년에 대디오뉘시아 제전 무대에 오른 「메데이아」는 경연에서 3등을 했다고 한다. 우선 「메데이아」의 주인공인 메데이아 신화 전체를 정리해 보자. 메데이아 신화는 네 단계로 나눌 수 있다. 첫 번째 단계는 이아손의 아르고호 모험이다.

이아손은 메데이아 공주의 도움으로 황금 양피를 획득하여 귀향한다. 두 번째 단계는 콜키스에서 메데이아가 이아손을 위해 계략을 꾸며 펠리아스왕을 제거하는 이야기다. 세 번째 단계는 코린토스에 망명하고 있을 때 이아손이 메데이아를 배신하고, 메데이아가 이아손에게 복수하는 이야기다. 네 번째 단계는 아테나이에서 메데이아가 아이게우스와 결혼하여 메도스를 낳지만, 테세우스를 독살하려다가 실패하자 귀향하는 이야기다.

비극 「메데이아」는 메데이아 신화의 세 번째 단계에 해당하고, 메데이아가 계략을 꾸며 이아손과 적들에게 복수한다는 이야기다. 이아손이 코린토스 왕의 딸과 결혼하자 메데이아는 격렬하게 분노한다. 보복을 두려워한 크레온왕은 메데이아의 추방을 명령하지만, 메데이아는 탄원으로 하루 동안 추방을 연기하는 데 성공한다. 그때 우연히 메데이아의 집 앞을 아테나이의 왕 아이게우스가 지나가는데, 메데이아는 그의 자식 문제를 해결해 주는 대가로 아테나이에 피난처를 마련한다. 피난처가 마련되자 메데이아는 공주를 독살할 계획을 세우고 자기 아이들까지 죽일 결심을 한다. 사자가 도착하여 공주와 크레온의 죽음을 전한다. 메데이아는 자식들마저 살해한다. 뒤늦게 등장한 이아손이 자식들의 죽음을 막으려 하지만, 메데이아는 죽은 자식들을 태운 수레를 타고 떠나 버린다.

이러한 줄거리를 살펴보면 「메데이아」는 계략과 복수의 이야기 유형으로 플롯이 짜여 있음을 알 수 있다. 아울러 추방, 탄원, 논쟁, 구원, 희생의 이야기 유형들도 나타난다. 메데이아가 공주를 독살하고 자기 아이들을 살해하는 사건이 파토스에 해당한다. 극적 상황은 이중 반전으로 바뀐다. 남편의 배신으로 추방당할 위기에 처한 메데이아는 계략으로 복수하여 승리하지만, 공주와 결혼한 이아손은 메데이아에게 복수를 당해 자식들마저 잃고 파멸한다. 이전 신화에서 이아손은 사랑과 모험에서 성공한 영웅이었지만 메데이아에게 복수를 당해 파멸하고, 아르고호의 파편에 맞아 비참한 죽음을 맞는다.

「메데이아」에서는 메데이아가 자식들을 살해하여 복수하는 것이 가장 중요한 사건이다. 「메데이아」의 난외(欄外) 주석을 읽어 보면 메데이아 아이들의 죽음에 대한 여러 신화 판본을 읽을 수 있다. 한 신화 판본에 의하면, 코린토스인들이 메데이아의 아이들을 살해했다고 하는데, 그 이유가 무엇인지는 알 수 없다. 또 메데이아가 크레온왕을 살해하자 이에 분노한 코린토스인들이 그녀의 아이들에게 폭력을 행사했다고 적혀 있다. 또 코린토스의 시인 에우멜로스에 의하면, 메데이아가 마법으로 아이들을 불멸의 존재로 만들려 하다가 실패하여 그들을 죽였다고 한다. 이처럼 비극 「메데이아」 이전에 쓰인 신화에는 메데이아가 직접 자식을 살해한 이야기가 없었음을 알 수 있다. 따라서 메데이아가 자식을 살해하여 남편에게 복수한 이야기는 에우리피데스가 「메데이아」에서 처음으로 도입한 플롯이라 하겠다. 이야기 유형들의 순서를 바탕으로 메데이아가 어떻게 복수의 전형으로 형상화되는지 살펴보자.

배신과 분노

무대 배경은 코린토스 외곽에 있는 메데이아의 집이다. 메데이아의 유모가 등장해 이아손의 아르고호 모험과 메데이아의 사랑을 이야기하고, 메데이아의 현 상황을 알려 준다(1~48). 이아손이 메데이아와 자식을 버리고 코린토스의 왕 크레온의 딸과 결혼했다고 한다(17~19). 유모'는 배신당한 메데이아의 무서운 성격을 묘사하고, 그녀가 어떻게 대응할지 몰라 두려워한다.

> 여주인이 무슨 새로운 계획을 짜낼까 겁이 나요. [그녀 마음은 심중하고, 부당하게 당하는 걸 견디지 못하죠. 내가 그녀를 잘 알기에, 두려움에 몸서리쳐요. 그녀가 날 선 칼을 간장에다 밀어 넣을까, 조용히 집 안으로, 침상이 있는 곳으로 들어가 왕과, 결혼한 새신랑을 죽여 버릴지 모르니 그러면 그녀는 무슨 더 커다란 불행을 맞이할까.] 여주인은 무서운 능력자니까. 누구라도 그녀와 적대하여 맞서게 되면 승리의 노래를 쉽게 부르진 못할 겁니다. (37~45)

이렇게 메데이아가 이아손에게 복수하기 위해 계략을 꾸밀 거라고 예상한다. 무엇보다도 메데이아가 뛰어난 능력을 지니고 있어 사람들이 두려움을 불러일으킨다는 점을 강조한다.

이제 가정 교사가 메데이아의 두 아들을 데리고 등장한다. 가정 교사는 크레온왕이 메데이아와 그 자식들을 추방할 거라는 새로운 소식을 전하며(70~71) 극 행동에 또 다른 동기를 부여한다.

이러한 상황에서 메데이아가 어떻게 반응할지 주목하게 된다. 우선 집 안에서 메데이아가 통곡하고 저주하는 소리가 들려온다.

> 아이아이(*aiai*), 가여운 내가 겪었구나, 비통한, 엄청난 일을 겪었다고. 이 저주스러운 아이들, 미움받는 어미의 자식들, 아비와 함께 사라져라. 온 가정이 무너져라. (111~114)

그런데 메데이아가 남편 이아손은 물론 아이들에게도 분노하고 있다는 사실이 중요하다. 이러한 대사는 메데이아가 어떤 복수를 하게 될지 암시한다고 볼 수 있다.

메데이아의 또 다른 대응이 주목할 만한데, 그것은 신들에게 호소하는 것이다.

> 오 위대한 테미스와 여주인 아르테미스여, 제가 겪고 있는 고통을 보고 계시나요? 저는 저주받을 남편과 강력한 맹세로 인연을 맺었지요. 언젠가 그와 그의 신부가, 그들이 이룬 가정과 함께 으깨지는 걸 보게 되길. (160~164)

이처럼 메데이아는 신들의 이름을 부르며 자신이 당한 불의를 증언하고 이아손을 고소한다. '맹세'를 어긴 남편을 응징하게 해 달라고 신들에게 탄원하는 것이다.

메데이아는 첫 장면부터 등장하지 않고 유모와 가정 교사가 등장해 메데이아의 분노와 그녀의 성격을 묘사했다. 게다가 집 안에서 들려오는, 메데이아가 통곡하고 저주하는 소리는 극적 긴장을 드높인다.

마침내 메데이아가 등장하는데, 관객의 기대와는 다르게 메데이아는 평정심을 되찾고 코린토스 여인들로 이루어진 코러스에게 다가간다. 남편의 배신에 절망하고 분노했으나 감정을 잘 조절한 것이다. 차분하게 코린토스의 여인들에게 말하며 여자의 보편적 운명을 강조한다.

숨이 붙어 있고 판단력 있는 모든 생명체 가운데 우리 여자들이 가장 비참한 존재랍니다. 우선 우리는 터무니없는 가격으로 남편을 사야 하고 또한 몸의 주인님으로 모셔야 하지요. 모셔야 하는 불행이 사야 하는 불행보다 훨씬 더 고통스럽네요. 우리 인생에서 가장 중요한 경주의 성패는 좋은 남편을 얻느냐, 나쁜 남편을 얻느냐에 달려 있지요. 여자들에게 이혼은 명예롭지 않고 남편을 거절하는 것도 불가능해요. (230~237)

남자는 안사람과 함께 지내다 싫증이 나면 바깥으로 나돌며 마음속에 쌓인 구역질을 떨쳐 냅니다. [어떤 친구들이나 또래를 찾아가죠.] 그러나 우리는 한 사람만 쳐다봐야 하지요. 남자들은, 우리가 가정에서 위험 없는 삶을 산다고 말합니다. 한편 남자들은 창으로 싸운다고 분별없이 떠벌리지요. 즉 아이를 한 번 낳느니 전장에서 세 번이라도 방패 들고 맞설 마음 있어요. (244~251)

이런 말로 메데이아는 같은 여성인 코러스와 공감대를 형성하며 부탁의 말을 덧붙인다. 그녀가 적들에게 복수할 방법과 계책을 찾아냈을 때 비밀로 해 달라는 것이다.

이 '배신과 분노'에서 메데이아는 절망적 상황을 잘 극복한다. 평정심을 유지한 채 남성 중심의 가부장 사회에서 여성이 겪는 보편적 운명을 언급하며 코러스를 자기편으로 만드는 데 성공한 것이다. 코러스가 메데이아의 계략을 발설하면 그녀의 복수는 결코 성공할 수 없을 것이다. 아울러 메데이아의 성격이 잘 묘사되어 있다. 뛰어난 능력을 소유해서 무시무시한 메데이아가 적에게 반드시 복수해 승리할 거라고 기대하게 한다. 이미 메데이아는 복수의 전형으로 부각되어 있다.

탄원 1 + 계략

분노를 잘 조절하고 코러스를 자기편으로 만든 메데이아에게 두 번째 위기가 닥쳐온다. 크레온왕이 등장하여 아이들과 함께 당장 코린토스를 떠날 것을 메데이아에게 명령하기 때문이다(271~276). 그런데 당장 추방되면 복수할 시간이 없다. 이제 메데이아는 크레온의 마음을 움직여 추방을 연기해야 한다. 크레온의 발 앞에 무릎을 꿇고 탄원한다. 하지만 어떤 말로도 크레온의 두려움을 잠재울 수 없다. 대화가 이어지는 동안 마침내 메데이아는 크레온을 설득할 수 있는 지점을 찾아낸다. 자식을 키우는 부모의 심정에 호소하며 단 하루만이라도 추방을 연기해 달라는 것이다.

메데이아 제발 하루 동안만 제가 여기에 머물게 허락해 주세
요. 제가 추방되어 어디로 가야 할지 숙고하게 해 주세요,
아이들 위한 피난처도 찾아야 하니까요. 아비라는 인간은
아이들을 도우려고 아무 신경도 쓰지 않으니까요. 아이들
을 동정하세요. 당신도 아이들의 아빠이시죠. 아이들에게
호의를 보이는 것은 마땅한 일이니까요. 추방될지 아닐지,
나 자신의 안녕을 걱정하는 게 아니라 아이들의 불행을 두
고 통곡하고 있는 거랍니다. (340~347)

그녀의 설득에 마음이 움직인 크레온은 하루 동안만 메데이
아와 그녀의 자식들이 코린토스의 국경 안에 머무는 것을 허락
하고 퇴장한다.

이제 메데이아는 독백 같은 연설(364~409)을 하면서 복수의
여러 방법을 숙고한다. 이는 메데이아가 코린토스의 여자들에
게 말하지만, 자신과 대화를 나누며 복수의 계획을 세우는 것
이라 하겠다.

그들에게 치명적인 많은 방법이 있지만 어떤 방법에 착수
해야 할지 모르겠네요, 친구들이여, 신혼집에 불을 놓아 버릴
까, 아니면 간장에다 연마한 칼을 밀어 넣을까, 침상이 깔려
있는 집 안으로 잠입해서 말이다. 그런데 [내게는] 한 가지 장
애가 있단 말이야, 집 문턱 넘어가 계략을 실행하다가 붙잡히
면 죽임을 당해 적들의 웃음거리가 되고 말 거다. 가장 반듯한

수단, 타고난 내 능력 잘 보여 주는 독약으로 그들을 죽이는 것이 상책이지. 좋아, 그렇게 하자고. 그들 모두 죽은 목숨. 하지만 어느 도시가 날 받아 줄까? 어떤 친구가 체포 없는 땅과 안전한 집을 제공하여 내 육신을 구해 줄 수 있을까? 그런 사람은 없어. 그래서 아직은 잠시 기다려 보고 만약 누가 나에게 안전한 방벽으로 나타난다면, 조용히 속임수 쓰며 나는 독살의 길을 갈 것이다. 그런데 만약 대책 없는 사태가 나에게 닥쳐온다면 나 자신은 검을 잡고, 죽게 되더라도 그들을 죽이겠어. 나는 가장 대담한 길로 들어서는 게지. (376~394)

이 대사에서는 복수의 구체적 방법들이 차례로 그 모습을 드러낸다. 독약의 사용이 최선이라는 결론이다. 하지만 독으로 적을 살해한 뒤에 자신을 보호해 줄 피난처가 없다는 것이 문제다. 음모가 발각되더라도 메데이아는 용감하게 적들과 맞설 준비가 되어 있다. 이러한 상황에서 메데이아는 자신의 이름을 부르며 용기를 북돋는다.

그럼 자, 네가 할 수 있는 어느 것도 아끼지 마라, 메데이아여, 계획을 세우고 계략을 짜내라. 사투를 벌여라. 지금부턴 담력의 싸움이다. 네가 어떤 고통을 당하는지 보고 있느냐? 이아손과 코린토스 계집의 결혼에 네가 웃음거리가 되어선 안 돼. 헬리오스와 훌륭한 아버지로부터 태어났던 네가. (401~406)

이처럼 메데이아가 자기 이름을 부르며 용기를 북돋는 모습은 서사시 『일리아스』에서 결전에 앞서 자기 이름을 부르며 용기를 북돋는 영웅의 모습을 떠올리게 한다. 또 메데이아는 적의 웃음거리가 되는 것을 매우 두려워하는데(375, 404), 이러한 태도도 호메로스 영웅의 태도와 유사하다. 따라서 메데이아는 야만족 공주이자 외국인이고 두 아들의 어머니이지만, 호메로스 영웅의 가치관이 반영되어 형상화된 캐릭터인 것이다. 호메로스의 전형적 영웅처럼 메데이아가 적을 응징하여 손상된 명예를 회복하고 명성을 드높일 거라 기대할 수 있다.

탄원 2 + 계략

마침내 모습을 드러낸 이아손과 메데이아가 격렬한 논쟁을 벌이는데(446~626), 이 논쟁에서 영웅 이아손은 주로 이득, 경제, 교역과 관련된 어휘들을 구사하며 동시대 소피스트의 전형적 인물로 나타난다. 반면 메데이아는 충성, 우정, 맹세 등 전통적 가치와 밀접한 어휘를 구사하여 이아손의 가치관과 날카로운 대조를 이룬다. 따라서 이아손에게서는 영웅의 아우라가 사라지고, 오히려 야만족 공주 메데이아가 전통적 가치관을 드러내며 영웅의 아우라를 획득한다.

퇴짜 맞은 자선가처럼 이아손이 퇴장하고 나서 우연히 아테나이 왕 아이게우스가 메데이아 집 앞을 지나간다. 아이게우스는 메데이아와 긴 대화를 나누는데, 아이게우스가 델포이에서 받은 신탁이 주요 화제다. 그 신탁은 "가죽 부대의 툭 튀어나온 발을 풀지 말라"는 내용이다(679). 이 신탁에 대해 형제 핏테우스와 의논하고자 아이게우스는 트로이젠을 향해 여행 중이다.

아울러 메데이아는 이아손의 악행을 아이게우스에게 고발한다. 이아손의 배신행위에 아이게우스도 함께 분노한다. 아이게우스의 무릎을 잡고 메데이아는 탄원한다.

> 그대에게 간청합니다. 그대의 턱수염과 무릎을 붙잡고요. 나는 그대의 탄원자가 됐네요. 날 불쌍히 여기세요, 이 불쌍한 여자를 동정하세요. 친구 없이 혼자서 추방되는 걸 두고 보지 마세요. 부디 그대의 땅과 집의 손님으로 받아 주세요. 그러면 신들께 맹세코, 자식에 대한 소망도 실현되고 그대 자신도 임종 때까지 행복과 번영을 누리시길 빌어요. 어떤 종류의 행운을 만난 것인지 당신은 모를 거예요. 그대의 무자식 팔자를 끝내 주고 아이의 종족을 낳게 해 줄게요. 이를 위한 약초를 내가 잘 알아요. (709~718)

아이게우스는 메데이아의 탄원 요청을 받아들이지만, 자신이 그녀를 데려갈 수는 없다는 점을 확인시킨다. 메데이아가 제 발로 아테나이에 온다면 궁전 대문은 활짝 열릴 것이다. 아직도 메데이아는 펠리아스의 딸들의 추격을 피해야 하고, 복수에 성공할 경우 코린토스 시민들의 분노도 피해야 하기 때문이다. 가이아와 헬리오스 신의 이름을 걸고 아이게우스는 약속을 지키겠노라 엄숙하게 맹세하고(752~753) 트로이젠을 향해 퇴장한다.

이 장면에서도 메데이아가 어떻게 로고스를 사용해 상대방을 잘 설득하는지 볼 수 있다. 메데이아는 아이게우스 앞에서 이아손의 불의를 고발하고 아이게우스의 자식 문제를 해결해 줄 것을 약속하여 피난처를 확보한다. 이 과정에서 아이게우스는 메데이아의 지혜를 긍정적으로 평가하고 그녀를 친구로 간주하며 맹세로써 환대의 법도를 실천하려고 한다.

아리스토텔레스의 『시학』에 의하면, 아이게우스의 등장은 우연히 일어난 일로 보이기 때문에 불합리하다고 한다(1461b, 16~23). 하지만 아이게우스의 등장은 메데이아가 신들에게 이아손의 불의를 고발하고 신들의 도움을 탄원한 결과라 할 수 있다. 실제로 메데이아는 작품 전반에 제우스 신, 테미스 여신, 헤카테 여신, 헬리오스 신 등을 부르며, 이아손이 맹세를 어기고 배신한 행위를 증언하면서 정의의 회복을 호소한다. 따라서 아이게우스의 등장은 메데이아의 기도에 대한 신의 응답이라고 해석할 수 있다. 이처럼 메데이아는 신적인 존재들과 소통하여 그들의 도움을 받는 마법사의 전형이 된다. 아울러 신들이 관장하는 맹세의 법도를 어긴 자를 응징하는 모범을 구현한다고 볼 수 있다.

아이게우스왕에게서 피난처를 확보한 메데이아는 복수할 계획을 구체화한다. 독약을 사용해 적들을 살해했을 때 직면할 장애물(386~394)을 제거한 것이다. 메데이아의 운명이 서서히 정반대로 상승하기 시작한다. 곱게 짠 옷과 황금 머리띠에 독약을 바른 뒤 그것을 공주에게 선물하려는 계획을 세운다. 그 장신구를 공주가 몸에 두르면 죽을 것이고, 그녀를 건드리는 사람도 죽음을 피할 수 없을 것이다. 아이들이 코린토스에서 추방되지 않고 남게 해 달라고 탄원하며 선물을 전달하면 된다. 여기서 한 걸음 더 나아가 메데이아는 자식 살해의 가능성을 염두에 둔다.

> 나는 신음했지, 그러고 나서 어떤 종류의 일을 내가 해야만 하는지, 하고. 아이들을 죽일 겁니다, 내 아이들을요. 아이들을 구할 자는 아무도 없소. 이아손의 가정 전체를 지우고 나서 이 땅을 떠날 거요, 가장 불경한 짓을 감행하고 나서 가장 귀한 아이들을 죽인 결과를 피하기 위해서. 적들의 웃음거리, 그건 참을 수가 없어요, 친구들이여. (791~797)

이렇게 메데이아는 자식 살해를 선언한다. 이아손의 현재와 미래 자식을 모두 파괴하여 이아손에게 최상의 복수를 하겠다는 생각이다. 그렇게 되면 이아손의 가정은 완전히 파괴될 것이다. 그런데 공주가 독살되면 아이들을 데리고 피난처로 도망갈 수 없는 노릇이고, 남겨진 아이들은 코린토스 시민들의 손에 죽임을 당할 것이다. 또다시 메데이아는 적들에게 비웃음을 당하는 것은 참을 수 없다고 하며(796~797) 남성 영웅의 가치관을 드러낸다. 이처럼 메데이아는 복수의 장애물을 제거하면서 복수 계획을 성공적으로 이끌고 복수를 위해서는 자식마저도 살해하는 복수의 전형으로 나타난다.

숙고와 결단

이아손이 다시 등장하자 메데이아는 로고스로 이아손을 조종하여 복수의 계획을 실행한다. 이제 태도를 바꾼 메데이아는 남편에게 용서를 구하며 아이들이 코린토스에 남을 수 있도록 새 신부를 설득해 달라고 간청한다. 이러한 간청을 이아손이 받아들인다. 이아손과 함께 아이들은 메데이아가 준비한 선물을 들고 공주를 찾아간다.

가정 교사가 등장해 기쁜 소식을 전한다. 공주가 선물에 기뻐했고 아이들도 추방되지 않고 코린토스에 거주하게 될 것이다. 메데이아의 복수 계획은 순조롭게 진행되고 있다. 이처럼 외적인 장애물들은 모두 제거되었지만, 아직 내적인 장애물이 남아 있다. 무대 위의 아이들을 바라보며 메데이아는 두 가지 가능성을 숙고한다(1021~1080).

이 독백에서는 어머니의 모성과 영웅의 복수심이 내면에서 갈등하고 있음을 보여 준다. 메데이아는 아이들을 죽일 수 없다고 하다가도 갑자기 그녀의 내면에서 영웅적 가치관으로 무장한 남성 영웅의 목소리가 들려온다.

내게 무슨 일이 일어난 거야? 내 적들이 벌도 안 받고 내버려 두어 조롱의 빚더미에 앉고 싶은 거냐? 그 일은 내가 행해야만 한다. 나의 비겁함이라니, 부드러운 말을 내 마음에다 속삭이다니. 애들아, 집 안으로 들어가거라. 누구라도 내 희생 제의에는 참석하지 않도록 신경 써야 하니. 내 손이 주재하는

제의를 망치지 않을 것이다. (1049~1055)

>하데스 지하의 복수 정령의 이름을 걸고 내가 아이들을 적
들에게 넘겨주어 적들이 아이들을 마구 해치는 일은 결코 없
을 거다. 무슨 일이 있어도 아이들은 죽어야 해. 그래야 한다
면 아이들을 낳은 내가, 어미가 직접 죽이겠어. 여하튼 그 일
은 결정되었으니 피할 길이 없다. (1059~1064)

이처럼 메데이아의 내면에서는 남성 영웅의 목소리가 모성의
목소리를 압도해 간다. 그리고 메데이아는 결심을 굳힌 듯 아이
들과 마지막 작별 인사를 나눈다. 아이들을 집 안으로 들여보낸
뒤 자신의 결심을 이렇게 밝힌다.

>나는 잘 알고 있다, 어떤 불행을, 내가 자초하고 있는지. 분
노의 마음이 복수 계획을 다스리며 이끌고 있구나, 분노야말
로 인간에게 가장 큰 재앙을 낳는 근원이다. (1078~1080)

메데이아는 아이들을 죽여 복수하기로 결정한 것이다. 무슨
짓을 하려는지 잘 알지만, 그 짓을 할 수밖에 없다는 결론이다. 메
데이아의 내면에서는 모성을 가진 어머니의 목소리와 복수심에
불타는 남성 영웅의 목소리가 서로 충돌한다. 마침내 내적 장애
물도 제거했다. 여기에서 메데이아는 명예를 손상한 적에게는 반
드시 복수하는 모범을 구현하는 것이다.

복수

사자(使者)가 등장해 메데이아에게 달아나라고 조언한다. 메데이아의 독에 젊은 공주와 크레온왕이 죽었다는 사실을 알리며(1125~1126), 무대 바깥에서 일어난 사건을 자세히 보고한다(1136~1230). 처음에 공주는 메데이아의 아이들을 보고는 시선을 돌렸지만, 이아손의 설득과 아이들의 선물에 마음이 움직여 아이들이 추방되지 않도록 부왕에게 간청하겠다고 약속한다. 그런데 공주가 옷을 몸에 두르고 황금 머리띠를 쓰는 순간 맹독에서 생겨난 불길에 타 죽고 만다. 이어 등장한 크레온이 불에 타고 있는 딸을 포옹했다가 그도 함께 타 죽는다. 이러한 보고를 듣고 메데이아가 말한다.

> 친구들이여, 내 결심은 확고하오. 빨리 내 자식들 죽이고 이 땅에서 도망치는 것. 여유 부리다가, 아이들을 다른 적의 손에 넘겨주어 죽게 해서는 안 돼. 아이들이 반드시 죽어야만 한다면 아이들 낳은, 바로 내가 죽일 것이다. 자, 무장하라, 담대한 마음이여. 왜 주저하느냐? 무시무시한 불행이지만 반드시 감행해야 한다. 자, 불쌍한 나의 손이여, 검을 잡아라. (1236~1244)

새로운 상황에서 메데이아는 아이들을 죽일 결심을 다시 굳힌다(1236). 직접 아이들을 죽이지 않으면 코린토스 시민들이 아이들을 살해할 것이다(1060~1066). 비록 메데이아가 아이들을 죽이겠다고 결심했지만 아이들 살해를 피할 수 없음을 발견한 듯하다(1243). 또다시 메데이아는 호메로스의 영웅처럼 담대한 마음(1042)을 부르면서 복수를 마무리하고자 한다.

이렇게 에우리피데스는 메데이아가 제 자식들을 살해하게 한다. 이전 메데이아 신화에서는 읽을 수 없는 내용이다. 전통 신화에서는 마법을 부리는 이방의 여인으로 알려진 메데이아가 남편에게 복수하기 위해 친자식을 살해하는 이야기는 이 작품에서 처음 등장한다. 이전 신화에서는 메데이아가 크레온왕을 살해해 이에 분노한 코린토스 시민들이 그녀의 아이들을 죽였다고 한다. 따라서 자식 살해의 복수는 에우리피데스가 처음으로 창안한 것이다.

데우스 엑스 마키나

이아손이 황급히 등장해 분노한 코린토스 시민들을 막으며 아이들을 구하려고 한다. 하지만 코러스와 대화를 나누는 과정에서 아이들의 죽음을 알게 된다. 이아손이 집 대문을 부수고 들어가려 할 때, 메데이아는 집 지붕 위에 헬리오스가 보내 준 뱀들이 끄는 수레를 타고 신적인 존재로 변모해 있다. 그녀 앞에는 아이들의 시체가 보인다. 이 장면에서 이중 반전으로 이아손은 패배하고 메데이아는 승리하여 두 사람의 위치가 전도된 것이다. 메데이아는 아이들의 매장, 불경한 살인의 속죄, 이아손의 최후에 대해 말하고 나서 아테나이를 향해 날아간다. 이에 이아손이 제우스 신을 부르며 메데이아의 악행을 증거하지만, 그것은 공허한 메아리로 울려 퍼진다. 메데이아가 복수의 악령과 같은 신적인 존재로 변한 것이다.

이러한 결말은 물론 비현실적이라 하겠다. 메데이아가 복수하기 위해 자식을 살해했기에 인간성을 상실하여 복수의 악령이 되었음을 상징하는 것 같다. 또 메데이아가 그런 존재로 변모했다는 것은 지금까지 전개된 세속적 드라마가 환상적 신화로 복귀했음을 의미한다. 하지만 이러한 변모는 아이게우스가 우연히 등장한 장면에서 이미 준비된 것인지도 모른다. 맹세를 어긴 이아손의 악행을 증거하며 신들에게 구원을 탄원했으니 메데이아가 이렇게 신적인 존재로 변모했다는 것은 신들이 메데이아의 탄원에 응답한 결과라고 해석할 수 있다.

영웅 이아손은 비극 「메데이아」에서 비열한 인간으로 그려지고 동시대 소피스트의 모습도 담고 있다. 반면 야만족 공주이며 이방인인 메데이아는 호메로스 서사시의 남성 영웅처럼 명예 중심의 가치관에 따라 행동하는 모습을 보여 준다. 이처럼 영웅 이아손과 이방인 메데이아 사이에 가치의 전도가 일어났음을 알 수 있다.

물론 메데이아의 복수는 자식들을 살해했으므로 인륜을 저버린 끔찍한 행동이다. 하지만 그것은 메데이아가 처한 상황에서 불가피한 행동이고, 손상된 명예를 회복하고 맹세의 정의를 다시 세울 수 있는 길이다. 메데이아는 그리스 상고기 시대 영웅의 가치관, 즉 명예를 손상한 적에게는 반드시 복수해야 한다는 가치관에서 바라보면 복수의 전형이자 모범이라 할 수 있다. 또 신들과 소통하여 신들의 가호를 받는 마법사의 전형이고, 신들이 관장하는 맹세의 정의와 환대의 법도를 위반한 자를 응징하는 모범이기도 하다. 신들이 메데이아의 복수를 지지하고 있다는 흔적을 「메데이아」에서 발견할 수 있다(764, 802, 1231~1232, 1260). 어쩔 수 없는 상황이긴 하지만 자식들까지도 복수의 수단으로 이용하고 복수의 완성을 위해 자식들을 무자비하게 살해하는 메데이아의 모습에서 정의를 구현하는 모범이 퇴색하는 듯하다.

「힙폴뤼토스」

「힙폴뤼토스」의 주인공 파이드라의 이름은 『오뒷세이아』 제11권에서 읽을 수 있다. 오뒷세우스는 여러 망령들과 마주치며 그들에 대해 이야기하는데, 이때 아리아드네와 함께 있는 파이드라를 보게 된다. (『오뒷세이아』 11. 321) 하지만 파이드라에 대한 이야기는 나오지 않는다. 또 다른 주인공 힙폴뤼토스는 테세우스와 아마존 여전사의 아들로 이전 신화에서 그의 이야기를 찾아보기가 쉽지 않다.

「힙폴뤼토스」는 본래 '화관을 쓴 힙폴뤼토스'로 불리는 작품인데 에우리피데스가 파이드라와 힙폴뤼토스 신화를 소재로 두 번째로 극화한 것이다. 첫 번째로 극화한 작품인 「베일에 싸인 힙폴뤼토스」는 우리에게 전해지지 않는다. 비잔티움의 아리스토파네스의 설명에 따르면, 이 첫 번째 작품에 나타난 여러 부적절하고 비난받을 점을 두 번째 작품에서 수정했다고 한다. 이 "부적절하고 비난받을 점"이란 파이드라가 직접 힙폴뤼토스를 유혹한 행동을 말하는 것 같다. 첫 번째 작품 「베일에 싸인 힙폴뤼토스」에서는 세네카의 「파이드라」에서 볼 수 있듯이, 파이드라가 남편 몰래 양아들을 유혹하는 악녀의 전형이었음이 틀림없다.

두 번째 작품 「힙폴뤼토스」의 줄거리는 다음과 같다. 힙폴뤼토스는 아르테미스 여신만을 경배하고 아프로디테 여신은 경배하지 않는다. 이에 분노한 아프로디테 여신은 파이드라가 양아들 힙폴뤼토스를 사랑하게 한 뒤 이 사실을 테세우스에게 알리는 방법으로 힙폴뤼토스를 응징하고자 한다. 파이드라는 사랑의 열병으로 고통받는데, 마침내 그녀의 사랑을 유모가 알아차리고 직접 힙폴뤼토스를 찾아가 파이드라의 사랑을 알린다. 이에 힙폴뤼토스는 파이드라를 격렬하게 비난한다. 그러자 파이드라는 오만한 힙폴뤼토스에게 복수하고, 자신과 아이들의 명예를 지키고 좋은 명성을 남기기 위해 힙폴뤼토스가 자신을 겁탈하려 했다는 거짓 서신을 남기고 자결한다. 이 서신을 읽고 분노한 테세우스는 성급하게도 힙폴뤼토스를 저주하고 그를 추방한다. 추방된 힙폴뤼토스는 아버지가 보낸 저주로 사고를 당해 죽어 간다. 이때 아르테미스 여신이 나타나 파국을 해명하고, 힙폴뤼토스는 테세우스를 용서하며 죽음을 맞이한다.

이 줄거리에서 가장 중요한 이야기 유형은 힙폴뤼토스가 아프로디테 여신에게 휘브리스(hybris)를 저질러 징벌을 받는다는 것이다. 전체적으로는 예언, 발견, 계략과 복수, 저주와 추방, 데우스 엑스 마키나의 이야기 유형이 결합하여 플롯이 형성된다.

이러한 줄거리에서 알 수 있듯이, 이 작품은 두 여신이 작품의 첫 부분과 마지막 부분에 등장하는 액자 구조를 이루고 있다. 이 액자 구조는 또한 신의 계획과 인간의 행위라는 이중적 동기로 극 행동이 전개됨을 보여 준다. 첫 번째 상황 변화는 유모가 파이드라의 사랑을 힙폴뤼토스에게 드러내는 발견이다. 두 번째는 파이드라가 자결하면서 계략을 사용해 오만한 힙폴뤼토스에게 복수하는 것이다. 그녀의 복수는 테세우스가 파이드라의 계략에 속아 힙폴뤼토스를 저주하여 그가 죽게 하는 것으로 전개된다. 그의 죽음은 파토스에 해당한다.

위에 제시한 이야기 유형들의 순서를 바탕으로 힙폴뤼토스와 파이드라의 행위를 분석하고 종합해 보자.

예언

펠로폰네소스반도의 트로이젠이 무대 배경이다. 테세우스의 궁전이 보이는데, 궁전의 양편에는 각각 아프로디테 여신과 아르테미스 여신의 조각상이 세워져 있다. 아프로디테 여신이 출현하며 극이 시작된다. 아프로디테는 자신의 정체를 밝히고 나서 신적 권능을 강조하며 자신을 경배하는 자들은 명예를 높여 주지만 자신에게 "거만하게 구는 자"(6)는 파멸시킨다고 선언한다(4~6). 이런 원리에 대한 본보기로 힙폴뤼토스를 지목한다. 힙폴뤼토스는 트로이젠에서 "유일하게"(12) 자신을

"가장 사악한 신"(13)이라고 부르며 사랑과 결혼을 거부하고 (11~14), 아르테미스 여신만을 가장 위대한 여신으로 찬양하고 있다(15~16). 게다가 사냥에만 몰두하며 아르테미스 여신과 인간 교제를 넘어선 교제를(19) 하고 있다. 따라서 아프로디테 여신은 이러한 힙폴뤼토스를 징벌하겠다고 선언한다(21). 이를 위해 이미 파이드라가 힙폴뤼토스를 사랑하게 했다고 한다(27~28). 앞으로 벌어질 사건이 미리 알려진다.

> **아프로디테** 그러나 이 사랑이 이렇게 끝나서는 안 되고 내가 테세우스에게 그녀의 애욕을 드러내 보여 주면 날 적대하는 이 청년은 그의 아비 손에 죽게 될 것이다. 이는 그의 아비가 퍼부은 저주 때문이고, 그 저주는 바다의 왕 포세이돈이 테세우스에게 선사했던 세 가지 소원이다. 신에게 빌면 반드시 이루어진다. 한편 파이드라는 명예를 지키지만 죽음을 맞을 것이다. (41~48)

그리고 아프로디테 여신이 계획한 대로 극이 진행된다. 이제 힙폴뤼토스는 사냥꾼들과 함께 아르테미스 여신의 찬가를 부르며 등장하고, 정결한 초원에서 엮은 화환을 아르테미스 여신에게 바친다. 오로지 자신만이 아르테미스 여신과 함께하는 특권이 있음을 강조한다(84~86). 그리고 삶이 시작한 대로 끝마치게 해 달라는 소원을 말한다.

이어지는 스티코뮈티아(88~107)에서는 늙은 시종과 힙폴뤼토스의 대화가 이어지는데, 늙은 시종이 힙폴뤼토스에게 조언한다. '거만함'(93)은 인간들과 신들에게 미움을 받는다고 강조하며, 왜 아프로디테 여신에게는 인사하지 않는지 그 이유를 묻는다.

> **힙폴뤼토스** 야밤에 경배받는 신들은 그 누구도 내 맘에 들지 않아.
>
> **하인** 젊은이여, 신들의 명예는 반드시 드높여야 합니다.
> (106~107)

그러나 힙폴뤼토스는 하인의 조언을 무시하고 시종들에게 저녁 식사를 준비하고 말들을 잘 관리하라고 명령한 뒤 퇴장한다.

이 대화에서는 아프로디테 여신이 힙폴뤼토스를 적대하는 이유가 분명하게 드러난다. 힙폴뤼토스는 아프로디테 여신이 상징하는 우주적 원리인 에로스를 무시하는 휘브리스를 범한 것이다. 따라서 신에게 휘브리스를 범해 파멸하는 전형에 속한다. 이러한 휘브리스를 보여 주긴 하지만, 다른 관점에서 바라보면 힙폴뤼토스는 순결하고 고귀한 인물이기도 하다.

발견 1, 발견 2

트로이젠 여자들의 코러스가 등장하며 노래한다. 파이드라의 질병에 대한 소식을 듣고 이렇게 나타난 것이다. 파이드라가 3일 동안 식사도 하지 않고 오로지 죽으려 한다는 것이다. 그래서 코러스는 그녀의 질병의 원인을 추측한다. 아마도 파이드라는 판(Pan) 신에게 사로잡힌 듯하다. 아니면 아르테미스 여신을 무시했을 것이다. 아마도 테세우스가 외도를 저질렀거나 크레타의 가족에게서 나쁜 소식을 들었을 것이다. 아니면 산고(産苦)나 어리석은 망상 때문에 그런 것이다(163~164).

이제 들것에 실린 파이드라가 등장한다. 유모에게 신선한 공기를 쏘이고 싶다고 했던 것이다. 파이드라는 상사병의 징후를 보여 준다.

> **파이드라** *아이아이*(*aiai*), 신선한 샘에서 맑은 물 한 모금을 마시고는 무성한 초지, 흑양나무 아래 누워 쉬기를 간절히 열망하노라. (208~211)

> **파이드라** 날 산으로 데려가 다오. 숲으로, 소나무로 가고 싶다. 그곳에선 야수 잡는 개들이 점박이 사슴들 뒷발을 쫓아가 짓밟아 버린다. 신들의 이름으로 제발. 개들에게 소리 지르고 싶다. 내 손에는 날 선 무기를 들고 내 금발 머리 너머로 테살리아인의 창을 뿌리고 싶구나. (215~222)

이처럼 파이드라는 전원의 삶을 동경하며 사냥을 하고 싶어 한다. 하지만 무엇 때문에 그런 말을 하는지는 알 수가 없다. 파이드라는 오로지 죽고 싶을 뿐이다. 코러스는 유모를 설득하여 그 원인을 찾아내게 한다. 파이드라가 계속해서 침묵을 지키자 유모는 다양한 시도를 하여 파이드라의 입을 열게 하려 한다. 무엇보다도 그녀가 죽게 되면 아이들에 대한 책임을 망각하는 것임을 상기시킨다(305~309). 파이드라의 자식들이 아니라 서자인 힙폴뤼토스가 왕위를 물려받기 때문이다. 힙폴뤼토스의 이름이 나오자 파이드라는 더는 침묵하지 못하고 "오이모이(oimoi)" 하고 감탄사를 연발한다.

길게 이어지는 스티코뮈티아(311~353)에서는 파이드라가 열병을 앓는 원인이 밝혀진다. 바로 힙폴뤼토스 때문이다. 그런데 파이드라가 크레타 왕가 출신이라는 배경도 사랑의 열병을 앓는 원인이 될 수 있다(337~341, 372, 719, 752ff.). 파이드라의 어머니 파시파에는 황소를 사랑해 괴수 미노타우로스를 낳았고, 파이드라의 자매인 아리아드네는 자신이 사랑했던 테세우스에게 버림을 받았다.

비록 파이드라의 사랑이 맹목적이고 비이성적인 열병으로 보이지만 파이드라는 수치심과 경외심을 가진 인물로 묘사되어 있다. 사랑의 열병에 시달리며 이렇게 말했기 때문이다.

파이드라 내가 그런 말을 다 하다니 수치스럽네. 날 덮어 주게. 두 눈에선 눈물이 나고 얼굴은 수치 그 자체로 바뀌고 말았어. 자신이 품은 생각을 바로잡는 건 고통스러워. 하지만 발광을 떠는 짓은 재앙이야. 알지도 못한 채 죽어 버리는 게 최선이야. (244~249)

이처럼 파이드라는 자신이 내뱉었던 말에 수치심을 느끼고 있다. 이제는 자기 발 앞에 쓰러져 오른손을 달라고 탄원하는 유모에게 말한다.

> **파이드라** 주겠네. 자네가 보여 준 탄원의 엄숙함을 존중하니까. (335)

여기에서 파이드라는 유모의 탄원이 보여 준 경의를 존중하는 것이다.

마침내 파이드라는 유모의 탄원에 굴복하여 힙폴뤼토스가 상사병의 원인임을 밝힌다. 이제 진실이 드러난 상황에서 파이드라는 긴 연설(373~430)로 현 상황을 숙고하면서 간통이라는 수치스러운 짓을 피하기 위해서는 자결할 수밖에 없다는 결론을 내린다.

우선 인간이 나쁜 짓을 저지르는 이유에 대한 일반론을 전개한다.

> 밤새도록 기나긴 시간 동안 이미 나는 인간 삶이 어떻게 파괴되는지 숙고했습니다. 사람들이 더 나쁜 짓을 저지르는 것은 타고난 판단력 때문이 아닙니다. 많은 이가 올바른 판단력을 갖추고 있지요. 아니, 이렇게 바라봐야 합니다. 우리는 무엇이 옳은지 알고 그것을 인식하지만 실천하려고 애쓰지는 않아요. (375~381)

위 대사를 읽으면 파이드라는 올바른 행위가 무엇인지 잘 알면서도 그것을 실천할 수 없는 전형임을 알 수 있다. 이러한 파이드라의 말은 지식이 있으면 덕을 실천할 수 있다는 소크라테스의 지덕합일설을 반박하는 듯하다.

하지만 이러한 상황에서 출발하여 파이드라는 어떻게 사랑의 열병을 극복할 수 있을지 심사숙고하고 나서 세 가지 해결책을 제시한다. 첫 번째는 사랑이란 질병에 대해 침묵하고 그것을 숨기는 것이다(394~397). 두 번째는 사랑이란 '어리석음'을 참고 견디며, '절제로' 극복하는 것이다(398~399). 여기서 파이드라는 사랑의 열병을 극복하기 위해 자제나 절제의 덕을 실천하려고 한다. 절제의 희랍어인 소프로쉬네(sōphrosynē)는 본래 온전한 마음 상태를 의미하는데, 양식 있게 행동하는 덕을 말한다. 요컨대 이 개념은 양식, 절제, 덕으로 번역되며 파이드라 캐릭터의 중요한 요소로 나타난다. 파이드라는 세 번째 가능성을 제시한다.

> 그러나 이런 방법으로 애욕을 억제하지 못하면 셋째, 자결하는 것이 좋아 보입니다. 그것이 최선의 계획임을 아무도 부정하지 못하겠죠. 훌륭한 일을 할 때는 숨기는 걸 원하지 않지만 부끄러운 짓은 증인이 많은 걸 원치 않으니까요. (400~404)

이처럼 훌륭한 일을 숨기고 싶지도 않고, 수치스러운 짓을 하다가 발각되고 싶지도 않다는 것이 바로 파이드라가 자결을 선택한 이유다. 무엇보다도 잘못된 일이 초래할 수치는 참을 수 없는 일이다. 파이드라는 간통을 저지른 여자와 위선적인 여자를 비난하면서 그런 여자들과 자신을 구분한다. 수치스러운 짓으로 남편과 자식들의 명예를 실추시키다가 붙잡히고 싶지 않다(420~421). 마지막으로 사악한 자들 가운데 있고 싶지 않다는 바람으로 연설을 마무리한다. 따라서 파이드라가 오랫동안 숙고하고 나서 자결을 선택했음을 알 수 있다. 그리고 여기서 수치가 중요한 자살 동기로 작용하고 있음이 틀림없다.

이 연설을 살펴보면 파이드라는 성적 욕망에 사로잡힌 악녀가 아니라 자신의 행동을 숙고하며 결단하는 전형으로 형상화되어 있음을 알 수 있다. 사랑의 열병에 맞서 절제와 자제의 덕으로써 그것을 극복하려 하는데, 이 노력이 실패할 경우 자결함으로써 자신과 가족의 명예를 지키고 좋은 명성을 남기는 모범을 구현할 것이다.

사랑의 열병과 맞서 싸우는 파이드라는 예상치 못한 상황에 직면하게 된다. 유모가 개입하여 힙폴뤼토스에게 파이드라의 사랑을 알린 것이다. 이러한 사실을 발견한 힙폴뤼토스는 격렬하게 반응하며 무대 위에 등장한다. 모든 것을 폭로하겠다고 위협하고 유모의 탄원에도 아랑곳하지 않는 태도를 보인다. 우선 힙폴뤼토스는 여자의 사악함을 강조한다.

오 제우스여, 왜 당신은 위조된 여자들을 햇빛 안에 살게 하여 인간에게 재앙이 되게 하셨나요? 인간 종족을 퍼뜨리길 원하셨다면 꼭 여자를 빌려 종족을 낳을 필요는 없었겠죠. 당신의 성전에 사람들이 청동이나 무쇠나 무게 나가는 황금을 바치고, 그 가치에 따라 아이들의 종자를 구매하면 끝이거늘. 각자가 가격에 맞게 구매하여 여자들 없이 자유로운 집에서 살아가야 한다고요. (616~624)

이어 영리한 여자들을 증오하고(641~642) 나서 유모를 가리키며 그녀의 사악함을 비난한다. 하지만 파이드라의 불경한 사랑을 공개할 수는 없다. 유모의 요구로 그 진실을 발설하지 않겠노라고 신들 앞에서 맹세했기 때문이다. 맹세를 지키는 경건함으로 유모를 구해 준다고 강조하고 힙폴뤼토스는 아버지 테세우스가 돌아왔을 때 파이드라와 유모가 아버지를 어떻게 대하는지 지켜보겠다고 말한다(657~662).

이처럼 힙폴뤼토스의 연설에서는 여성을 혐오하는 관점이 잘 나타난다. 힙폴뤼토스는 무엇보다도 여성이 남성의 재산과 가정을 위협하는 존재라고 판단한다. 여성이 집에 들어앉아 나태하고 재산을 축낸다는 생각은 헤시오도스와 시모니데스의 작품들에서도 발견할 수 있다. 이러한 비난이 정당해 보일 수도 있겠지만, 그 비난에는 힙폴뤼토스의 오만함을 엿볼 수 있다. 그는 선과 악의 이분법적 사고로 어떤 애매함도 허락하지 않고, 유모와 파이드라를 비난하기 때문이다. 이러한 그의 행동은 완고한 이상주의의 전형적 모습이라 하겠다.

계략과 복수

이제 파이드라는 자제와 절제로 사랑의 열병을 극복할 수도, 조용히 자결하여 가족의 명예를 지키고 좋은 명성을 남길 수도 없다. 새로운 계획이 필요하다! 파이드라는 곤경에서 벗어날 한 가지 방도를(716) 찾아내는데, 그것은 자식들에게는 '영광스러운 삶'을 남기고 자신도 이익을 볼 수 있는 것이다(716~718).

> **파이드라** 나는 날 파괴하시려는 퀴프리스 여신을 기쁘게 할 것이네, 오늘 이날, 내 목숨을 끊어서 말이지. 쓰디쓴 애욕에 패배하고 마는 것이지. 하지만 내가 죽으면 어떤 이에게는 재앙이 되겠지. 내 불행에 교만하게 굴어서는 안 된다는 걸 그자가 배우도록 말이야. 이런 질병을 나누면 절제하는 법을 배우겠지. (725~731)

이렇게 말하고 파이드라는 힙폴뤼토스가 자신을 겁탈하려 했다는 거짓말을 서판에 적고 나서 자결한다. 이러한 자살, 즉 파이드라의 명예로운(47) 죽음은 이미 아프로디테 여신이 예언했다. 파이드라가 사랑의 열병과 맞서 싸우는 고귀함에 대해서는(1301) 마지막 장면에서 아르테미스 여신이 언급할 것이다. 파이드라 자신은 사랑의 열병을 절제하여(399) 극복하려 했고 말로만 절제하는(413) 여자를 증오했다(413). 유모도 파이드라가 정숙한 여인들에 속한다고(358~359) 보았다. 게다가

286

파이드라의 계략은 힙폴뤼토스에게 절제하는 법을(731) 가르치게 될 것이다.

요컨대 파이드라는 딜레마 상황에서 명예를 지키고 명성을 남기기 위해 계략을 써서 적에게 복수하는 전형이다. 아울러 이러한 복수는 아프로디테 여신이 오만한 힙폴뤼토스를 징벌하는 계획이기도 하다. 물론 파이드라가 거짓말의 계략으로 힙폴뤼토스를 파멸로 몰아넣는 것은 문제다. 따라서 파이드라는 죄가 없으면서 죄가 있는 역설적 인물이라 하겠다.

저주와 추방

집에 도착한 테세우스는 파이드라가 남긴 서판을 읽고 분노한 나머지 성급하게 힙폴뤼토스를 저주하며 그에게 추방을 명령한다. 이러한 상황에서 힙폴뤼토스는 가설적 논리로 자신의 결백함을 증명하고자 한다(983~1035). 파이드라는 자신에게 가장 아름다운 여인이 아니고, 집의 주인이 되겠다는 희망을 품거나 권력을 잡겠다는 생각을 한 적도 없다고 강조한다 (1009~1015). 그리고 아버지의 비난(949)에 대해서는 자신의 순결함을 입증하려고 한다.

힙폴뤼토스 이곳에는 저보다 더 덕성 있는 어떤 사내도 존재하지 않아요, 아버님은 인정하지 않으시겠지만. (994~995)

저는 순결한 영혼을 갖고 있으니까요. 제 순결함은 아버님을

설득하지 못하죠. 그럼 관두세요. (1006~1007)

이렇게 힙폴뤼토스는 아버지의 결혼 침상을 범하지 않았음을 증명하려 하지만 아버지를 설득하지는 못한다. 퇴장하기 직전까지도 친구들에게 다시 한번 자신의 순결을 강조한다.

너희들은 결코, 나보다 더 순결한 사내를 보지 못하리라, 내 부친에겐 그렇게 보이지 않겠지만. (1100~1101)

이처럼 힙폴뤼토스는 계속해서 자신이 순결함을 강조하는데, 이 순결은 성적인 결합에서 완전히 벗어난 '정결함'(1003)을 말한다.

마침내 추방당한 힙폴뤼토스는 테세우스의 저주가 불러낸 괴물이 나타나자 전차가 바위에 추돌하여 추락해 심한 부상을 입고 죽어 간다.

데우스 엑스 마키나

아르테미스 여신이 등장하여 이러한 파국의 원인을 해명하지만, 힙폴뤼토스의 죽음을 막을 수는 없다. 게다가 여신의 태도는 무심하고 냉정하다. 이렇게 신과 인간의 괴리를 드러내는 장면에 또 다른 장면이 이어지는데, 그것은 힙폴뤼토스와 테세우스의 장면으로 인간 고통과 부자의 화해가 부각된다. 죽음을 앞둔 힙폴뤼토스는 아버지의 잘못을 용서하며 아버지와 화해하는 모범을 보여 준다.

> **힙폴뤼토스** 저는 죽어 갑니다. 정말로 망자들의 대문을 보고
> 있어요.
>
> **테세우스** 정결치 못한 나의 손을 떠나면서?
>
> **힙폴뤼토스** 아닙니다, 이 유혈의 죄에서 아버님을 풀어 드릴
> 게요.
>
> **테세우스** 무슨 말이냐? 네가 살인죄를 면하게 해 주겠다고?
>
> **힙폴뤼토스** 화살로 제압하는 아르테미스 여신을 증인으로
> 부릅니다.
>
> **테세우스** 오 가장 소중한 아들, 네 아비에게 얼마나 고귀한 아
> 들인가.
>
> **힙폴뤼토스** 아버지, 작별을 고합니다, 기나긴 작별을 고합
> 니다.
>
> **테세우스** 오이모이(*oimoi*), 경건하고 고귀한 마음이 사라지
> 고 있구나. (1447~1454)

파이드라는 무엇이 옳은지 알면서도 제대로 실천하지 못하
는 전형으로 나타난다. 하지만 파이드라는 「힙폴뤼토스 I(또는
베일에 싸인 힙폴뤼토스)」에서처럼 수치심을 모르고 성적으로
문란한 악녀가 아니라, 절제와 자제와 수치심으로 사랑의 열병
과 맞서고, 달라진 상황에서도 명예를 지키고 명성을 남기기
위해 계략으로 복수하는 전형이라 하겠다. 명예와 명성을 중시

한다는 점에서 그녀의 복수는 모범적이지만 거짓 서신으로 복수하는 방법 때문에 그 모범성은 퇴색한다.

한편 힙폴뤼토스는 아르테미스 여신의 순결을 숭상하고 실천하는 모범을 보였지만, 아프로디테 여신이 상징하는 우주적 원리를 무시하는 휘브리스를 범해 여신에게 징벌을 당하는 전형이다. 두 가지 우주적 원리의 중용을 취하지 못하여 파멸한 것이다. 따라서 힙폴뤼토스는 우리에게 경고의 모델로 나타난다. 게다가 힙폴뤼토스는 탁월함을 지니고 있으나 성인이 되기 위한 통과 제의를 성공적으로 치르지 못한 전형적 인물이다. 마지막으로 경직된 이상주의에 빠져 애매함과 타협하지 않고, 귀족 계급에 속하기에 당시 민주주의 가치와 갈등하는 인물이기도 하다.

판본 소개

을유세계문학전집판 에우리피데스의 비극 「알케스티스」, 「메데이아」, 「힙폴뤼토스」는 고전학자 제임스 디글(James Diggle)이 편집한 비판 정본(*Euripidis Fabulae*, vol. 1, Oxford, 1984)을 대본으로 삼아 우리말로 옮긴 원전 번역본이다. 번역하면서 참고한 영역 번역본은 D. Kovacs, Euripides, Volume. I: *Cyclops · Alcestis · Medea* (Cambridge/Mass., 1994), Euripides, Volume II. *Children of Heracles. Hippolytus. Andromache. Hecuba* (Cambridge/Mass., 1995)이고, 독일어 번역본은 Kurt Steinmann, *Euripides Alkestis*, (Stuttgart, 1981)과 Karl Heinz Eller, *Euripides Medea* (Stuttgart, 1983)이다. 또한 번역하면서 많은 도움을 받은 주석서는 다음과 같다. 「알케스티스」는 L. P. E Parker (ed.), Euripides *Alcestis* (Oxford, 2007)와 C. A. E. Luschnig & H. M. Roisman (eds.), *Euripides' Alcestis* (Norman, 2003)를 사

용했다. 「메데이아」는 D. J. Mastronarde, *Euripides Medea* (Cambridge, 2002)를, 그리고 「힙폴뤼토스」는 W. S. Barrett, Euripides, *Hippolytos* (Oxford, 1964)와 M. R. Halleran, Euripides *Hippolytus* (Warminster, 1995)를 사용했다.

에우리피데스 연보

기원전

485~480   에우리피데스 출생.

490   마라톤 전투.

480   살라미스 해전.

479   플라타이아이 전투.

478   델로스 동맹 결성.

458   아이스퀼로스의 『오레스테이아 3부작』 공연.

456/455   아이스퀼로스 사망.

441   드라마 경연 대회에서 첫 우승.

438   「알케스티스」(공연).

431   「메데이아」(공연).

431~404   아테나이와 스파르타 사이의 펠로폰네소스 전쟁.

430~428?   「헤라클레스의 아이들」(공연).

428   「힙폴뤼토스」(공연).

425?   「안드로마케」(공연).

424?   「헤카베」(공연).

424~420   「탄원하는 여인들」(공연).

422~416	「엘렉트라」,「헤라클레스」(공연).
415	아테나이의 시칠리아 원정(413년에 패전)
415	「트로이아의 여인들」(공연).
414?	「타우리케의 이피게네이아」(공연).
413?	「이온」(공연).
412	「헬레네」(공연).
412?	「퀴클롭스」(공연).
409?	「페니키아의 여인들」(공연).
408	「오레스테스」(공연).
408/407	에우리피데스의 마케도니아 방문.
407/406	에우리피데스 사망.
406/405	소포클레스 사망.
406	이후「박코스의 여신도들」과「아울리스의 이피게네이아」공연.
405	아리스토파네스「개구리들」(공연).

새롭게 을유세계문학전집을 펴내며

을유문화사는 이미 지난 1959년부터 국내 최초로 세계문학전집을 출간한 바 있습니다. 이번에 을유세계문학전집을 완전히 새롭게 마련하게 된 것은 우리가 직면한 문화적 상황에 적극적으로 대응하기 위해서입니다. 새로운 을유세계문학전집은 세계문학의 역할이 그 어느 때보다 중요해졌다는 인식에서 출발했습니다. 오늘날 세계에서 타자에 대한 이해는 우리의 안전과 행복에 직결되고 있습니다. 세계문학은 지구상의 다양한 문화들이 평등하게 소통하고, 이질적인 구성원들이 평화롭게 공존할 수 있는 문화적인 힘을 길러 줍니다.

을유세계문학전집은 세계문학을 통해 우리가 이런 힘을 길러 나가야 한다는 믿음으로 만들어졌습니다. 지난 5년간 이를 준비하기 위해 많은 노력을 기울였습니다. 세계 각국의 다양한 삶의 방식과 문화적 성취가 살아 있는 작품들, 새로운 번역이 필요한 고전들과 새롭게 소개해야 할 우리 시대의 작품들을 선정했습니다. 우리나라 최고의 역자들이 이들 작품 속 한 문장 한 문장의 숨결을 생생히 전하기 위해 심혈을 기울였습니다. 또한 역자들은 단순히 번역만 한 것이 아니라 다른 작품의 번역을 꼼꼼히 검토해 주었습니다. 을유세계문학전집은 번역된 작품 하나하나가 정본(定本)으로 인정받고 대우받을 수 있도록 최선을 다했습니다. 세계문학이 여러 경계를 넘어 우리 사회 안에서 주어진 소임을 하게 되기를 바라며 을유세계문학전집을 내놓습니다.

을유세계문학전집 편집위원단(가나다 순)
김월회(서울대 중문과 교수)
김헌(서울대 인문학연구원 교수)
박종소(서울대 노문과 교수)
손영주(서울대 영문과 교수)
신정환(한국외대 스페인어통번역학과 교수)
정지용(성균관대 프랑스어문학과 교수)
최윤영(서울대 독문과 교수)

을유세계문학전집

을유세계문학전집은 계속 출간됩니다.

을유세계문학전집 연표